मिख्ला-1

रागा बन्धु 'पंडित दलित' (उपन्यास) और 'राइट-मैन' (वेब सीरीज उपन्यास) जैसी बेहतरीन पुस्तकों के लेखक हैं। राजस्थान के भरतपुर शहर में एक अनाथाश्रम में जिंदगी का अधिकांश वक्त बिताने के बाद अब जयपुर में रह रहे हैं। साहित्य की कथा और कथेतर दोनों ही विद्याओं में लिखते हैं। लेखन की शुरुआत प्राइमरी स्कूलिंग के वक्त ही कर दी थी। कहानियाँ, आत्मकथा और ढेर सारी कविताएं उस दरम्यान इन्होंने रचीं।

समाधान केन्द्रित लेखनी के लिए जाने जाने वाले ये दोनों युवा न केवल आज को बारीकी से आलोकित करने वाले साहित्यकार हैं बल्कि एक बेहतर कल के निर्माण की आवश्यक बुनियाद रखने वाले चिन्तक भी हैं। इस क्रम में 'द कॉन्सेप्ट ऑफ आर्फोल्ड होम' इनका एक महत्वपूर्ण विचार है।

इनकी कविताओं की संवेदना अमूर्त दुनियाँ की सच्चाई, प्रकृति और समाज के कमजोर तबके से उठकर आती हैं।

मिरवला – 1

रॉइन रागा
रिझ्म रागा

डायमंड बुक्स
www.diamondbook.in

प्रथम संस्करण, 2018
द्वितीय संस्करण, 2019

प्रकाशक : डायमंड पॉकेट बुक्स प्रा. लि.
X-30, ओखला इंडस्ट्रियल एरिया, फैज-II
नई दिल्ली-110020
फोन : 011-40712200
ई-मेल : sales@dpb.in
वेबसाइट : www.diamondbook.in
संस्करण : 2019

MIKHLA -1
BY : ROIN RAGA AND RIJHJHAM RAGA

हमारे जीवन की
खास ख्वाहिशों में से एक-
इस कायनात की
हर रोज
उजड़ती छटा को बचाना...
इस ख्वाहिश पर
खरी उतरी
मिख्ला पुरवा की अवाम के लिये

यह गाथा युगों-युगों पुरानी है...

<u>खण्ड-१</u>

आरम्भ 423 मि.पु. से

1.

साहोपुरम में,

'साहोपुरम के वासियो, मिख्ला पुरवा जाने की तैयारियाँ कर लो।' सरदार टोवा ने लुटेरों को आदेश दिया।

वह लुटेरों के इस नगर का नेतृत्व करता था।

'मिख्ला पुरवा! मिख्ला पुरवा! मिख्ला...!' लुटेरों ने बार-बार यह नाम पुकारा।

'हाँ, मिख्ला पुरवा जिसका नाम तुम इतिहास के पन्नों में पढ़ते आये हो।' टोवा ने उत्तेजना के साथ कहा।

'सरदार, क्या यह वही मिख्ला पुरवा है जिसकी कहानियाँ हम पूर्वजों से सुनते आये हैं?' एक नौजवान नगर वासी ने बड़ी उत्सुकता से पूछा।

'हाँ, यह वही मिख्ला पुरवा है... जब मैं पाँच साल का था, पिताजी ने मिख्ला को लूटने में अपनी पूरी ताकत झौंक दी थी लेकिन वे उसे नहीं लूट पाये।'

'सरदार, क्या वह आज भी हजारों तरह के फल, फूल और जड़ी-बूटियां उगाता है?' दूसरे नगर वासी ने सवाल किया।

'मिख्ला की गाथायें आज भी वही हैं जो सदियों पूर्व थीं। वह दुनिया का एकमात्र निर्जर वृक्ष है। यह बात सम्पूर्ण ब्रह्मांड जानता है।'

'सरदार, कितने वर्षों बाद हम वहाँ जा रहे हैं?' एक अन्य नौजवान ने प्रश्न किया।

'तीस साल बाद हम मिख्ला पुरवा की जमीन पर कदम रखेंगे। हमारा मकसद होगा-मिख्ला को साहोपुरम में लाने का, इसके लिए

चाहे हजारों कुरबानियाँ ही क्यों न देनी पड़ें, हम पीछे नहीं हटेंगे।'

'सरदार, हमें मिख्ला पुरवा के भीतर कैसे प्रवेश करना है?' इस बार लुटेरों ने एक स्वर में उत्सुकता से पूछा। मिख्ला पुरवा की गाथाओं में वे सुनते आये थे कि मिख्ला पुरवा में प्रवेश करना आसान नहीं है, उसके रास्ते विचित्र हैं।

'ये सारी जानकारी तुम्हें मचुआ देगा।' टोवा ने बगल में खड़े मचुआ की तरफ इशारा किया और उससे कहा- 'मचुआ, इन्हें मिख्ला पुरवा में प्रवेश के रास्तों से अवगत करा दो।'

'जी सरदार।' मचुआ ने सिर झुकाया।

मचुआ साहोपुरम के लुटेरों का उप सरदार है। वह मिख्ला पुरवा की नस-नस से वाकिफ है।

'साहोपुरम के वासियो, याद रखना अगर गलती से भी रास्ता भटके तो मौत ही तुम्हारा अन्तिम पल होगा इसलिए मेरी बातें अच्छी तरह से कानों के अन्दर डाल लेना। मिख्ला पुरवा के चारों ओर एक भव्य वृक्ष-मार्ग बना हुआ है जो बीस पग चौड़ा है। यह मार्ग आवागमन के काम आता है। मार्ग के दोनों किनारों पर वृक्षों की बड़ी-बड़ी शाखाएं लम्बवत खड़ी हैं जो वाहनों को गिरने से रोकती हैं। मिख्ला पुरवा वासी इसी मार्ग के जरिये अपना व्यापार दूसरे नगरों से करते हैं।' मचुआ ने मिख्ला पुरवा के मार्ग की जानकारी दी।

'बाप रे बाप! इतना बड़ा मार्ग! वह भी पूरा का पूरा पेड़ों पर रचा हुआ। यह किसी अजूबे से कम नहीं!' लुटेरों में फुसफुसाहट हुई।

'यह तो केवल एक करिश्मा है, न जाने और कितने ही करिश्मे मौजूद हैं वहाँ।' मचुआ ने कहा।

'मगर सरदार, हमारे घोड़े तो पेड़ों पर चढ़ ही नहीं सकते फिर हम पुरवा के अन्दर कैसे घुसेंगे?' भीड़ के बीच में से एक व्यक्ति की आवाज आयी।

'हमें उन पर चढ़ना नहीं है बल्कि उन्हें ध्वस्त करके रास्ते से हटाना है।'

'ध्वस्त! मार्ग वृक्षों पर बना है और वृक्षों को ध्वस्त करना इतना आसान नहीं सरदार जितना आप सोच रहे हैं।' लुटेरों की फुसफुसाती आवाज में गर्माहट आयी।

मचुआ ने लुटेरों की इस शंका को भांप लिया।

'मैंने पहले से ही एक टुकड़ी तैयार करके रखी है जिसका काम सर्वप्रथम वृक्ष-मार्ग को ही ध्वस्त करना है और जब मार्ग ध्वस्त हो जायेगा तब वे हमारे साथ युद्ध में शामिल होंगे।'

'तब तो सरदार समझ लो, मिख्ला को साहोपुरम लाने से हमें कोई नहीं रोक सकता।' लुटेरों ने गुंजायमान स्वर में विजयी अनुभूति प्रकट की।

'साबू, क्या तुम्हारा गुट पूरी तरह तैयार है, वृक्ष-मार्ग ध्वस्त करने के लिए?' सरदार टोवा ने मिख्ला पुरवा के वृक्ष-मार्ग को ध्वस्त करने के लिए विशेष रूप से प्रशिक्षित की गयी टुकड़ी के नेता साबू से पूछा।

'जी सरदार, टुकड़ी के सभी नौजवान उतावले हो रहे हैं; अपने हाथों की खुजली मिटाने के लिए। उन्होंने तो मन में अभी से ही पूरे जंगल को उलट-पलट कर दिया है।' साबू ने कहा।

'वाह! यह तो बड़ी ही खुशी की बात है कि हमारे नौजवान दुश्मन के गढ़ पर धावा बोलने के लिए इतने व्याकुल हैं।' टोबा ने सीने में गर्व की अनुभूति करते हुए कहा।

'बस सरदार, ये एक बार मिख्ला पुरवा में कदम रख दें फिर...।' साबू ने अपनी टुकड़ी की ओर इशारा किया।

अब लुटेरों के झुण्ड में सिर्फ एक ही आवाज गूँज रही थी और वह आवाज मिख्ला पुरवा के नाम की थी। वर्षों से जो नाम उन्होंने सिर्फ इतिहास के पन्नों में पढ़ा था, बुजुर्गों से कहानियों में सुना था, अब उसके साक्षात् दर्शन होने जा रहे थे। संभवतः यह बात उन्हें पच नहीं रही थी।

'सभी अपने-अपने हथियारों को सजा लो। अब वह घड़ी आ गयी है जिसका हमने वर्षों तक इन्तजार किया। दो दिन बाद हम मिख्ला पुरवा पर चढ़ाई करेंगे।' टोवा ने लुटेरों को हुक्म दिया।

टोवा सरदार की जय हो! टोवा सरदार की जय हो! के नारे गूँजे।

सभा समाप्त हुई। लोग झोंपड़ियों और मकानों में चले गये।

'सरदार, आखिर क्यों आप उस सजी-धजी नगरी को लूटना चाहते हैं?' कोसी ने अपने पति टोवा से रात को विश्राम के समय पूछा और साथ में एक विनम्र आग्रह किया-'मेरी मानो तो आप इतना बड़ा पाप अपने सिर मत लो।'

'तुम भूल रही हो कोसी, हम लुटेरे हैं और लुटेरों का काम लोगों को लूटना है; उन पर रहम करना नहीं और वैसे भी मिख्ला को लूटने का यह आदेश मेरा नहीं बल्कि पचास नगरों के सरदार कोनिया का है। मैं तो बस एक माध्यम हूँ; उसके इस आदेश की पालना करवाने का। साहोपुरम का सरदार होने के नाते मेरा यह धर्म है कि मैं मिख्ला को लूटकर कोनिया को सौंपूँ। अगर मैं यह धर्म नहीं निभा सकता तो मुझे तत्काल सरदार की गद्दी छोड़ देनी चाहिए। कोसी, अगर मैं नहीं तो कोई और जो इस नगर का सरदार बनेगा, वह मिख्ला को लूटेगा। हम चाह कर भी कोनिया के आदेश की अवहेलना नहीं कर सकते। हम अपनी नियति से बंधे हैं।' टोवा ने अपनी विवशता जाहिर की।

'आखिर ऐसी कौन-सी वजह है जिसके कारण तुम कोनिया का हुक्म मानते हो?'

'यह बात वर्षों पुरानी है। कभी हमारा साहोपुरम लुटेरों के नगरों में श्रेष्ठ हुआ करता था। यहाँ के लुटेरे सबसे ज्यादा साहसी और ताकतवर हुआ करते थे। हम जब चाहे तब किसी भी राजा के राज्य को लूटने चल पड़ते थे लेकिन वक्त ने एक दिन हमारी ऐसी कुण्डली लिखी कि विराज नगर के महाराज ने अपने पड़ोस के राजाओं को मिलाकर हमारे साहोपुरम पर हमला बोल दिया। यह घटना बिल्कुल विपरीत थी। हम लुटेरे राजाओं को लूटने जाते थे लेकिन तब राजा हमें लूटने चले आये थे। उस समय साहोपुरम की रक्षा कोनिया के पिता ने की थी। और इससे खुश होकर साहोपुरम के सरदार ने कोनिया के पिता से कहा- 'बोलो हमारी जान बचाने के बदले में

तुम्हें क्या ईनाम चाहिए?' और उनकी माँगी ईनाम को हम आज तक पूरा नहीं कर पाये है और वो मांग थी- मिख्ला। आज उसी वजह से हम कोनिया के गुलाम बने हुए हैं। अगर हम मिख्ला उसे दे दें तो हमारी आजादी हमारे खुद के हाथों में होगी अन्यथा हम हमेशा उसके गुलाम बने रहेंगे।'

यह सुनकर कोसी भावुक हो गयी। उसका भी जी किया युद्ध में जाने को। उसने टोवा के समक्ष प्रस्ताव रखा- 'मैं भी युद्ध में तुम्हारे साथ चलूँगी।'

'नहीं कोसी, तुम्हारा साथ जाना ठीक नहीं।'

'क्यों? मैं तुम्हारे साथ क्यों नहीं जा सकती?' कोसी ने जिद्द की।

'वह हमारे लिए अभी भी अनजान नगर है। जीत मिलेगी या हार, कुछ पता नहीं। बस कुछ आशा की किरणें साथ लेकर जा रहे हैं।'

'जीत मिले या हार; मुझे उसकी परवाह नहीं। मैं तो बस तुम्हारे साथ जाना चाहती हूँ।'

'तुम नहीं जाओगी। पति का फर्ज होता है, पत्नी की रक्षा करना न कि जानबूझकर उसे मौत के मुंह में ढकेलना।' टोवा ने पति धर्म की दुहाई दी।

'एक पत्नी का भी फर्ज होता है कि वह अपने पति की हर मुसीबत में मदद करे, न कि उसे अकेला छोड़े।' कोसी ने भी टोवा के जवाब में पत्नी धर्म की दुहाई दे डाली।

'तुम समझती क्यों नहीं कोसी, वहां मौत है।'

'अगर मौत से इतना ही डर लगता तो बचपन में हाथों में तलवार पकड़ने की जगह खिलौना पकड़ती और वैसे भी तुमने मेरा साहस देखकर ही मुझसे विवाह किया था, न कि मेरा सौंदर्य देखकर। आज जब मौका मिला है फिर से वही साहस दिखाने का तो तुम मुझे कमजोर समझकर यहां छोड़ना चाहते हो।'

'ठीक है, तुम अपने हथियार तैयार करो। हम साथ चलेंगे।'

2.

मिख्ला पुरवा में,

राजपुरोहित शंखनाद कर राजा रोमान के आगमन का संकेत दे रहा था। राजा रोमान दिन की शुरुआत मिख्ला वृक्ष की पूजा-अर्चना के साथ करते हैं। हमेशा की तरह आज भी पुरवा के लोग उनके इंतजार में मिख्ला के पास खड़े थे।

मिख्ला पुरवा एक परिवार की तरह है जिसमें पाँच हजार लोग एक ही छत के नीचे अपना जीवन-यापन करते हैं। इन सभी के अपने-अपने काम बँटे हुये हैं।

राजा रोमान के रथ में तीन चेटवा लगे थे। चेटवा चींटी का एक विकराल रूप है जिसकी ऊँचाई करीब तीन हाथ है। राजा रोमान का रथ वृक्ष-मार्ग से होकर मिख्ला की ओर जा रहे थे। उनके रथ में शाही तख्ता था जिस पर वे विराजित थे, सारथी रथ चला रहा था। उनका रथ जैसे ही मिख्ला के करीब पहुँचा, लोगों ने राजा के नाम के जयकारे लगाने शुरू कर दिए। राजा रोमान रथ से उतर कर पूजा के लिए मिख्ला के पास गये। वहाँ राजपुरोहित ने उन्हें शंख दिया। राजा ने शंखनाद कर मिख्ला पर फल-फूल चढ़ाकर, उसकी पूजा अर्चना की और हाथ के इशारे से लोगों के झुण्ड को शांत किया।

'मिख्ला पुरवा कोई साम्राज्य नहीं बल्कि एक परिवार है और तुम्हारी तरह मैं भी इसका एक सदस्य हूँ...।' राजा रोमान ने रथ पर चढ़कर प्रजा से कहा और फिर हाथ को हवा में लहराते हुए वहाँ से रवाना हुए।

मिख्ला पुरवा के लोगों का रंग बेशक सांवला है लेकिन यह रंग उनकी सुंदरता के रास्ते में बिल्कुल भी आड़े नहीं आता। पुरुषों के सिर पर छोटे-छोटे बाल हैं। उन बालों के बीच से खोपड़ी के अग्र भाग से पश्च भाग तक तीन सीधी लम्बी धारियों की आकृति बनी हुई है। उन्हें देख कर लगता है कि मानो हर दो-चार महीने में उनकी खोपड़ी पर उस्तरे से जुताई होती हो और उसमें इस बात का पूरा ध्यान रखा जाता हो कि क्यारियाँ पूरी खोपड़ी पर केवल तीन ही बनें। औरतों के बाल घुंघराले व लम्बे हैं। ये लोग कद काठी में लम्बे और गठीले शरीर वाले हैं। इनके आभूषण रंग-बिरंगी चमकदार लताओं से बने हैं।

'जागुआ, नगर का व्यापार कैसा चल रहा है? कहीं कोई परेशानी तो नहीं?' राजा ने रास्ते में चलते वक्त सेनापति जागुआ से पूछा जो कि रथ में उनके साथ बैठा था।

'महाराज, जब तक आप हैं, मुसीबत भी नगर में आने से डरती है। पिछले कुछ सालों से हमारा व्यापार अन्य नगरों की तुलना में काफी बढ़ गया है।' सेनापति जागुआ ने गर्वित होकर कहा।

'जरा विस्तार से बताओ।'

'महाराज, यह सब मिख्ला की असीम कृपा और नगर वासियों द्वारा खेतों में दिन-रात की गयी मेहनत का फल है। और खास बात तो यह है महाराज कि हमारी फसलों में जो शुद्धता है, वह अन्य नगरों की फसलों में नहीं। यही वजह है कि मिख्ला पुरवा का व्यापार दिन-ब-दिन बढ़ता जा रहा है।'

'हम फसलों को देखना चाहते हैं।'

'क्यों नहीं महाराज!' राजा रोमान की इच्छा से जागुआ प्रसन्न हुआ। उसने सारथी से कहा- 'सारथी, रथ खेतों की ओर मोड़ लो।'

सारथी ने रथ खेतों की ओर मोड़ा। राजा रोमान ने खेतों को निहारना शुरू किया। लोग वृक्ष-मार्ग के ऊपर से वर्षा करके खेतों को नहला रहे थे और हवा झूमती हुई फसल के साथ अठखेलियाँ करने

में व्यस्त थी। राजा को देख किसानों ने प्रणाम किया। राजा ने किसानों से उनका हाल-चाल जाना।

'वाह! जागुआ, फसल को देख कर दिल वाकई में खुश हो गया।'

'सब आप ही की दया-दृष्टि का परिणाम है, महाराज।'

'वह कैसे?'

'वो कहते हैं न- यथा राजा तथा प्रजा।'

जागुआ से अपनी तारीफ सुनकर राजा रोमन हँसते हुए बोले- 'तुम भी जागुआ, तारीफ में कोई कसर नहीं छोड़ते।'

'नहीं महाराज, यह तारीफ नहीं, मैंने तो वही कहा है जो असल में है।'

'चलो मान लिया। अब कहीं और चलें?'

'जहाँ आप चाहो महाराज, ले चलने के लिए सेवक आपकी सेवा में हाजिर है।' बड़ी शिद्दत दिखाते हुए जागुआ ने कहा।

'सारथी, रथ मोची के गोदाम की ओर ले चलो।' राजा ने सारथी से कहा।

राजा का आदेश पाकर सारथी ने रथ मोची के गोदाम की दिशा में हांका। मोरा इस पूरे पुरवा का अकेला मोची है जिसका काम सिर्फ और सिर्फ जूतियाँ बनाना है। पुरवा वासी इसी के पास जूतियाँ लेने आते हैं।

रास्ते में चलते वक्त जागुआ ने भोजनागार की ओर इशारा किया- 'उधर देखो महाराज, लोग कितने अदब से साथ में भोजन कर रहे हैं।'

'हमारे राज्य की हर नीति अलग ढंग से बनाई गई है। पुरोहितों के द्वारा बनायीं इन नीतियों के बारे में सोचने पर मुझे गर्व होता है।' राजा रोमान ने मिख्ला पुरवा की वैभवशाली व्यवस्था को सराहा।

'आपने सही कहा महाराज तभी तो मिख्ला पुरवा का नाम सभी नगरों में श्रेष्ठता के मामले में शीर्ष पर है। यहाँ बच्चे से लेकर बूढ़े तक को पेटभर खाना नसीब है। सबसे बड़ी बात तो यह है महाराज कि पुरवा का कोई भी व्यक्ति परिश्रम से आँख नहीं चुराता।'

'खाने से याद आया जागुआ, अनाज के गोदामों की क्या स्थिति है?' राजा रोमान ने आत्मसंतुष्टि के लिए पूछा।

'वे अनाज से लबालब भरे हैं महाराज, एक कदम रखने की भी जगह नहीं है।'

'लो महाराज, मोरा का गोदाम आ गया।' जागुआ ने रथ रुकवाते हुए राजा से कहा।

मोची राजा को देखकर प्रसन्न हो उठा। उसके तो भाग्य ही खुल गये। राजा स्वयं जो उसके गोदाम पर पधारे थे। उसने हाथ जोड़कर शालीनता से उनका अभिवादन किया।

'कैसे हो मोरा?' राजा ने मोची से पूछा।

'मैं सकुशल हूँ, महाराज।'

'तुम्हारा काम कैसा चल रहा है?'

'आपकी कृपा से महाराज सब अच्छा चल रहा है।'

राजा रोमान के मुकुट से जागुन का प्रकाश टकराकर उसे सुशोभित कर रहा था। मुकुट चमकदार आसमानी रंग की लता और कई इसी तरह के वृक्षों की छालों से बना था। उसके दोनों किनारों पर कानों वाली जगह पर दो गोल-गोल चूड़ियाँ छोटे छल्ले के आकार में लटकी थीं। राजा के हाथों में मोटे कड़े थे जो कि गुलाबी रंग की बेलों से बने थे, वे भी जागुन की रोशनी पाकर मुस्कुराने लगे।

जागुन फूल का एक विराट वृक्ष है जिसकी सात कलियाँ हैं। खास बात यह है कि वे सातों अलग-अलग रंगों से सजी हैं। इसे मिख्ला पुरवा के लोग दिन का सूरज कहते हैं क्योंकि यहाँ सूरज नहीं उगता बल्कि उसका सम्पूर्ण कार्य जागुन पुष्प के हाथों में है।

'मोरा, मेरी जूतियाँ साथ छोड़ रही हैं मगर मैंने इन्हें जबरदस्ती गुलाम बनाकर रखा है अगर नई जूतियाँ मिल जायें तो इन्हें आजाद कर दूँ?' राजा रोमान ने अपनी जूतियों के प्रति हमदर्दी जताते हुए मोरा से कहा।

'महाराज, यह पूरा गोदाम आपका है, चाहो तो सारी जूतियाँ ले जाओ।'

'ऐसा न कहो मोरा, तुम तो बस तीन जोड़ी जूतियाँ दिखा दो।'

'हुक्म करो महाराज, कैसी जूतियाँ हाजिर करनी हैं?'

'दिखा दो तुम्हारी पसन्द की कोई-सी भी जूतियाँ और इस बात की फिक्र मत करो कि जूतियाँ पसन्द आयेंगी या नहीं, तुम्हारी पसन्द ही हमारी पसन्द होगी।'

'जी महाराज, अभी लाया।'

मोरा फटाक से गोदाम के अन्दर गया और जूतियों के तीन डिब्बे एक के ऊपर एक चढ़ा कर ले आया और उन्हें राजा रोमान के सामने पेश किया। जागुआ चुपचाप कान लगाकर बगल में खड़ा उन दोनों की बातें सुन रहा था।

'महाराज, ये रहीं दो वर्षों की मेहनत से तैयार की गयीं जूतियाँ।' मोरा पहले डिब्बे को खोलकर बोला।

जूतियाँ ऊपर से नीचे तक देखने में आसमानी थीं। उनमें पैर की अंगुलियों के ऊपरी हिस्से पर एक गोल छल्ला लगा था। गोल छल्ला लगाने के पीछे अहम वजह यह थी कि मिख्ला पुरवा के लोग गोल आकृति अधिक पसंद करते हैं। उनके अधिकांश आभूषण, हथियार और वस्त्र प्रायः गोल आकृति में ही बने होते हैं।

'वाह! अति सुन्दर!' राजा ने जूतियों की तारीफ की और जागुआ से कहा- 'सेनापति, इन्हें रख लिया जाये।'

'जी महाराज।' जागुआ ने जूतियाँ उठा लीं।

'इन्हें देखिये महाराज, पीले रंग की जूतियाँ।' मोरा ने दूसरा डिब्बा खोला।

'वाह! इनका भी कोई जवाब नहीं मोरा। सेनापति इन्हें भी हमारे लिये रख लिया जाये।'

'जी महाराज।' दूसरा डिब्बा उठा कर जागुआ ने पहले के ऊपर चढ़ा लिया।

'अब जो आप देखोगे महाराज, वह मेरी पाँच साल की शिद्दत का फल है।' मोरा ने गर्व की अनुभूति करते हुए कहा।

'पाँच साल!' राजा रोमान आश्चर्य चकित होकर बोला।

'हाँ महाराज, पाँच साल।' कहकर मोरा ने एक बड़े-से डिब्बे को खोला।

जूतियों के बाहर निकलते ही प्रकाश का ऐसा स्तम्भ सबकी आँखों के सामने बना कि किसी की भी नजर उन जूतियों पर न पड़ सकी।

'मोरा, इस चमक को बंद करो; मुझे कुछ दिखाई नहीं दे रहा।' राजा रोमान ने अपनी आंखें मलते हुए कहा।

'जी महाराज।'

मोरा ने जूतियों को डिब्बे में बंद किया। तब कहीं वे एक-दूसरे को देख पाये। राजा रोमान ने अपनी पलकें झपकायीं और एक चैन की सांस ली।

'इन जूतियों की अद्भुत चमक ने तो मुझे अचम्भे में ही डाल दिया है मोरा; मैं इन्हें कैसे देख पाऊंगा?' राजा ने अपना अचरज व्यक्त किया।

'महाराज, अपनी आँखें बंद करो, मैं इसका राज बताता हूँ।'

राजा ने आँखें बन्द कीं। मोरा ने जूतियों को फिर से बाहर निकाला। अब वे जूतियाँ राजा को साफ-साफ नजर आने लगीं। दरअसल वे जूतियाँ दिव्य थीं। उन्हें देखने के लिए आँखें बन्द करनी पड़ती थीं।

'वाह! इतनी सुन्दर जूतियाँ, मैंने पहले कभी नहीं देखीं! तुम ऐसा करिश्मा भी रच सकते हो, मैं सोचकर हैरान हूँ।' राजा रोमान ने मोरा की कला की प्रशंसा की।

'महाराज, अगर इन्हें देख लिया हो तो बंद करूँ?' मोरा ने अनुमति माँगी।

'हाँ बिल्कुल, करिश्मा तो इतना ही देखा जाता है।'

'तो कैसी लगीं महाराज ये जूतियाँ?'

'इनकी तारीफ मैं तो क्या, कुदरत स्वयं भी करे तब भी कम होगी। क्या तुम इन्हें मुझे दान में दे सकते हो?' राजा ने मोरा से जूतियों को एक भिक्षुक की भांति माँगा।

'महाराज, यहां जो भी है सब पर आपका अधिकार है। आप इस पुरवा के राजा हैं, आप जो चाहे स्वेच्छा से ले सकते हैं।' इस तरह मोरा ने तीनों जोड़ी जूतियाँ महाराज को भेंट कर दीं और फिर कहा- 'महाराज, मेरी अनोखी हस्त-कला से निर्मित ये जूतियाँ पुरवा की रक्षा करने में आपके अवश्य काम आयेंगी।'

'मोरा, तुम वाकई में एक अद्‌भुत कलाकार हो। मुझे हमेशा तुम्हारी कला पर नाज रहेगा।'

'शुक्रिया, महाराज।' मोरा ने प्रफुल्लता के साथ सिर झुकाकर कहा।

राजा रोमान ने उन दिव्य जूतियों को स्वयं उठाकर सेनापति जागुआ के हाथों में सौंपा और वहाँ से प्रस्थान करने को कहा। वे वहां से चल दिए। रास्ते में चलते-चलते राजा रोमान मिख्ला पुरवा के प्रतिबिंब को देखकर मुस्कुराने लगे और मन ही मन प्रफुल्लित होने लगे- 'वाकई में हमारा मिख्ला पुरवा बहुत सुन्दर है!'

मिख्ला पुरवा में दिलचस्प बात यह है कि यहां चांद और तारे जैसी कोई चीज नहीं है बल्कि इस पुरवा का प्रतिबिम्ब ही इसका आकाश है। स्पष्ट है कि इस पुरवा में जो कुछ भी घटित होता है; वह सब इसके आकाश में प्रतिबिम्बित होता है। एक तरह से यह प्रतिबिम्ब पूरे मिख्ला पुरवा के लिए एक आईना है।

यहाँ सूरज और चांद की जगह जागुन और रोहिनी पुष्प दिन-रात बनाते हैं। जागुन दिन में खिलकर प्रकाश बिखेरने वाला फूल है जबकि रोहिनी रात में खिलकर रोशनी देने वाली फूल। अक्सर पुरवा के लोग रोहिनी को रात की परी के नाम से भी पुकारते हैं। रोहिनी के विराट रूप में सफेद रंग की सात कलियां हैं जो रात में खिलने पर बेहद मन-मोहक लगती हैं।

3.

साहोपुरम में,

मिख्ला को लूटने की पूरी तैयारियाँ हो चुकी थीं। आखिरी बार टोवा ने लुटेरों को सचेत किया–'मिख्ला पुरवा में रात का समय हमारा दुश्मन है अगर हम रात तक युद्ध करते रहे तो सुबह का सूरज किसी को नसीब नहीं होगा क्योंकि मिख्ला का आकार सुबह से शाम की बेला तक ही छोटा रहता है, रात होने के बाद वह विकराल रूप धारण कर लेता है जिसे हम नहीं लूट सकते इसलिए शाम ढलने से पहले ही मिख्ला को लूटना हमारा लक्ष्य है।'

'सरदार, क्या हम सुबह का इंतजार फिर से नहीं कर सकते?' एक लुटेरे ने प्रश्न किया।

'नहीं, मैं पहले आगाह कर चुका हूँ कि वे रात के बादशाह हैं। हम उनकी रात की प्रतिक्रियाओं को नहीं समझ पायेंगे और बेवजह मारे जायेंगे इसलिए हमें युद्ध दिन में ही समाप्त करना होगा; हर हाल में।'

'सरदार, मिख्ला पुरवा के लोग कौन-कौन से हथियार और वाहन प्रयोग में लेते हैं?' एक अन्य लुटेरे ने जिज्ञासावश पूछा।

'उनका पालतू जानवर चेटवा है जिस पर वे सवारी करते हैं। चेटवा हमारे घोड़ों से कम ताकतवर व कद में छोटे हैं लेकिन अगर कोई व्यक्ति उनके सामने आ जाये तो वे चीर-फाड़ करने में जरा भी पीछे नहीं हटते। हाँ, यदि उन पर सवार व्यक्ति उन्हें काबू में कर ले तो वे बिल्कुल भी हिंसक नहीं बनते।' टोवा ने मिख्ला पुरवा के वासियों द्व ारा प्रयोग में लाये जाने वाले मुख्य वाहन चेटवा का वर्णन किया फिर

उसने मिख्ला पुरवा के हथियारों के बारे में बताया- 'मिख्ला पुरवा के अधिकांश लोग भाला और धनुष ही चलाते हैं। चाबुक तो इक्का-दुक्का ही चलाने वाले मिलेंगे। खैर, हमें इससे क्या, हम तो पूरी तैयारी के साथ मैदान में उतरेंगे।'

'क्या चेटवा वहाँ के लोगों को भी मार देते हैं?' एक अन्य लुटेरे ने भीरुता के साथ सवाल किया।

'हाँ, बिल्कुल मार देते हैं मगर ऐसा कम ही होता है क्योंकि वे उन पर काबू करना बखूबी जानते हैं।'

'फिर तो उनसे टकराना किसी मौत से टकराने से कम नहीं।' दूसरे लुटेरे ने भयभीत होकर कहा।

'ऐसा कुछ नहीं है, बस तुम तो अपने घोड़ों पर सवार रहना। वे तुम्हारा कुछ नहीं बिगाड़ पायेंगे।' टोवा ने चेटवाओं के बारे में थोड़ा और खुल के बताया।

'क्या वहाँ के लोग दिखने में हमारे जैसे हैं?' झुण्ड में पीछे खड़े एक लुटेरे ने अपना कौतुहल प्रकट किया।

'बिल्कुल नहीं, उनके बाल हमारी तरह लम्बे नहीं बल्कि छोटे हैं। उनके सिर पर तीन सीधी धारियाँ खींची हुई हैं। उनके वस्त्रों का ढंग भी हम से अलग है। उनके गहने सोना-चाँदी या हीरे-जवाहरात नहीं बल्कि पेड़ों की छाल और लताएँ हैं।'

'सरदार, हमारी चढ़ाई कब शुरू होगी?' उपसरदार मचुआ ने पूछा।

'आज रात चढ़ाई का शुभारम्भ होगा। सभी लोग अपनी नौकाएँ और घोड़े तैयार कर लो। हम दूसरी सुबह समुन्दर पार कर उन पर हमला बोलेंगें।' टोवा ने हमले की रणनीति समझायी।

'हम तैयार हैं सरदार! हम तैयार हैं!' लुटेरों के झुण्ड में आवाजें गूंजी।

'बस! यही उत्साह और जोश आखिरी सांस तक बनाये रखना। एक रास्ता, एक ही मंजिल, हम लुटेरों की पैदाइशी आवाज है बस इसी का

ख्याल रखते हुऐ हमें आगे बढ़ना है।' टोवा ने लुटेरों में जोश फूंका।

सरदार टोवा की जय हो!

❖❖❖

शाम होने को थी। मचुआ ने अपने चारों ओर निगाह दौड़ाई, सब लुटेरे उत्साह और उमंग के साथ घोडों को लेकर एक गुट में खड़े थे। उनकी कमर में बांयी ओर मयान लटकी थीं और उन मयानों में तलवारें सवार थीं। वे हाथों में चक्रान पकड़े हुए थे। सारे घोड़े भी सज-धज कर तैयार थे। उनके चेहरे पर अजीब-सी बेचैनी थी, शायद उन्हें भी नौंका में बैठकर मिख्ला पुरवा जाने की जल्दी थी। यह नजारा देखकर मचुआ बड़ा प्रसन्न हुआ। वह मन ही मन खुद से कहने लगा-'हे ईश्वर! ये खुशी जो मैं इन सब के चेहरों पर देख रहा हूँ, ऐसी खुशी मैंने तीस साल के बाद देखी है। मेरी आपसे यही प्रार्थना है, इस खुशी को बरकरार रखना।'

'सरदार से कह दो, युद्ध की तैयारियाँ हो चुकी हैं, बस उनके हुक्म की प्रतीक्षा है।' मचुआ ने टोवा के घर के द्वार पर तैनात पहरेदार से कहा।

पहरेदार तत्काल सरदार टोवा के कक्ष में गया। जो बात मचुआ ने उससे कही थी, वह उसने बखूबी सरदार से कह दी। टोवा ने पहरेदार से मचुआ को अन्दर लाने को कहा। मचुआ कक्ष में आया।

'सरदार, हमने मिख्ला पुरवा पर हमले की तैयारियाँ कर ली हैं। आपका हुक्म हो तो चढ़ाई का शुभारम्भ अभी कर दें?' मचुआ ने जोश के साथ टोवा से कहा। उसके बोलने के ढंग से यह अनुमान लगाना आसान था कि उसका मन मिख्ला पुरवा जाने के लिए कितना उतावला था।

'मचुआ, शाम ढलने में अभी वक्त है। सूरज को ठीक से छिपने दो। रात होते ही हम चढ़ाई शुरू कर देंगे।' कक्ष में टहलते-टहलते टोवा ने मचुआ से कहा।

थोड़ी देर बाद कोसी ने उस कक्ष में प्रवेश किया। मचुआ ने कोसी को जैसे ही देखा वह उसकी सुंदरता पर मंत्रमुग्ध हो गया। वह मन ही मन कहने लगा- 'कुछ भी कहो, आज तुम बड़ी सुंदर लग रही हो! युद्ध करते वक्त तो और भी सुंदर लगोगी।'

यह भाव मचुआ को कोसी के हाथ में तलवार देखकर आया। वह तलवार के साथ किसी पुरूष योद्धा से कम नहीं लग रही थी। टोवा तो कोसी के हाथ में तलवार देखकर दंग रह गया क्योंकि आज टोवा ने उसके हाथ में एक लम्बे अरसे के बाद तलवार देखी थी।

'मचुआ, तुम मुझे देखकर ऐसे मुस्कुरा क्यों रहे हो? क्या मैं अच्छी नहीं लग रही?' कोसी ने मसखरी की।

'नहीं! नहीं! तुम तो एकदम क्षत्राणी लग रही हो। मैं तो इस बात से बेहद खुश हूँ कि आप भी हमारे साथ युद्ध करने चल रही हैं, अब तो हम जरूर मिख्ला को जीत लायेंगे।' मचुआ ने अपने मन के सारे भाव कोसी के सामने उड़ेल दिए।

मचुआ के मुंह से अपनी तारीफ सुनकर कोसी बड़ी प्रसन्न हुई। वह इठलाती हुई मचुआ से बोली- 'तुम्हारे सरदार तो मुझे युद्ध में ले जाने को ही तैयार नहीं थे, वो तो मैंने इन्हें जब पत्नी धर्म समझाया, तब जाकर कहीं राजी हुए।'

'सरदार, क्या कोसी जो कह रही हैं, वह बात सही है?'

'हाँ मचुआ, यह बात सही है कि पहले मैंने कोसी को मिख्ला पुरवा साथ ले जाने से मना किया था क्योंकि तब मेरे मन में नारी की वीरता को लेकर तमाम शंकाएं थीं। मुझे लगा कि एक नारी भला कैसे युद्ध लड़ सकती है किन्तु जब... तो मुझे लगा कि मैं गलत था। हकीकत तो यह है कि नारियाँ भी पुरुषों के समान वीर होती हैं।' टोवा ने अपनी गलती स्वीकार की।

'बिल्कुल सही कहा सरदार! स्त्रियाँ पुरूषों से किसी भी मायने में कम नहीं, यह तो हमारे समाज का नजरिया ही ऐसा है कि वह

उन्हें पुरूषों से कमतर आंकता है। एक पुरूष के जीवन में स्त्री का महत्व केवल काम-वासना के लिए ही नहीं बल्कि उसके अस्तित्व के लिए भी है। वह उसका संकट की घड़ी में पथ प्रदर्शन करती है। सरदार, नारी की महिमा तो अपरम्पार है। उसका चंद शब्दों में बखान करना, उसके साथ अन्याय है।' मचुआ ने अपनी वाणी से ज्ञानरूपी अमृत बरसाया।

...टोवा और मचुआ बारी-बारी से ज्ञान की गंगा बहाने लगे। कोसी काफी देर तक तो मौन होकर उनकी बातें सुनती रही। अंततः जब वह उनकी बक-बक से पक गयी तो उनके संवाद में व्यवधान पैदा करने के लिए बीच में बोल पड़ी- 'मचुआ, कोजिया कैसी है?'

'कुछ कह नहीं सकते, अभी और कितना वक्त लगेगा? मेरे ख्याल से कोजिया का नौंवा महीना चल रहा है।' मचुआ ने अपनी पत्नी कोजिया का हाल बताया। कोजिया गर्भवती थी।

इतने में एक पहरेदार दौड़ा-दौड़ा कक्ष में आया और मचुआ को कोजिया के पेट में दर्द होने की बात बतायी। यह सुन मचुआ अपने घर के लिए निकल पड़ा। टोवा और कोसी भी उसके साथ चल दिए। घर पहुंच कर देखा कि आंगन में भीड़ जमा थी। कक्ष के अन्दर से कोजिया के कराहने की आवाज आ रही थी। कोसी कक्ष के अन्दर गयी। टोवा और मचुआ द्वार पर ही खड़े रहे। सारे लुटेरे यह आशा लिये थे कि आज साहोपुरम में एक और लुटेरा पैदा होगा जो उनके नगर की शक्ति बढ़ायेगा।

मचुआ यह सोचकर पसीना हो रहा था कि पता नहीं कोजिया का क्या होगा? टोवा ने उसके कंधे पर हाथ रख कर उसकी उम्मीदें बढ़ायीं।

अचानक अन्दर से बच्चे की किलकारी सुनाई दी। क्षणभर में ही पूरे साहोपुरम में खुशियों की बहार दौड़ पड़ी। लोग झूमने-गाने लगे। अभी तक किसी को यह नहीं मालूम था कि कोजिया को लड़का हुआ है या लड़की! वे सब तो बस बच्चे की किलकारी में ही झूम

रहे थे। ऐसा पहले कभी नहीं हुआ था। इससे पहले जितने भी बच्चे कोजिया ने जन्में थे, उनमें से किसी की किलकारी सुनाई नहीं दी थी। यह पहला बच्चा था जिसकी किलकारी लोगों के कानों तक पहुंची। मचुआ भी अपने बच्चे की आवाज सुनकर आवाक् रह गया। उसने खुशी से टोवा को गले लगाया। शोर-गुल का माहौल पूरे नगर में गूंजने लगा। कुछ समय पश्चात् कोसी बच्चे को गोद में खिलाती हुई कक्ष से बाहर आयी और बोली- 'बधाई हो मचुआ, कोजिया ने लड़के को जन्म दिया है।'

यह सुनते ही मचुआ के चेहरे पर और अधिक खुशी की लहर दौड़ पड़ी। वह तुरन्त लोगों के बीच आया और सीना तानकर गर्व के साथ ऊंची आवाज में बोला- 'साहोपुरम के वासियो, आज हमारे झुण्ड में एक लुटेरा और शामिल हो गया।'

झुण्ड की बढ़ोतरी की बात सुनकर लुटेरे जोर-शोर से नाचने-गाने लगे। वे यह भूल गये कि आज रात उन्हें मिख्ला पुरवा पर चढ़ाई भी करनी है।

बच्चे का जन्म दो वक्तों के मिलन पर हुआ। यह जन्म न दिन में था न ही रात में बल्कि यह तो इन दोनों के बीच की लकीर में था।

कोसी ने बच्चे को मचुआ के हाथों में सौंपा। मचुआ अपने जिगर के टुकड़े को कभी सीने से लगाता, कभी हवा में उछालता तो कभी उसकी रूलाई को चुप करने के लिए उसकी पीठ पर हाथ फेरकर उसे पुचकारता। कुछ ही पल में बच्चा शांत होकर अपने पिता की गोद में सो गया।

'शक्ति! महाशक्ति!' मचुआ के पास खड़ा झुर्रीदार वृद्ध पुजारी बड़बड़ाया। वह बच्चे की पीठ पर जन्म से अंकित विचित्र तलवार को देखकर विस्मित था।

सब लोग पुजारी की यह हरकत देखकर अचंभित हो उठे। उन्होंने उसे पागल समझकर छेड़ना उचित नहीं समझा। वे अपनी मस्ती में झूमते रहे।

'शक्ति! महाशक्ति!' पुजारी की जुबान पर यही रट लगी रही। एक बारगी तो टोवा ने पुजारी की बात पर जरा भी गौर नहीं किया परन्तु पुजारी के मुंह से बारम्बार 'शक्ति! महाशक्ति!' विशिष्ट लय सुनने के बाद उसे लगा कि पुजारी की बात में जरूर कुछ रहस्य छुपा है जिसे हम शायद समझ नहीं पा रहे हैं। उस रहस्य को जानने के लिए टोवा पुजारी के पास गया।

'पुजारी जी।' पुजारी का हाथ हिलाकर टोवा बोला लेकिन पुजारी पर इसका कोई असर नहीं हुआ। वह एक स्तम्भ की भांति खड़ा रहा। हवा उसके मुंह से 'शक्ति! महाशक्ति!' शब्द खींचकर ला रही थी। उसकी आँखें आश्चर्य के भाव से फटी थीं। टोवा ने अब पुजारी के दोनों कंधे 'पुजारी जी' कहते हुए जोर से झड़काये। पुजारी होश में आ गया।

'पुजारी जी, ये आपने क्या रट लगा रखी है? शक्ति...!' टोवा पुजारी पर झुंझलाया।

'सरदार, यह कोई साधारण बालक नहीं, इसके भीतर अद्‌भुत शक्तियाँ हैं। कोई भी इसकी ताकत का अंदाजा नहीं लगा सकता। यह बालक बड़ा होकर एक महान योद्धा बनेगा। पूरा साहोपुरम इसकी वीरता पर गर्व करेगा।' पुजारी ने ऊँचे स्वर में कहा।

'पुजारी जी, मैं कुछ समझा नहीं! थोड़ा विस्तार से बताओ।'

'यह विचित्र तलवार जो इस बालक की पीठ पर छपी है, कोई मामूली तलवार नहीं बल्कि महाशक्ति की प्रतीक है। इसकी किस्मत इसकी मुट्‌ठी में होगी।'

टोवा और पुजारी के बीच हो रही सारी बातें मचुआ ने सुन लीं। उसने पुजारी के पास आकर उत्सुकता से पूछा– 'पुजारी जी, क्या मेरा बेटा सच में एक महान योद्धा बनेगा?'

'हाँ मचुआ, तुम्हारा बेटा...।' पुजारी ने आश्वासन दिया।

सारे लुटेरे बालक को घूरने लगे। उस बालक के मुख पर तेज था।

कई उसकी पीठ पर अंकित तलवार को छूने लगे। उस अद्‌भुत बालक को देखकर वे फुसफुसाने लगे- 'करिश्मा! यह वाकई में करिश्मा है!'

उसी वक्त पुजारी ने बालक का नाम मोरिया रखा और सारे लुटेरों के बीच भविष्यवाणी की- 'यह बालक जीवन में कभी मौत से नहीं हारेगा बल्कि मौत खुद इसके सामने हमेशा सिर झुकाये खड़ी रहेगी। इस नगर को कोनिया से यह बालक ही आजाद करायेगा।'

पुजारी अब मंदिर की ओर चल दिया। लुटेरे मोरिया को अपना भाग्यविधाता के रूप में देखने लगे। उसके पैरों को अपने सिर से स्पर्श कराने लगे। कई उसके पैरों को चूमने लगे। यह सिलसिला काफी समय तक यूँ ही चलता रहा। टोवा ने बालक को गोद में उठाया और सारे लुटेरों के बीच घोषणा की- 'साहोपुरम के वासियो, आने वाले भविष्य में तुम्हारा सरदार मोरिया होगा।'

यह सुनते ही हवा की गति और तेज हो गयी। साथ में साहोपुरम की धूल भी उड़ने लगी। देखते ही देखते हवा ने भयंकर तूफान का रूप धारण कर लिया। सारे लुटेरे तूफान से बचने के लिए इधर-उधर पेड़ों की आड़ में छिपने लगे। मचुआ और टोवा भी बच्चे को लेकर एक पेड़ के पीछे छिप गए। थोड़ी देर बाद जब तूफान शांत पड़ा तो सब लुटेरे पेड़ों की आड़ छोड़, वस्त्रों से धूल झाड़ते हुए बाहर आये।

एक लुटेरा टोवा के पास आया और उसकी गोद में मोरिया को देख, जोर से जयकारे लगाने लगा- 'सरदार मोरिया की जय...!'

सब लुटेरे उसकी ओर देखने लगे फिर वे भी उसके सुर में सुर बिठाने लगे- 'मोरिया सरदार की जय...!'

इस तरह पूरा साहोपुरम मोरिया के दीदार में रम गया। चारों दिशाओं में आज सिर्फ मोरिया नाम ही गूंजता रहा।

4.

मिख्ला पुरवा में,

दो दिन बाद, सुबह लुटेरे समुन्दर पार कर मिख्ला पुरवा के किनारे पहुंच गये। मिख्ला पुरवा से दो रात और एक दिन की दूरी पर स्थित है।

'सब सलामत हैं?' टोवा ने पूरे झुण्ड से पूछा।

'जी सरदार।' झुण्ड की एक साथ आवाज आई।

'याद रखना! यह सम्पूर्ण नगर एक वृहद वृत्ताकार वृक्ष मार्ग के अन्दर बसा है। इसके भीतर आवागमन के लिए एक अष्टाकृति वृक्ष-मार्ग बना है। इस अष्टाकृति वृक्ष-मार्ग को चारों तरफ से मकानों ने घेर रखा है। ये मकान जमीन पर नहीं बल्कि वृक्षों की शाखाओं पर बसे हैं। हमारा इन मकानों से कोई लेना-देना नहीं अगर लेना-देना है तो सिर्फ मिख्ला से। मिख्ला अष्टाकृति वृक्ष-मार्ग के दूसरे वृत्त के अन्दर है। वहां तक पहुंच, उसे उखाड़ कर लाना ही हमारा मकसद है।' टोवा ने सभी को आगाह किया- 'एक बात और याद रखना, अष्टाकृति वृक्ष-मार्ग के पहले वृत्त को पार करते ही दोनों वृत्तों के मिलन स्थल पर हमें राजा रोमान का महल मिलेगा जहाँ अधिक सेना होगी। उस सेना को रास्ते से हटाकर ही हम दूसरे वृत्त में प्रवेश कर सकेंगे और वहीं हमें मिख्ला वृक्ष मिलेगा।'

'मगर सरदार, सेना तो वृक्ष-मार्ग के ऊपर होगी, उसे हटाना आसान होगा?' साबू ने उलझन भरे स्वर में पूछा।

'मैं जानता हूँ, इसमें कठिनाईयां आयेंगी लेकिन हमें उनसे घबराना नहीं है बल्कि डटकर उनका मुकाबला करना है।' टोवा ने लुटेरों

में उत्साह भरा- 'हम दो गुटों में बंट जायेंगे। एक गुट जमीनी मार्ग से और दूसरा गुट वृक्ष-मार्ग से उन पर आक्रमण करेगा। इस तरह मिख्ला पुरवा की सेना को खत्म करने के बाद हम सीधे मिख्ला तक पहुंच जायेंगे।'

'फिर हम मिख्ला जीत लेंगे?' लुटेरों ने जीत के भाव से पूछा।

'हाँ, तब मिख्ला हमारे हाथ में होगा फिर किसी भी तरह हमें उसे शाम ढलने से पहले समुन्दर मार्ग पार करके साहोपुरम ले जाना होगा। तभी हम लुटेरे अपने मकसद में कामयाब होंगे।'

मिख्ला पुरवा में सभी घर वृक्षों की शाखाओं पर बने हैं। घरों पर बेलें इस कदर सजाई गई हैं कि दूर से देखने पर रंग-बिरंगी फूलवाड़ी नजर आती हैं। पुरवा की बेलों की विशेष बात यह है कि उनके अंदर चमकने के लिए स्वयं का प्रकाश है। वहाँ की बेलें रात को अलग और दिन में अलग रोशनी बिखेरती हैं।

सभी पुरवा वासियों के घर अष्टाकृति वृक्ष मार्ग के चारों ओर बसे हैं। घर के दरवाजे वृक्ष-मार्ग पर ही खुलते हैं। इस मार्ग के पहले वृत्त के सामने थोड़ी दूरी पर विशाल समुन्दर है और दूसरे वृत्त के पीछे वीरान जंगल। इस मार्ग से दो छोटे वृक्ष-मार्ग निकलकर उस वृहद वृत्ताकार वृक्ष-मार्ग से मिलते हैं जो इस पूरे पुरवा को घेरे हुए है।

'जय साहो! साहोपुरम!' टोवा ने जोर से नारा लगाया।

'जय साहो! साहोपुरम।' की गर्जना के साथ लुटेरों ने घोड़ों की लगामें खींचीं और दौड़ पड़े मिख्ला पुरवा की ओर।

थोड़ी ही देर में वे मिख्ला पुरवा के वृहद वृत्ताकार वृक्ष-मार्ग पर पहुंच गए। टोवा, कोसी और मचुआ अपने घोडों से उस वृक्ष-मार्ग को उलांघ कर अष्टाकृति वृक्ष-मार्ग के शुरुआती वृत्त में आ गए। वहीं साबू अपने पूरे गुट के साथ उस वृहद वृत्ताकार वृक्ष-मार्ग को काटने में जुट गया। मार्ग का शुरुआती हिस्सा ध्वस्त करने के बाद साबू अपने गुट को लेकर मिख्ला पुरवा में प्रवेश कर गया।

जैसे ही मिख्ला पुरवा के लोगों को लुटेरों के आने की खबर लगी, वे तुरन्त अपने हथियार उठाकर उनका मुकाबला करने रणभूमि में उतर आये। राजा रोमान सेना के दस्ते के साथ वहां पहुंच गए।

टोवा, कोसी और मचुआ अपने चक्रान से लोगों को मारते हुए, मिख्ला की ओर बढ़ने लगे।

चक्रान लुटेरों का एक हथियार है। उसमें एक रस्सा लगा है। रस्से में लोहे के तीन दांतेदार चक्र बंधे हैं। रस्सा सात से दस बालिश्त तक लम्बा है। प्रत्येक चक्र के मध्य में बाहर की तरफ एक हुक निकला है जिनमें वह रस्सा बंधा है। चक्रान में पहला चक्र रस्से के आखिरी छोर पर है और दूसरा चक्र उससे एक बालिश्त ऊपर और तीसरा चक्र दूसरे चक्र से एक बालिश्त ऊपर है। इस तरह उन तीनों चक्रों के बीच में एक-एक बालिश्त का अंतराल है। चक्रान रस्से को हाथ में पकड़कर हवा में लहराते हुए चलाया जाता है।

कई लुटेरे चक्रान और तलवार दोनों को हाथों में लेकर युद्ध लड़ रहे थे। उनकी तलवारें किनारों से पतली और बीच में से मोटी हैं बिल्कुल उत्तलाकृति के समान।

राजा रोमान ने ब्रम्हान से लुटेरों पर तीरों की बौछार शुरू कर दी। ब्रम्हान राजा रोमान का हथियार है, इसमें दो धनुष क्रॉसाकृति में जुड़े हैं। इसके प्रत्येक धनुष में दो-दो प्रत्यंचाऐं, एक छोटी और एक लम्बी, बंधी हैं। लम्बी प्रत्यंचा धनुष के दोनों ऊपरी सिरों पर बंधी है जबकि छोटी प्रत्यंचा उससे थोड़ी नीचे। इस तरह ब्रम्हान से तीर छोड़ने के लिए चार प्रत्यंचाऐं हैं। ब्रम्हान में अर्द्ध गोलाकृति के आठ हुक लगे हैं जिनमें तीर लगाये जाते हैं। ये आठ हुक दोनों धनुषों के क्रॉसबिन्दु के ऊपर-नीचे हैं। ब्रह्मान की चारों प्रत्यंचाओं को एक साथ पकड़कर एक बार में बहुत सारे तीर छोड़े जा सकते हैं लेकिन राजा रोमान ने अभी तक दो प्रत्यंचाओं का ही एक साथ प्रयोग किया। ब्रम्हान को दोनों धनुषों के क्रॉसबिन्दु से पकड़कर चलाया जाता है।

'ये लो तुम्हारी मौत के तीर!' राजा रोमान ने एक साथ चार-चार तीर छोड़े।

लुटेरे घोडों पर बैठे-बैठे चक्रान से मिख्ला पुरवा के लोगों के साथ-साथ उनके चेटवाओं को भी बेरहमी से खत्म करते गए। कई बार जब लुटेरे लड़ते-लड़ते अपने घोडों से जमीन पर गिर जाते तो चेटवा उन्हें चीर-फाड़ कर मार डालते।

राजा रोमान जिस चेटवा पर बैठकर युद्ध कर रहे थे। वह लड़ते-लड़ते वीर गति को प्राप्त हो गया। वे अब इधर-उधर दौड़-भाग कर लुटेरों पर तीर चलाते।

टोवा, कोसी और मचुआ के रास्ते में जो कुछ भी आया, वे सब को तहस-नहस कर मिख्ला के पास पहुंच गए। कोसी ने मिख्ला को जमीन से उखाड़ लिया और उसे हाथ में कसकर पकड़, अपने घोड़े पर बैठ वापस उसी रास्ते से समुन्दर मार्ग की ओर लौटने लगी जिससे होकर वह मिख्ला तक पहुंची थी। साथ में टोवा और मचुआ भी थे।

शाम ढलने को आयी। जागुन अपनी मुस्कान धीमे-धीमे कम करने लगा। रोहिनी मुस्कुराने के लिए तैयार होने लगी। यह देख टोवा ने लुटेरों को आवाज दी- 'हम जीत गए हैं, जल्दी से समुन्दर की ओर चलो।'

लुटेरे युद्ध छोड़कर समुन्दर मार्ग की ओर लौटने लगे। राजा रोमान को पता चल गया कि लुटेरे मिख्ला को लूटकर साथ ले जा रहे हैं। राजा रोमान के तीर समाप्त हो चुके थे। उन्होंने सेनापति जागुआ से तरकश लिया और लुटेरों के काफिले पर फिर से तीरों की बौछार करना शुरू कर दिया। लुटेरे एक-एक कर गिरते गए परन्तु कोसी अभी भी राजा रोमान के तीरों से बची हुयी थी। मिख्ला उसके हाथ में था।

लुटेरे बहुत दूर निकल गए। वे समुन्दर मार्ग से अब बस थोड़ी ही दूर थे। राजा रोमान ने सोचा- 'अगर ये मिख्ला को ले गए तो हमारा पुरवा हमेशा के लिए खत्म हो जायेगा।'

राजा रोमान ने एक सैनिक का चेटवा लिया और लुटेरों का पीछा

करने लगे। उनके पीछे-पीछे सेनापति जागुआ और पुरवा की सेना चेटवाओं पर दौड़ने लगी।

काफी रास्ता तय करने के बाद भी राजा रोमान जब लुटेरों तक नहीं पहुंच पाये तो उन्हें लग गया कि अगर वे ऐसे ही उनका पीछा करते रहे तो मिख्ला उनके हाथ से निकल जायेगा। राजा रोमान ने अपना चेटवा रोका और आकाश में मिख्ला पुरवा का प्रतिबिम्ब देखा। प्रतिबिम्ब में मिख्ला उन्हें कोसी के हाथों में दिखाई दिया। उन्होंने अब कोसी पर निशाना साधा। तीर सीधे कोसी की पीठ में जा लगा। वह घोड़े से नीचे गिर पड़ी।

'कोसीऽऽऽ।' टोवा खुले मुख से गहरी सांस खींचते हुए चिल्लाया।

कोसी के जमीन पर गिरते ही उसके हाथ से मिख्ला छूट गया। जमीन का स्पर्श पाते ही मिख्ला ने वहीं पर अपना विकराल रूप धारण कर लिया क्योंकि शाम अब ढल चुकी थी। टोवा का घोड़ा थोड़ा आगे निकल चुका था, उसने अपना घोड़ा कोसी के पास जाने के लिए पीछे मोड़ा लेकिन मचुआ ने उसे जाने से रोक लिया क्योंकि उनके पीछे मिख्ला पुरवा की पूरी सेना उनकी मौत बनकर आ रही थी। लुटेरे कोसी को वहीं छोड़ खाली हाथ अपने नगर लौट गए।

थोड़ी-सी देर में सारे पुरवा वासी कोसी के पास पहुंच गये, वे कोसी के चारों ओर इकट्ठे हो गये। वह अचेत अवस्था में पड़ी थी। राजा रोमान भी वहां पहुंच गये।

'महाराज, यह अभी जीवित है।' सेनापति जागुआ ने कोसी की नब्ज टटोलकर कहा।

'सैनिकों, इसे ले जाकर कैद खाने में बंद कर दो।' राजा रोमान ने हुक्म दिया।

'महाराज, अगर अभी इसे वैद्य जी के पास न ले जाया गया तो यह औरत मर जायेगी।' जागुआ को कोसी पर तरस आया।

'ठीक है, तुम्हें जो अच्छा लगे, करो। सजा इसे हम बाद में सुना देंगे।'

'जी महाराज।'

जागुआ ने कोसी की पीठ से तीर निकाला और उठाकर उसे वैद्यशाला ले गया।

❖❖❖

'यह नारी कौन है? हमारे पुरवा की तो नहीं जान पड़ती?' वैद्य जी ने जागुआ से पूछा।

'हां वैद्य जी, यह हमारे पुरवा की नारी नहीं है बल्कि एक लुटेरिन है जो मिख्ला को लूट कर ले जाते समय महाराज के तीर से घायल हो गयी।' जागुआ ने बताया।

'मिख्ला को लूटने वाली नारी का मैं इलाज करूँ, यह मुमकिन नहीं। आप इसे वापस ले जाइये।' वैद्य जी ने त्योरी चढ़ाई।

'वैद्य जी, अगर आपने इसका इलाज नहीं किया तो यह बेचारी मर जायेगी।' जागुआ ने लुटेरिन के प्रति सहानुभूति व्यक्त की।

'दुश्मन की मदद न करना ही मेरा कर्त्तव्य है और धर्म भी।' वैद्य जी ने राष्ट्रधर्म की दुहाई दी।

'वैद्य जी, फिलहाल यह एक कैदी है, कोई दुश्मन नहीं और एक कैदी के जीवन और उसकी गरिमा की रक्षा करना राज्य का दायित्व होता है। क्या अब भी आप इस कैदी का इलाज करने से इन्कार करेंगे?'

वैद्य जी अचरज के साथ जागुआ को घूरने लगे।

'ठीक है, आपके कहने पर कैदी मानकर मैं इसका इलाज करूंगा।'

'शुक्रिया।'

'नारी को जमीन पर उल्टा लिटा दो।' वैद्य जी ने बगल में खड़े अपने एक परिचारक से कहा।

परिचारक ने कोसी को जमीन पर पेट के बल लिटा दिया। फिर वैद्य जी ने उसका इलाज शुरू किया।

इलाज प्रारम्भ होने के कुछ समय बाद सेनापति ने वैद्य जी से प्रस्थान करने की अनुमति मांगी।

'ठीक है सेनापति जी, आप महल के लिए प्रस्थान कर सकते हैं। मैं

कल स्वयं महल आकर महाराज से इस औरत के बारे में बात करूँगा।'

❖❖❖

अगले दिन सुबह,

पुरवावासियों ने अपने ईश्वर मिख्ला को उसी स्थान पर पुनर्स्थापित कर दिया जहाँ वह युद्ध से पहले था।

वैद्य जी चेटवा पर सवार होकर महल पहुँचे।

'राजा रोमान को हमारा संदेश पहुंचा दो, हम उनसे मिलना चाहते हैं।' द्वार पर खड़े दरबान से वैद्य जी ने कहा।

राजा को दरबान से वैद्य जी के आने की जैसे ही खबर मिली, वे तुरन्त अपना काम-काज छोड़, द्वार पर वैद्य जी से मिलने आये।

'प्रणाम! वैद्य जी।' राजा रोमान ने हाथ जोड़कर वैद्य जी का अभिवादन किया।

'प्रणाम! महाराज!'

'कहिये, अचानक कैसे आना हुआ?'

'उस लुटेरिन का क्या किया जाये महाराज, जिसे कल सेनापति जागुआ वैद्यशाला छोड़ आये थे?'

'जब तक वह पूरी तरह से ठीक नहीं होती, उसे आप वैद्यशाला में ही रखें। ठीक होने के बाद हम उसके लिए सजा सुनायेंगे।' 'जैसी तुम्हारी इच्छा, महाराज।'

❖❖❖

तीन माह पश्चात्,

कोसी को दरबार में उपस्थित किया गया। अब वह पूरी तरह स्वस्थ थी। सभी दरबारी गण उसे अपराधी की दृष्टि से घूरने लगे।

'महाराज, इस लुटेरिन को फाँसी दी जाये।' एक मंत्री ने क्रोधपूर्वक कहा।

किसी ने उस लुटेरिन को आग में जलाकर मारने की सलाह दी तो किसी ने बांध कर समुन्दर में फेंकने की, कईयों ने... इस तरह राजा के सामने सलाहों का तांता लग गया।

'जागुआ, तुम क्या कहते हो, मिख्ला को लूटने के जुर्म में इसे क्या सजा दी जाये?' राजा ने सेनापति से सलाह मांगी।

'महाराज, मैं तो केवल इतना कहूंगा, आप चाहे इसे जो सजा दें लेकिन मृत्यु दण्ड न दें।'

यह बात सुनकर सभी दरबारी गण निराश हो गए। वे जागुआ की ओर आँखें तरेरने लगे फिर उन्होंने एक-एक कर बोलना शुरू किया- 'इस लुटेरिन की वजह से हमारा पुरवा तबाह हुआ; बहुत से लोग मारे गये; जानवर और पशुओं को भी हानि हुई और सबसे बड़ी बात तो यह है महाराज कि हमारे ईश्वर मिख्ला को इस लुटेरिन ने नुकसान पहुंचाया। इस जघन्य अपराध के लिए हम इसे कभी माफ नहीं करेंगे। महाराज, इसके लिए तो मृत्युदंड भी कम है।'

इस तरह की तमाम गुहारें लोगों की ओर से आने लगीं।

'जागुआ, सारी प्रजा इस लुटेरिन के लिए मृत्युदण्ड की मांग कर रही है फिर तुम इसे क्यों बचाना चाहते हो?' राजा ने पूछा।

'महाराज, इस लुटेरिन को मृत्युदण्ड देने से मृत्यु एक की नहीं बल्कि दो की होगी इसलिए मैं मृत्युदण्ड के खिलाफ हूँ।' जागुआ ने अपने पक्ष के समर्थन में कहा।

'दो की मृत्यु!' राजा आश्चर्य चकित हुआ।

'हां महाराज, दो की मृत्यु। शायद आप नहीं जानते कि इस औरत की कोख में एक बच्चा भी पल रहा है, उस भ्रूण ने क्या गुनाह किया है जो आप उसे भी साथ मृत्यु देना चाहते हैं? किसी बेगुनाह को सजा देना अन्याय है महाराज और यह मिख्ला पुरवा के विधान के खिलाफ है। अगर इस भ्रूण की हत्या हुई तो यह मिख्ला पुरवा के इतिहास पर कालिख पोत देगा। इससे आमजन का राजा के न्याय से विश्वास उठ जाएगा। एक सच्चा रक्षक होने के नाते मेरा दायित्व इस पुरवा की केवल सामरिक रक्षा करना ही नहीं बल्कि इसके बनने वाले नए इतिहास की रक्षा करना भी है। आज हमारे द्वारा रचा गया गौरवशाली

इतिहास ही युग-युग तक मिख्ला पुरवा के नाम को जीवित रखेगा इसलिए महाराज, मेरी तो आपसे केवल इतनी-सी विनती है, आप इस मसले पर जो भी निर्णय लें; वह दूरगामी परिणामों को ध्यान में रखकर और निष्पक्षता के साथ लें।' सेनापति जागुआ ने अपनी बात रखी।

राजा रोमान के सामने दुविधा उत्पन्न हो गयी। एक ओर, पुरवा वासियों का बहुमत लुटेरिन को मृत्यु दण्ड दिए जाने के पक्ष में अडिग था। वहीं दूसरी ओर, जागुआ की बातों में भी सच्चाई थी अगर जल्दबाजी में कोई गलत निर्णय ले लिया जाता तो मिख्ला पुरवा के इतिहास पर प्रश्न चिह्न लग सकता था परन्तु समस्या यह थी कि इस बात की ओर पुरवा वासियों का ध्यान भी नहीं जा रहा था। जागुआ की बात तो सही थी मगर थी अल्पमत में। अब निर्णय बहुमत के आधार पर लिया जाए या अल्पमत के आधार पर। राजा रोमान ने काफी सोच विचार कर यह फैसला किया कि वे पहले इस लुटेरिन की बात सुनेंगे, उसके बाद ही किसी निर्णय पर पहुँचेंगे।

'हे औरत, तुम्हारा नाम क्या है?' राजा ने लुटेरिन से पूछा।

'कोसी! कोसी नाम है मेरा।' अक्खड़ आवाज में लुटेरिन ने परिचय दिया।

'क्या तुम मृत्यु दण्ड चाहती हो?'

'मैं कायरों की भाँति मरना नहीं चाहती। दम है तो मुझे तलवार दो और युद्ध करो फिर देखते हैं मौत किसके खाते में है।' कोसी ने गुर्राहकर महाराज को युद्ध की चुनौती दी।

'हे लुटेरिन, तेरी इतनी हिम्मत की महाराज से जुबान लड़ाती है।' आगे बैठे एक मंत्री ने कोसी को लताड़ा।

राजा ने हाथ दिखाकर मंत्री की जुबान पर लगाम लगाया और सैनिकों को आदेश दिया- 'इसे, कोसी को बंदीग्रह ले जाओ।'

कोसी की सजा को स्थगित कर सभा खत्म हुई। लोग अपने-अपने घर चले गये। सैनिक कोसी को बंदीग्रह ले गए। रात को रानी रोनिवा

कोसी से मिलने बंदीग्रह आयी। रानी रोनिवा दयालु किस्म की औरत थी।

'कैसी हो कोसी?' रानी रोनिवा ने कोसी से उसका हाल जाना।

'तुम कौन हो?' कोसी ने सवाल किया।

'मैं यहाँ की महारानी रोनिवा हूँ।'

'मुझसे क्या चाहती हो?'

'कुछ नहीं, बस तुम्हारे बारे में चर्चा सुनी इसलिए मिलने चली आयी। यहां तुम्हें कोई मुसीबत तो नहीं?'

'एक बार इन बेडियों को खोलकर देखो, मुसीबत तो तुम्हारे पुरवा पर आ पड़ेगी।' कोसी गुस्से में बोली। उसके बात करने के अंदाज से पता चलता था कि वह अब भी पुरवा वासियों से युद्ध करना चाहती थी। अब भी उसको अपनी ताकत पर गुरूर था।

'इसकी देखभाल के लिए एक दासी नियुक्त की जाए।' रानी ने बंदीग्रह प्रहरी को आदेश दिया क्योंकि वह जानती थी, इस वक्त कोसी गर्भवती है।

❖ ❖ ❖

पाँच माह बाद,

सुबह का समय था। जागुन ने खिलना शुरू किया था। राजा रोमान पूजा-अर्चना के पश्चात् भ्रमण के लिए निकले थे। हू पक्षी जलाशय में गोता लगा रहा था। जानवर भी अपने-अपने कार्यों में मग्न थे। तभी पुरवा में एक शुभ घटना घटी। कोसी की कोख से एक लड़के ने जन्म लिया। यह बात पूरे मिख्ला पुरवा में हवा की तरह फैल गयी। यह सूचना पाकर रानी रोनिवा के चेहरे पर चिंता की रेखाएं उभर आयीं कि कहीं महाराज कोसी को मृत्युदण्ड न सुना दें। रानी रोनिवा दिन भर कोसी को बचाने की तरकीबें सोचती रहीं।

रात का समय था। राजा और रानी दोनों महल में थे।

'महाराज, अगर बुरा न मानो तो एक बात कहूँ?' रानी रोनिवा ने महाराज से कहा।

'हां, कहो क्या बात है। हम बिल्कुल भी बुरा नहीं मानेंगे।'

'कोसी कितनी खुशनसीब है। उसने एक लड़के को जन्म दिया है।'

'हां पता है, मैं भी खुश हूँ कि उसने एक लड़के को जन्म दिया है।'

'अगर मैं आपसे कुछ माँगू तो क्या मुझे दोगे?'

'माँगो, क्या माँगती हो?' राजा खुश होकर बोला क्योंकि रानी ने पहली बार कुछ माँगने की इच्छा प्रकट की थी।

'मैं आपसे कोसी की जिन्दगी मांगती हूँ।'

एक बारगी तो यह माँग सुनकर राजा हतप्रभ रह गया फिर क्रोध में आकर बोला- 'यह हर्गिज नहीं हो सकता, इसके अलावा तुम जो भी मांगोगी, मैं देने को तैयार हूँ।'

'आखिर क्यों ऐसा नहीं हो सकता? अगर मुझे कुछ चाहिए तो वो है सिर्फ कोसी की जिंदगी।'

'तुम समझती क्यों नहीं, उसको सजा मिलनी तय है, उसने जघन्य अपराध किया है।'

'क्या तुम मेरी खातिर उसे माफ नहीं कर सकते?'

'आखिर तुम्हें हो क्या गया है रोनिवा जो उस अपराधिन के लिए इतना सोच रही हो?'

'क्योंकि मैं जानती हूँ कि एक माँ को अपने बच्चे से कितना प्रेम होता है। उसकी सारी खुशियाँ अपने बच्चे की किलकारी और क्रीड़ाओं से जुड़ी होती हैं। जब एक औरत मां बनती है तो अपने बच्चे की अच्छी तरह से परवरिश करना ही उसकी जिन्दगी का मकसद बन जाता है। महाराज, एक माँ से उसकी खुशियाँ और मकसद छीनना बिल्कुल भी न्यायोचित नहीं।'

'रोनिवा, तुमने जो कहा वह सब तो ठीक है लेकिन मैं एक राजा हूँ और एक राजा का काम होता है-अपराधियों को दण्ड देना न की उन पर तरस खाकर उन्हें क्षमा करना इसलिए कोसी को क्षमा करने का कोई औचित्य नहीं बनता। उसका दण्ड पहले से ही तय है।'

'दण्ड तय है लेकिन मृत्यु दण्ड तो नहीं?'

'तुम कहना क्या चाहती हो?'

'मैं चाहती हूँ, तुम कोसी को मुत्युदण्ड न देकर उम्रकैद की सजा दे दो।'

'अगर तुम्हारी यही इच्छा है तो यही सही...।' यह कहकर राजा रोमान अपने कक्ष में चले गये।

रानी रोनिवा प्रसन्न हुई। उनसे रहा न गया और रात को ही बंदीग्रह जाकर सारी बातें कोसी को बता डालीं। रानी की विशालहृदयता देखकर कोसी की आंखें भर आयीं।

'तुम एक सच्ची महारानी हो। आज तुमने मुझे अपने बच्चे के साथ रहने का सौभाग्य प्रदान किया, मैं तुम्हारे इस कर्ज को कभी नहीं चुका पाऊँगी।' यह कहते हुए कोसी की आँखों से अश्रु धारा बह पड़ी।

'ऐसा न कहो कोसी, एक माँ ही माँ की ममता नहीं समझेगी तो फिर कौन समझेगा और फिर मैनें तो वही किया है जो एक माँ को करना चाहिए।'

❖ ❖ ❖

पाँच माह पश्चात्,

रानी रोनिवा की कोख से एक सुन्दर लड़की का जन्म हुआ। पूरे पुरवा में इसकी खुशियाँ मनायी गयीं। सब लोग अपनी राजकुमारी को देखने महल आये। साथ में ढेर सारे उपहार लाये।

❖ ❖ ❖

एक साल बाद,

राजकुमारी के जन्म को पूरा एक साल बीत गया लेकिन अभी तक उसका नामकरण नहीं हुआ। आज उसी के नामकरण के शुभ कार्य के लिए राजपुरोहित महल में पधारे। पूरा महल रंग-बिरंगे रोशनीदार फूलों से सजा था। ये सारे फूल जिनकी जिम्मेदारी थी महल को रोशन करने की; अपनी तरफ से कोई कसर नहीं छोड़ रहे थे। ये फूल आज इतने

खुश थे कि महल का कोना-कोना इन्होंने अपनी सुगंध और रोशनी से भर दिया। कुछ ही क्षणों में महल में लोगों की चहलकदमी शुरू हो गयी। कुछ लोग अब भी महल की सजावट में लगे थे। वे भी महल की रौनक बढ़ाने में कोई कसर नहीं छोड़ना चाहते थे। कुछ लोग राजा-रानी और राजकुमारी को शाही तौर-तरीके से सजाने में जुटे थे।

राजकुमारी के नामकरण के कार्यक्रम को परंपरागत रूप से शुरू करने के लिए डंका बजा। डंके की आवाज सुनते ही लोग महल की ओर चल पड़े। सब राजकुमारी के लिए कुछ न कुछ उपहार ले जा रहे थे। उनके साथ चलने वाले चेटवा भी रंग-बिरंगी लताओं से सजे थे।

राजा रोमान राजदरबार में आये। आते ही उन्होंने राजपुरोहित को औपचारिक प्रणाम किया। राजपुरोहित ने भी राजा को सिर झुकाकर प्रणाम किया। इसके बाद राजा रोमान ने राजपुरोहित को उनका स्थान ग्रहण करने को कहा। राजपुरोहित इससे पहले कि अपने नियत स्थान पर विराजते, उनके मन में एक विचार कौंधा- 'राजन, मैं इस सिंहासन पर बैठने से पहले एक बार राजकुमारी को देखना चाहता हूँ।'

'जैसी आपकी इच्छा राजपुरोहित जी।' कहकर राजा रोमान राजपुरोहित को महारानी रोनिवा के कक्ष की ओर ले चले। वहाँ जाकर राजा ने दरवाजे पर नियुक्त सेविका से कहा- 'महारानी रोनिवा को संदेश पहुंचा दो कि राजपुरोहित जी राजकुमारी को देखने आये हैं।'

सेविका राजा का संदेश लेकर महारानी के कक्ष में गयी। राजा का संदेश उनको सुनाया। रानी रोनिवा ने राजपुरोहित और राजा को अन्दर लाने का आदेश दिया।

कक्ष में प्रवेश करते ही रानी ने राजपुरोहित का अभिवादन किया और राजपुरोहित ने उनका। राजपुरोहित राजकुमारी को देखने के लिए इतने व्याकुल थे कि जब से उन्होंने कक्ष में प्रवेश किया था, वे इधर-उधर अपनी नजरें दौड़ाकर उसी को ही खोज रहे थे, जैसे ही उन्हें राजकुमारी दिखी, वे उसे देखकर दंग रह गए, कुछ पल के लिए

तो उनकी सांसे रुक गयीं फिर सामान्य होकर बोले- 'छोटी-सी उम्र में इतना बड़ा साहस; मैंने पहले कभी नहीं देखा।'

'राजपुरोहित जी, छोटी उम्र! साहस! मैं कुछ समझा नहीं, थोड़ा विस्तार में बतायें कि आखिर बात क्या है?' राजा रोमान ने अबूझता वश पूछा।

'करीब चार सौ साल पहले, जब मिख्ला पुरवा साम्राज्य का उद्गम हुआ था, तब इस साम्राज्य की रक्षा के लिए यहाँ की राजकुमारी रूआ ने चाबुक चलाना सीखा था। उसका चाबुक अद्भुत था। उस राजकुमारी के सामने तगड़े-तगड़े पराक्रमी योद्धा पानी भरते थे। तब से आज तक इस साम्राज्य में न उस जैसा कोई दूसरा चाबुक बना और न ही उसकी तरह चाबुक चलाने वाली कोई राजकुमारी पैदा हुई किन्तु आज इस नन्ही-सी राजकुमारी को देखकर ऐसा प्रतीत होता है मानो राजकुमारी रूआ ने इस साम्राज्य में पुनः जन्म लिया है। शायद इस साम्राज्य पर अब कोई भारी संकट आने वाला है। राजन, जितना जल्दी हो सके, तुम राजकुमारी को चाबुक विद्या में निपुण कराओ, इसी में हम सब की भलाई है।'

'मगर राजपुरोहित जी, मिख्ला पुरवा में सालों से किसी नारी ने रणभूमि में शस्त्र नहीं उठाये; वे तो सिर्फ घर का काम-काज संभालती आयी हैं, ऐसे में अगर राजकुमारी चाबुक विद्या सीखेगी तो प्रजा क्या कहेगी?' राजा रोमान ने उलझन के साथ कहा।

'राजन, आप यह क्यों भूल रहे हैं कि हमारी कई नारी पूर्वजों ने इस साम्राज्य की रक्षा के लिए रणभूमि में लड़ते-लड़ते अपने प्राण तक न्यौछावर कर दिए थे अगर राजकुमारी ने शस्त्र नहीं उठाये तो आगामी समय में इस साम्राज्य का अस्तित्व खतरे में पड़ सकता है।'

राजपुरोहित को राजा रोमान की पुत्री के हाथों में चाबुक देखकर मिख्ला पुरवा में चार सौ साल पहले हुई राजकुमारी रूआ की याद आ गयी थी। राजा रोमान की पुत्री चाबुक से खेल रही थी। उसे यह बिल्कुल भी मालूम नहीं था कि यह एक शस्त्र है या खिलौना, उसे तो

बस उससे खेलने से मतलब था। मगर यह चाबुक वह बीस बालिश्त लम्बा चाबुक नहीं था जिसकी गाथा अभी राजपुरोहित ने सुनाई थी। यह तो सिर्फ एक साधारण-सा चाबुक था।

राजा रोमान और राजपुरोहित राजकुमारी की प्रशंसा कर रहे थे। उनके पास खड़ी रानी रोनिवा अपनी बेटी की प्रशंसा सुनकर प्रफुल्लित हो रही थीं। इतने में सेनापति जागुआ वहाँ आया और सिर झुकाकर प्रणाम कर बोला- 'महाराज, दरबारीगण आपके आने का बेसब्री से इंतजार कर रहे हैं।'

'राजपुरोहित जी, अब हमें चलना चाहिए, न जाने प्रजा कब से हमारा इन्तजार कर रही होगी।' राजा रोमान ने कहा।

अब राजा रोमान, राजपुरोहित और सेनापति जागुआ तीनों दरबार की ओर चल पड़े। उनके पीछे रानी रोनिवा राजकुमारी को गोद में लेकर निकल पड़ीं। उनके दरबार में प्रवेश करते ही वहां बैठी प्रजा ने राजा रोमान के नाम के जयकारे शुरू कर दिए। राजा रोमान ने अपने सिंहासन के पास जाकर हाथ के इशारे से प्रजा को शांत किया। फिर प्रजा को सम्बोधित किया- 'आप सभी इस भव्य समारोह में पधारे, मैं आपका तहेदिल से स्वागत करता हूँ। मुझे आज बेहद खुशी हो रही है यह देखकर कि मेरी प्रजा अपनी राजकुमारी का नाम सुनने के लिए व्याकुल है।'

इतना कहकर राजा रोमान सिंहासन पर विराजे। अब राजपुरोहित अपने सिंहासन से खड़े हुए। उन्होंने राजकुमारी को हाथ से इशारा कर अपनी ओर बुलाया। रानी रोनिवा ने राजकुमारी को गोद से नीचे उतार राजपुरोहित की तरफ भेजा। राजकुमारी नन्हे-नन्हे कदमों से बढ़ती हुई राजपुरोहित के पास आ गयी। राजपुरोहित ने उसे उठाया और प्रजा से कहा- 'मिख्ला पुरवा वासियो, आज से हमारी राजकुमारी का नाम रूआ होगा। इतिहास इन्हें रूआ नाम से जानेगा।'

रूआ नाम सुनते ही लोगों के चेहरों पर मुस्कान आ गयी। उनकी

गहमा–गहमी शुरू हो गयी। रूआ लोगों को कौतुहल के भाव से देखने लगी।

राजपुरोहित लोगों के शोरगुल को शांत कर बोले– 'मैंने उस महान और पराक्रमी योद्धा राजकुमारी रूआ के नाम पर हमारी राजकुमारी का नाम रखा है जिसने चार सौ साल पहले लुटेरों से मिख्ला पुरवा की रक्षा की थी। आने वाले समय में वही इतिहास हमारी राजकुमारी रूआ दोहरायेगी।'

यह सुनकर दरबार में उपस्थित लोग और प्रफुल्लित हो उठे। वे रुआ नाम पर गर्वित थे।

थोड़ी ही देर में पूरे मिख्ला पुरवा में रूआ नाम की लहर दौड़ पड़ी। पुरवा की औरतें आपस में रूआ नाम की महानता की चर्चा करने लगीं।

❖ ❖ ❖

पाँच साल बाद,

कोसी के पुत्र वासीन, रूआ और सेनापति जागुआ के पुत्र आयन ने गुरुकुल में दाखिला लिया। तीनों में घनिष्ठ मित्रता थी। गुरुकुल में तीनों साथ–साथ बैठते। रूआ वासीन से प्रेम करती थी परन्तु उसने इसका कभी इजहार नहीं किया। जब गुरु जी पाठ पढ़ाते थे, तब भी रूआ की नजरें वासीन पर ऐसे टिकी रहतीं जैसे पानी में मछली खोजते वक्त बगुले की। रूआ भी बगुला की तरह हो गयी थी, वह हर समय वासीन के अन्दर अपना प्यार खोजती रहती। तीनों को गुरुकुल जाते अभी दो ही माह हुए थे कि आयन को यह बात पता चल गयी कि रूआ वासीन से प्रेम करती है और वासीन रूआ से। वह उन दोनों के प्रेम से बेहद खुश था।

❖ ❖ ❖

तीन माह पश्चात्,

रूआ अपने कक्ष की ओर जा रही थी कि राजा रोमान ने उसे

अपने पास बुलाया और उससे कहा- 'रूआ, मैं तुझे कुछ दिखाना चाहता हूँ, मेरे साथ चलो!'

राजा रोमान रूआ को महल के उस बेजान कक्ष में ले गए जो सालों से बंद पड़ा था। उस कक्ष में बहुत सारा कबाड़ था। बहुत से तीर-कमान और भाले वहाँ धूल खा रहे थे। पूरे कमरे में मकड़ियों के जाले बुने हुए थे जिनमें तमाम छोटे-बड़े कीड़े-मकोडों के कंकाल फंसे थे।

'पिताजी, क्या आप मुझे यही दिखाने लाये हो? यहाँ तो कबाड़ के सिवाय कुछ भी नहीं?' रूआ ने एक भाले से धूल झाड़ते हुए कहा।

'इस कबाड़े के अलावा भी एक अनमोल चीज है इस कक्ष में जिस पर अभी तुम्हारी नजर नहीं पड़ी।'

'मगर वो अनमोल चीज है कहां? मुझे तो कहीं दिखाई नहीं देती!'

'इधर आओ।' रूआ का हाथ पकड़कर राजा रोमान उसे एक त्रिभुजाकार संदूक के पास ले गये।

संदूक बहुत पुरानी थी। उस पर ढ़ेर सारी धूल जमी थी। राजा ने उसके ऊपर से धूल हटायी। धूल हटते ही संदूक की रंगत बदल गयी। वह चमकने लगी। रूआ उसे एकटक घूरती ही रही। संदूक देखने में एकदम अद्‌भुत थी। उसके ऊपर अंकित आकृति भी विचित्र थी। वो आकृति एक लड़की की थी जिसके हाथ में चाबुक था और वह उस चाबुक से शत्रुओं का संहार कर रही थी।

'पिताजी, यह लड़की कौन है जो बेरहमी से लोगों को मौत के घाट उतार रही है?'

'यह कोई आम लड़की नहीं बल्कि मिख्ला पुरवा की राजकुमारी रूआ है और जिनका वह संहार कर रही है, वे सब मिख्ला को लूटने आये लुटेरे हैं।'

'हमारे मिख्ला की रक्षा!'

'हाँ, हमारे मिख्ला की रक्षा। यह उस समय की बात है जब हमारे मिख्ला पुरवा का उद्‌गम हुआ था।'

‘ओह! अब समझी! इसी के नाम पर मेरा नाम रूआ रखा है, मगर मैं तो चाबुक चलाना जानती ही नहीं! क्या मैं भी इसी रूआ की तरह चाबुक चलाने वाली रूआ बन सकती हूँ?’

‘हाँ बिल्कुल, तुम भी इसी की तरह चाबुक चलाने वाली रूआ बनोगी फिर तुम भी लुटेरों से मिख्ला की रक्षा करना।’

‘मैं मिख्ला की रक्षा जरूर करूंगी किन्तु मेरे पास चाबुक तो है ही नहीं?’

राजा रोमान ने फटाक से संदूक खोला। उसके अंदर एक टोकरी रखी थी जिसमें एक चाबुक था। राजा ने टोकरी को चाबुक समेत बाहर निकाला और उसे रूआ के हाथों में थमाते हुए कहा– ‘ये लो तुम्हारा चाबुक। तुम्हें इसे चलाने में निपुणता हासिल करनी होगी फिर करना इससे मिख्ला और मिख्ला पुरवा की रक्षा।’

‘मैं आज से हमेशा इसे अपने साथ रखूंगी।’ रूआ ने चाबुक समेत टोकरी को हाथों में पकड़ कर कहा और एक प्रश्न जो उसके मन को कुरेद रहा था, पूछ लिया– ‘क्या आपने इसे वर्षों से मेरे लिए संभाल कर रखा था?’

‘नहीं, मैंने नहीं, हमारे राजपुरोहितों ने इसे संभाल कर रखा था, मुझे तो यह तब सौंपा गया जब तुम्हारा नामकरण हुआ था। तब से यह मेरे पास है बस तुम्हारे बड़े होने का इंतजार कर रहा था, आज वह समय आ गया इसलिए मैंने इसे तुम्हें सौंपना उचित समझा।’

‘बाप रे बाप! इतना बड़ा चाबुक!’ रूआ ने टोकरी से चाबुक बाहर निकाला।

यह उसी रुआ का चाबुक है जिसकी कहानी राजपुरोहित ने सुनाई थी। यह चाबुक किसी भी दुश्मन को जरा–सा लगते ही घाव करने के लिए काफी है। रूआ ने चाबुक को दोनों हाथों से समेट कर वापस टोकरी में रख दिया।

❖ ❖ ❖

अगले दिन,

रूआ उस टोकरी को लेकर गुरुकुल गयी। सारे शिष्यगण रूआ को ऐसे घूरने लगे जैसे कि वह उनसे अलग हो। रूआ उनकी तांक-झांक का मतलब तो समझ गयी परन्तु वह उनसे कुछ बोले बिना चुपचाप वहाँ से निकल गयी और वासीन और आयन के पास आकर खड़ी हो गयी। रूआ की पीठ पर टोकरी को बंधे देखकर वासीन और आयन भी अचम्भे में पड़ गए। आयन से रहा न गया। उसने रूआ से पूछ लिया- 'रूआ, तुम ये टोकरी कहाँ से लायी हो और इसमें है क्या?'

'यह पिताजी ने मुझे सौंपी है। इसमें चाबुक है। इसे देते वक्त मुझसे उन्होंने कहा कि मैं पुरानी राजकुमारी रूआ की तरह चाबुक चलाना सीखूँ ताकि वक्त आने पर पुरवा की लुटेरों से रक्षा कर सकूँ इसीलिए मैं इसे अपने साथ लायी हूँ।' रूआ बोली।

'जरा हम भी तो देखें, राजकुमारी का चाबुक कैसा है!' यह कहकर वासीन ने रूआ की टोकरी में हाथ डाला और चाबुक को बाहर निकाल लिया। चाबुक देखकर वासीन भौंचक्का रह गया- 'बाप रे! इतना लम्बा चाबुक! मैंने पहले कभी नहीं देखा!'

'यह तो वाकई में बहुत लम्बा है!' आयन भी चाबुक को देखकर दंग रह गया- 'और इसके छोर पर जो धारदार धातुएं लगी हैं, ऐसी तो पहले कभी किसी चाबुक में नहीं देखीं!'

आयन ने वासीन से देखने के लिए चाबुक लिया। वह उसे देख ही रहा था कि इतने में गुरुजी आ गए। सभी शिष्यों ने गुरु जी को नमस्ते किया। चरण स्पर्श किये। गुरु जी को आयन के हाथ में चाबुक दिख गया।

'आयन, तुम गुरुकुल में यह चाबुक क्यों लाए हो?' गुरु जी ने आयन को लताड़ा।

'गुरु जी, यह चाबुक मेरा नहीं रूआ का है और महाराज ने रूआ को इसे हमेशा साथ रखने को कहा है।' आयन ने तत्काल जवाब दिया।

'रूआ, क्या यह सच है?' गुरु जी ने पूछा।

'यह पिताजी ने ही मुझे दिया है और इसे हमेशा अपने साथ रखने को कहा है और उन्होंने यह भी कहा है कि मैं इसे चलाने में महारत हासिल करूँ ताकि वक्त आने पर पुरवा की रक्षा कर सकूँ।' रूआ बोली।

'इसे अपने पास रखो।' गुरु जी ने आयन से चाबुक लेकर रूआ को थमाया।

❖❖❖

तीन माह पश्चात्,

सेनापति जागुआ कुछ लोगों के साथ खेतों में जोत लगाने के लिए गया। वे अपने औजार साथ ले गए। साथ में शस्त्र भी ले गये क्योंकि अब कभी-भी मिख्ला पुरवा पर लुटेरों का हमला हो सकता था। लुटेरों के आक्रमण का समय नजदीक था। वासीन और आयन भी उनके साथ खेतों पर गए। सभी ने हथियार इकट्ठे कर एक जगह रख दिए और हाथों में खेती-बाड़ी के औजार लेकर खेतों में उतर गए। वासीन और आयन भी काका जागुआ को सहारा देने उसके काम में जुट गए। उनका पूरा शरीर मिट्टी में सन गया। बहुत देर तक काम करने के बाद जब वे लोग थक गए तो वे अपने औजार खेतों में ही छोड़कर बाहर आ गये। सब ने मिल-जुलकर भोजन किया। इसके बाद वे आराम करने के लिए पेड़ की छाँव तले लेट गए लेकिन वासीन और आयन को अभी तक जरा भी थकान महसूस नहीं हुई क्योंकि काका ने उनसे छोटे-मोटे काम ही करवाये थे। वे अब भी उछल-कूद करते खेतों में काम कर रहे थे और थोडी देर बाद वे सभी को आराम करते देख हथियारों के साथ खेलने लग गए।

'वासीन, इसके साथ मैं कैसा दिख रहा हूँ? एक योद्धा जैसा न?' एक भाले को कंधे के ऊपर सीधा तान कर आयन बोला।

'तुम दिख तो एक योद्धा के समान ही रहे हो परन्तु अभी तुममें एक कमी बाकी है; तुम भाला फेंकना नहीं जानते।' वासीन ने कहा।

इस बात पर आयन को जोश आया। उसने भाले को हवा में

फेंका। भाला थोड़ी दूर ही गया- 'ये तो बस शुरुआत है। तुम देखना, मैं जल्द ही योद्धा बन जाऊँगा।'

'हाँ, वो तो तुम्हारी भाला चलाने की इच्छा से ही पता चलता है।' वासीन ने अपने लम्बे बालों में हाथ डालते हुए आयन की तारीफ की।

काका जागुआ उन दोनों की हरकतों को दूर से ही देख रहा था। उन दोनों की दोस्ती देखकर काका प्रसन्न हुआ। वह उनके पास आया और वासीन से बोला- 'आयन ने तो अपना हथियार चुन लिया है, तुम अपना हथियार नहीं चुनोगे?'

'काका, मैं तुम्हारी तरह धनुर्धर बनना चाहता हूँ। आज से धनुष ही मेरा हथियार होगा।' वासीन ने अपनी इच्छा जाहिर की।

'जरा, मेरा धनुष तो उठाओ।' काका ने वासीन से कहा।

वासीन ने काका के धनुष को दोनों हाथों से उठाया और कहा- 'आपका धनुष तो मैंने उठा दिया है, अब बताओ मुझे धनुर्विद्या हासिल करने के लिए और क्या करना होगा?'

'कुछ नहीं, बस तरकश से तीर निकालो और धनुष पर चढ़ा लो।'

वासीन ने पास में रखे काका के तरकश से एक तीर निकाला और उसे धनुष पर चढ़ा दिया। फिर हवा में धनुष को साध कर प्रत्यंचा खींच दी। तीर बारह-तेरह पग दूर जाकर गिर गया।

'लो तुम सीख गए मेरी तरह धनुष चलाना।' काका ने वासीन का हौसला बढ़ाया।

'वासीन, तुम धनुर्विद्या में महारत हासिल करो और मैं भाला विद्या में फिर देखना हम दोनों की जोड़ी कितनी जमेगी।' हाथ में भाला लेकर आयन बोला।

'और फिर वही जोड़ी लुटेरों का मुंह तोड़ जवाब देगी।' वासीन ने आयन की बात को पूरा किया।

'हाँ दोस्त, हम मिलकर पुरवा की रक्षा करेंगे।'

उन दोनों की बातें सुनकर काका ने उन्हें अपने गले से लगा लिया

और भावुक होकर बोला– 'कभी एक–दूसरे का साथ मत छोड़ना।'

'पिताजी, मेरी और वासीन की मित्रता अमर रहेगी।' आयन ने विश्वास दिलाया।

'काका, हम अपनी आखिरी साँस तक साथ रहेंगे।' वासीन ने वादा किया।

❖❖❖

एक साल बाद,

वासीन, रूआ और आयन की आयु सात साल से अधिक हो गयी। उन्हें गुरुकुल जाते–जाते करीब चौबीस माह बीत गए। दो साल होने में अभी छः माह बाकी थे। मिख्ला पुरवा के पंचांग में एक वर्ष पन्द्रह माह का है।

गुरुकुल में कक्षा खत्म होते ही गुरुजी ने सात और आठ आयु वर्ग के विद्यार्थियों की छँटनी कर उन्हें एक तरफ किया। उसमें कुल पच्चीस विद्यार्थी शामिल हुए जिनमें रूआ, वासीन और आयन भी थे। ये पच्चीसों जो अलग किए थे, एक दूसरे को घूरने लगे, इस भाव से कि पता नहीं गुरुजी ने क्यों उन्हें अलग छाँटा है?

वासीन के मन में तमाम शंकाऐं होने लगीं। उससे रहा न गया और उसने गुरुजी से पूछ ही लिया– 'गुरु जी, आपने हमें सबसे अलग क्यों किया है?'

'मैंने तुम्हें अन्य शिष्यों से इसलिए अलग किया है क्योंकि तुम्हारी आयु अब शस्त्र विद्या प्राप्त करने के योग्य हो चुकी है। अब तुम्हें योद्धा बनना होगा। मिख्ला पुरवा की रक्षा के लिए यह अति आवश्यक है।' गुरु जी ने कहा।

उनकी यह बात सुनकर सभी के चेहरे खुशी से खिल उठे। वासीन, रूआ और आयन की खुशी का तो ठिकाना ही नहीं रहा। वे तो इसी क्षण का बेसब्री से इंतजार कर रहे थे।

'गुरुजी, क्या मैं कोई भी हथियार चलाना सीख सकता हूँ?' आयन ने उत्सुकता व्यक्त की।

‘तुम्हें जो शस्त्र सबसे अधिक प्रिय हो और तुम्हारी अन्तर्रात्मा भी जिसकी गवाही देती हो, तुम उसे ही चुनना तभी तुम एक बहादुर योद्धा बन पाओगे।’ गुरुजी ने सभी शिष्यों को अपने हथियार चुनने की मौलिक नसीहत दी।

‘हम अपनी अन्तर्रात्मा की ही सुनेंगे।’ सारे शिष्यों ने एक स्वर में कहा।

अब वे उन्हें आयुध कक्ष में ले गए जिसमें हर तरह के हथियार मौजूद थे। सभी शिष्यों ने अपनी पसंद के हथियार चुन लिए। वासीन ने धनुष को अपना हथियार चुना तो वहीं आयन ने भाले को और रही रूआ, वह तो बहुत पहले ही चाबुक को अपना हथियार मान चुकी थी।

‘सब ने हथियार चुन लिये हैं या कोई बाकी है?’ गुरु जी ने शिष्यों से पूछा।

‘आपके बताऐ अनुसार हम सब ने हथियार चुन लिये हैं।’ सारे शिष्य बोले।

‘ध्यान रहे, आज तुम्हारे द्वारा चुने गए ये हथियार ही तुम्हारा जीवन हैं। इन्हें कभी अपने से दूर मत करना अन्यथा मौत से तुम्हारी कोई भी रक्षा नहीं कर पायेगा।’

‘हम इन्हें हमेशा अपने साथ रखेंगे।’

‘ठीक है, अब तुम घर जाओ। मैं कल से तुम्हें शस्त्र विद्या दूँगा।’

सारे शिष्य अपने घरों को चले गए। उन्हें आने वाले कल का बेसब्री से इंतजार था। रूआ तो आज बहुत खुश थी क्योंकि वह पूरे मिख्ला पुरवा में नारी जाति की अकेली योद्धा बनने जा रही थी।

❖ ❖ ❖

खण्ड-२

आरम्भ 432 मि.पु. से

5.

मिख्ला पुरवा में,

समय किसी का गुलाम नहीं होता, उसकी चाल हमेशा आगे बढ़ती रहती है। वासीन और राजकुमारी रूआ दोनों साथ-साथ खेलते हुए बड़े हो गये। वासीन के बाल अपने पिता टोवा की तरह लम्बे और रूआ के रानी रोनिवा की तरह घुँघराले थे। वे दोनों साथ-साथ गुरुकुल शिक्षा ग्रहण करने जाते और लौटते भी साथ-साथ। रूआ महल में रहती और वासीन बंदीग्रह में। कुछ ही सालों में वासीन और रूआ गुरु जी के प्रिय शिष्य बन गये। उन्हें रक्षक बनने की बड़ी लालसा थी। महाराज ने पुरवा की रक्षा के लिए जो विशेष प्रशिक्षण प्राप्त चार रक्षक तैनात किये थे, ये दोनों उन रक्षकों से बहुत प्रेरित थे।

'माँ, वासीन कहां है?' रूआ ने वासीन की माँ से बंदीग्रह में आकर पूछा।

'कुछ समय पहले ही सेनापति जी उसे अपने साथ ले गये थे।' वासीन की माँ ने कहा।

'कहाँ?'

'यह तो नहीं मालूम, अगर कोई बात हो तो मुझे बता दो, जब वो घर आयेगा तो मैं उसे बता दूँगी।'

'आज के लिए उसने इसी समय खेलने का वादा किया था इसलिए उसे लेने आयी हूँ।'

'तुम कुछ क्षण यहीं ठहरो, वह जल्द आता ही होगा।' कोसी ने कहा कि इतने में उसे वासीन आता दिख गया- 'लो आ गया!'

'वासीन, तुम कहां चले गये थे? मैं तुम्हें कब से ढूंढ रही हूँ?' रूआ ने व्याकुल मन से पूछा।

'क्यों?' वासीन ने शरारती ढंग से पूछा।

'कल तुमने ही तो इस वक्त खेलने का वादा किया था, क्या तुम भूल गये?'

'मैं क्यों भूलूंगा? मैं तो बस यूं ही मजाक कर रहा था।'

'रूआ तेरा कब से इंतजार कर रही है? अब बातों में ही लगा रहेगा या खेलने भी जाएगा।' कोसी ने वासीन को डाँटा।

'सच में तुमने मेरा इंतजार किया?' वासीन हंसा।

'हाँ किया; तुम्हें ले जाने के लिए।' रूआ ने इठलाकर कहा- 'अब चलो भी...।'

वासीन और रूआ खेलने के लिए महल के पीछे आ गये। आज भी उनका वही खेल शुरु हुआ जिसे वे हर रोज खेलते हैं।

'वासीन, आज तुमसे पहले मैं उस रस्से को छू लूँगी।' रूआ ने चुनौती दी।

'रहने दो; तुम्हें हर रोज यही कहने की आदत है।' वासीन ने व्यंग्य किया।

अब रूआ और वासीन ने अपनी आँखों पर काली पट्टी बांधी और फिर वे दोनों वृक्ष-मार्ग पर तीन सौ पग दूर लटके रस्से को छूने के लिए दौड़े। दौड़ते-दौड़ते अचानक वासीन के चिल्लाने की आवाज आयी। रूआ ने अपनी आँखों से पट्टी हटाई और इधर-उधर वासीन को देखने लगी।

'वासीन उसे पकड़े रहना; मैं अभी आयी!' रूआ घबराती हुई बोली।

वासीन वृक्ष-मार्ग पर दौड़ते वक्त अचानक ठोकर लगने के कारण मार्ग से नीचे पेड़ की एक डाल पर जा गिरा था। गिरते ही उसने उस डाल को हाथ से कसकर पकड़ लिया।

रूआ वासीन को बचाने दौड़ती हुई उसके पास आयी और अपने

चाबुक को घुमाकर वृक्ष-मार्ग के सहारे खड़े पेड़ की डाल पर मारा। चाबुक डाल पर पड़ते ही उससे लिबड़ गया फिर रूआ चाबुक के दूसरे सिरे को पकड़े वृक्ष-मार्ग से नीचे कूद गयी और वासीन को पकड़ लिया फिर वे दोनों चाबुक के सहारे मार्ग के ऊपर आ गये।

'वासीन देख लो, मैं जीत गई।' रूआ वासीन को चिढ़ाने लगी।

'बस इस बार ही तो तुम जीती हो, हर बार तो मैं ही जीतता हूँ और वैसे भी तुम संयोग से जीती हो। यह कोई जीतना नहीं होता।'

'मैंने तुम्हें गिरने से बचाया है। इसके लिए तुम मुझे कोई पुरस्कार नहीं दोगे?'

'हां जरूर दूंगा, किसी दिन तुम्हारी जान ही तुम्हें पुरस्कार में दे दूंगा।'

'रहने दो, वह समय कभी नहीं आयेगा।'

'आ सकता है अगर कुदरत चाहे तो।'

'मगर कुदरत रूआ के साथ कभी ऐसा नहीं करेगी।'

'माँ कहती है- कुदरत हर व्यक्ति को उसका कर्ज चुकाने का एक मौका जरूर देती है। मैं उस मौके का इन्तजार करूंगा।'

'अब छोड़ो भी ये सब बातें। कर्ज जब चुकेगा तब चुकेगा। चलो, कहीं और चलते हैं।'

रूआ वासीन को लेकर मिख्ला के पास आई।

'तुम्हें पता है, मिख्ला कभी बूढ़ा नहीं होता।' रूआ ने कहा।

'हाँ, मैं जानता हूँ। जागुआ काका ने मुझे बताया था- यह एक निर्जर वृक्ष है जो कभी बूढ़ा नहीं होता।'

'देखो तो मिख्ला कितने वृक्षों की खूबियों से सुशोभित है! इसका छोटा आकार तो वाकई में बहुत सुन्दर और मन मोहक लगता है।' रूआ ने मिख्ला की तारीफ की।

'हाँ, मगर बड़ा रूप भी कम मन-मोहक नहीं।'

वे बातें कर रहे थे कि हू पक्षी कहीं से उड़ता हुआ उनके पास आकर बैठ गया। हू को देखकर दोनों के चेहरे पर मुस्कान छा गई।

वह दिखने में भूरे रंग का है। उसके पंजे गिद्द के समान चौड़े हैं। और उसका शरीर भी गिद्द की तरह सुडौल है।

'तुम जानते हो यह किसका प्रतीक है।' हू की गर्दन के बालों में हाथ डालते हुए रूआ ने कहा।

'नहीं पता! तुम ही बता दो यह किसका प्रतीक है?'

'प्यार का! यह सम्पूर्ण दुनिया को प्यार करना सिखाता है। देखो, इसकी आँखें कितनी सुन्दर हैं; एकदम झील के समान। मन करता है इन आँखों में डूब जाऊँ।'

'वैसे तुम्हारी आँखें भी किसी झील से कम नहीं, मन तो मेरा भी करता है इनमें डूब जाऊँ।' वासीन ने रूआ को रिझाने के लिए कहा।

'अच्छा! मैं इतनी सुन्दर हूँ...?' अपनी और तारीफ सुनने का रूआ का मन किया।

'सच में रूआ, तुम किसी तारीफ की मोहताज नहीं।'

'रहने दो। इतनी तारीफ भी अच्छी नहीं। नहीं तो मैं खाँमखाँ बौरान हो जाऊँगी।'

'देखो, तुम्हारे बौरान कहने पर हू उड़ गया।' वासीन ने उड़ते हुए हू की ओर इशारा कर मसखरी की।

'अच्छा तुम नहीं मानोगे। ठीक है जो कहना है कहो, अब मैं तुम्हें नहीं टोकूंगी।' रूआ शर्मायी।

❖ ❖ ❖

एक बार राजा रोमान स्वयं महल के किसी विशेष प्रयोजन के लिए दूध लेने नौकर के साथ जामुन के पास आये। जामुन इस पुरवा में दूध भण्डार का मुखिया है।

'महाराज आप!' जामुन आश्चर्य चकित हुआ- 'आदेश करते, मैं खुद महल चला आता।'

'अरे कोई न जामुन। मन नहीं माना इसलिए चला आया तुमसे मिलने।' राजा ने कहा।

जामुन ने बर्तन में दूध डालना शुरू किया।

'जामुन, पुरवा में दूध की कोई समस्या तो नहीं?'

'नहीं महाराज, पुरवा में दूध की कोई समस्या नहीं है। हर एक पुरवा वासी को उसके हिस्से का दूध मिल रहा है और अब तो महाराज पुरवा में लोयाओं की संख्या भी बढ़ गई। कई बार तो दूध का उत्पादन जरूरत से ज्यादा हो जाता है।'

लोया दिखने में बिल्कुल डायनासोर जैसा है। वह श्याम वर्ण का है। उसकी पूंछ बहुत लम्बी और हमेशा तनकर रहने वाली है। लोयाओं के रहने-खाने की व्यवस्था एक अलग बाड़े में की गई है और उनकी देखभाल के लिए लोगों का एक अलग से गुट है।

❖❖❖

मिख्ला पुरवा के लोग हमेशा से ही प्रकृति को ईश्वर का दर्जा देते आये हैं। यहाँ के लोगों को न तो किसी भौतिक विकास की लालसा है और न ही किसी साम्राज्य से होड़ की। क्योंकि वे मानते हैं-विकास की अगली सीढ़ी विनाश की ओर जाती है। और जिसे लोग प्रतिस्पर्धा कहते हैं, दरअसल वह असीमित मानवीय इच्छाओं की तृप्ति के लिए लगायी जाने वाली अंधी दौड़ के सिवाय कुछ नहीं। मिख्ला पुरवा में छोटे-छोटे पौधों को इस कदर ढालते हैं कि आगे चलकर वे ऐसा रूप धारण कर लें कि जिस पर मार्ग व घर बनाये जा सकें। यह पुरवा एक ऐसा संयुक्त परिवार है जहां हर एक व्यक्ति का काम निर्धारित है; उसकी योग्यता के अनुसार। यहां के लोगों में इतना मैत्री भाव है कि वे आपस में किसी बात को लेकर न तो लड़ते हैं और न ही किसी को छोटा आंकते हैं। छोटा तो सिर्फ जाति और धर्मो में आंका जाता है, लेकिन यहां न तो कोई जाति है और न ही कोई धर्म; यहां तो सिर्फ इन्सान मौजूद हैं और ये लोग केवल इंसानी धर्म को ही मानते हैं। यह विचारधारा इन लोगों को इनके पूर्वजों से धरोहर के रूप में मिली है।

कुछ महीने बाद राजा रोमान को यह एहसास हुआ कि लुटेरे फिर

से लौटने वाले हैं। उनका मिख्ला पुरवा पर आक्रमण करने का समय पूरा हो गया है क्योंकि उनकी प्रतिज्ञा में...।

पचास नगरों के बादशाह कोनिया के पिता ने मिख्ला पुरवा के तत्कालीन राजा को यह वचन दिया था कि मिख्ला पुरवा पर एक बार आक्रमण करने के बाद लुटेरे अगला आक्रमण नौ साल के बाद ही किया करेंगे। और यह तब तक चलता रहेगा जब तक कि वे मिख्ला को लूट नहीं लेंगे इसलिए लुटेरों के प्रत्येक आक्रमण में नौ साल का अंतराल होता है।

❖ ❖ ❖

एक दिन सुबह,

राजा रोमान जागुआ के साथ भ्रमण पर निकले।

'जागुआ, क्या लगता है, इस बार हम उन्हें हरा पायेंगे?' राजा रोमान ने उत्तेजित होकर पूछा।

'किसे महाराज?' जागुआ ने अनभिज्ञता से पूछा।

'अरे, लुटेरों को और किसको?'

'सदियों से लुटेरों पर हमारी ही जीत हुई है महाराज, और इस बार भी जीत हमारी ही होगी।' जागुआ ने गर्व के साथ कहा।

'तुम भूल रहे हो जागुआ, पिछली बार हम उन लुटेरों के हाथों हारने से बाल-बाल बचे थे।'

'ऐसा अशुभ न कहो महाराज, देख लेना इस बार भी जीत हमारी ही होगी, चाहे सारे लुटेरे कितने ही अच्छे पराक्रमी क्यों न हों। इस बार भी हमारे लोग उन्हें धूल चटा देंगे।'

'तुम सही कहते हो जागुआ। व्यक्ति का आत्मविश्वास ही उसकी सबसे बड़ी शक्ति है। इसी से हार जीत तय होती है। हम युद्ध जरूर जीतेंगे। कल से युद्ध की तैयारियाँ शुरू कर दो।'

❖ ❖ ❖

अगले दिन,

खाने के भोजनागार में सभी लोग मध्यान्ह का भोजन करने ही

वाले थे कि जागुआ वहां आया और उसने राजा के फरमान को पढ़कर सुनाया जिसमें युद्ध की तैयारी करने के बारे में लिखा था। अब तो लोग भोजन करते समय एक-दूसरे के कान में युद्ध की बातें ही फूंकते रहे। कुछ ही समय में सभी पुरवा वासी युद्ध को लेकर सचेत हो गये।

रात को जब जागुआ घर लौटा तो उसके बेटे आयन ने उससे पूछा- 'पिताजी, क्या इस बार भी लुटेरे आयेंगे?'

'हाँ बेटा, वे अपना वचन नहीं तोड़ते। वे इस बार भी मिख्ला को लूटने जरूर आयेंगे।' जागुआ ने रात की परी छोटी रोहिनी पर हाथ रख कर कहा।

पुरवा में छोटी रोहिनियां घरों में रात को उजाला करने का काम करती हैं।

'इस बार मैं भी देखूंगा कि वे कैसे दिखते हैं?' आयन ने लुटेरों को देखने की इच्छा प्रकट की।

'नहीं! तुम उनसे दूर ही रहना, वे डरावने होते हैं।'

'ऐसे तो मैं उन्हें कभी देख ही नहीं पाऊंगा?' आयन निराश होकर बोला।

'वे बस हम से थोड़े ही अलग दिखते हैं, केवल उनके बाल ही लम्बे और घने होते हैं बाकी वे हम जैसे ही हैं।'

'कहीं वासीन की तरह तो नहीं?'

'हां, वे बिल्कुल वासीन की तरह ही दिखते हैं।'

'तो क्या वासीन भी लुटेरा है?'

'नहीं, वह लुटेरों के सरदार का बेटा जरूर है मगर उनकी तरह लुटेरा बिल्कुल नहीं।'

'वो कैसे?'

'क्योंकि उसका जन्म इसी पुरवा की भूमि पर हुआ है इसलिए वह लुटेरा नहीं है।'

'तुम यह कैसे कह सकते हो कि वह लुटेरा नहीं है?' आयन ने अपने पिता के दावे पर प्रश्न खड़ा किया।

'अब छोड़ो इन सब बातों को। रात घनी हो गई है। हमें सोना चाहिए।' यह कहकर जागुआ ने छोटी रोहिनी के उपर काला चोगा डाला जिससे पूरे घर में अंधेरा हो गया और वे सो गये।

आयन को उसके सवाल का कोई जवाब नहीं मिला था इसलिए वह अपने सवाल को लेकर रातभर छटपटाता रहा और वासीन पर गुस्सा करता रहा। आयन बचपन से ही सुनता आया था कि उसकी माँ की मौत के जिम्मेदार लुटेरे हैं। अगर वे न आये होते तो आज उसकी माँ जिन्दा होती। अब आयन के मन में वासीन के प्रति ईर्ष्या-द्वेष की भावना घर कर गयी। वह मन ही मन दोहराने लगा- 'वासीन, तू एक लुटेरे का खून है इसलिए हम दोनों में कभी दोस्ती नहीं हो सकती।'

जब पिछली बार लुटेरों ने मिख्ला पुरवा पर आक्रमण किया था। उस समय आयन की माँ गर्भवती थी। किसी कारण से वह लुटेरों के आक्रमण का शिकार हो गयी थी। उसे उस आक्रमण से इतने जख्म लगे कि दस महीनें बाद उसकी मृत्यु हो गई।

❖❖❖

अगली सुबह,

गुरुकुल जाते समय आयन ने वासीन को रास्ते में देख लिया और उस पर रात की पूरी भड़ास निकालने का मन बना लिया लेकिन रूआ को वासीन के साथ देखकर भड़ास निकालने की बात उस वक्त उसने टाल दी केवल उसके हाव-भाव में ही वासीन के प्रति द्वेष की भावना झलकी। वासीन भी काफी हद तक उसकी हरकतों को पहचान गया कि दाल में जरूर कुछ काला है तभी तो आयन मुझसे बातें किये बगैर चुपचाप मुंह फुलाकर चला जा रहा है। गुरुकुल पहुंचते ही उन्होंने गुरु जी को प्रणाम किया और गुरु जी ने उन्हें आशीर्वाद देकर कक्षा शुरू की। कक्षा समाप्त होने पर गुरु जी ने सभी शिष्यों से कहा- 'कल से गुरुकुल बंद रहेगा इसलिए तुम सब अपने घर पर ही पढ़ना।'

'गुरु जी, अचानक गुरुकुल...?' वासीन भौंचक्का रह गया।

'लुटेरों का आक्रमण हमारे पुरवा पर अब कभी भी हो सकता है, कहीं वे गुरुकुल आकर बच्चों पर हमला न कर दें इसलिए राजा रोमान का सख्त आदेश है कि गुरुकुल अनिश्चित काल के लिये बंद कर दिया जाये।' गुरु जी ने बताया।

'और हमारी पढ़ाई का क्या होगा?' रूआ बोली।

'उसे तुम घर बैठे भी कर सकते हो।' गुरु जी ने कहा।

'मगर कैसे?' वासीन ने सवाल किया।

'जो आज तक तुमने गुरुकुल में सीखा है, उसी का घर पर अभ्यास करना। गुरुकुल खुल जाने पर मैं उसी की परीक्षा लूँगा।' गुरु जी ने शिष्यों को समझाया।

'जैसी आपकी आज्ञा गुरु जी।' कहकर सभी शिष्यगण गुरुकुल से चल दिये।

वासीन पूरे रास्ते में लुटेरों के होने वाले आक्रमण के बारे में सोच-सोचकर भयभीत हो रहा था। घर आकर उसने माँ से पूछा- 'माँ, क्या लुटेरे हमें भी मार डालेंगे?'

'हां, वे किसी को नहीं बख्शते।' कोसी ने कहा- 'बच्चे से लेकर बूढ़े तक जो भी उनके रास्ते में आता है, वे उसे सीधा मौत के घाट उतार देते हैं।'

'वे दिखने में कैसे होते हैं?'

'खूँखार! एक-दम राक्षसों के जैसे।'

'फिर तो उनसे सब डरते होंगे।' वासीन ने पूछा। लुटेरों का डर उसके चंचल मन में तीव्रता से विस्तार ले रहा था- 'क्या वे हमारे घर भी आयेंगे?'

'हाँ, पुरवा के लोग उनसे डरते हैं परन्तु तुम चिन्ता मत करो, वे हमारे घर कभी नहीं आयेंगे, उन्हें राजा रोमान से डर लगता है इसलिए वे राजा के महल और बंदीगृह नहीं आते।'

कोसी ने अपने लुटेरे होने का राज अब भी वासीन से छुपाये रखा था। वासीन को यह नहीं पता कि उसका पिता एक लुटेरा है। कोसी भी उसे यह कड़वा सच बताना नहीं चाहती।

❖ ❖ ❖

राजा के दरबार में युद्ध की पूरी तैयारी के साथ मिख्ला के चारों रक्षक–माओ, आबू, राओ और धनज और उनके साथ में पुरवा के सभी लोग इकट्ठा हुए। आगामी युद्ध की चर्चाएँ शुरू हुई।

'महाराज, आप तो जानते ही हैं, पिछली बार हमारी स्थिति युद्ध करने की बिल्कुल भी नहीं थी। लुटेरों ने पुरवा पर अचानक से हमला किया था परन्तु इस बार हमारी सेना युद्ध के लिए पूरी तरह तैयार है। इस बार हम उन लुटेरों को ऐसी शिकस्त देंगे कि आगे से फिर कभी वे मिख्ला की तरफ आँख उठाकर भी नहीं देखेंगे।' आबू ने राजा रोमान को युद्ध में पुरवा की जीत का आश्वासन दिया।

'इस बार लुटेरे भी पूरी तैयारी के साथ आयेंगे, पिछली बार की तरह वे अपने साथ कम लुटेरे नहीं लायेंगे, हमें इस बात पर भी गौर करना चाहिए।' सेनापति जागुआ ने आगाह किया।

'मैं भी यही सोच रहा था, हारने के बाद कोई भी शत्रु अपने प्रतिद्वन्द्वी को युद्ध के लिए केवल तभी ललकारता है जब वह पहले से कहीं ज्यादा ताकतवर हो।' राजा रोमान ने जागुआ की बात का सर्मथन किया।

'लेकिन खुशी की बात यह है महाराज कि इस बार हमारी सेना भी पहले से कहीं अधिक ताकतवर है और लुटेरों की एक कमजोरी भी हमारे हाथ में है।' धनज लपककर बोला।

'मैं कुछ समझा नहीं धनज, तुम लुटेरों की किस कमजोरी की बात कर रहे हो?' राजा ने प्रश्नसूचक दृष्टि से धनज की ओर देखा।

'मैं सोच रहा हूँ, इस बार क्यों न हम लुटेरों के सरदार टोवा की पत्नी को उनकी कमजोरी बना लें?' धनज ने कहा।

'क्या मतलब?' जागुआ ने आश्चर्य चकित होकर धनज से प्रश्न किया।

'मेरा मतलब, क्यों न इस युद्ध में कोसी को बंधक बना कर लुटेरों के सामने पेश किया जाये, जिससे कि वे कोसी पर तरस खाकर अपनी हार मान लें और उसे साथ लेकर अपने नगर वापस लौट जायें। इससे युद्ध में होने वाली हानि से हम बच जायेंगे।' धनज ने दरबार में अपनी बात रखी।

'तुम्हें क्या लगता है, वे कोसी को बंधक देखकर अपनी हार मान लेंगे और बिना मिख्ला को लूटे जो कि उनकी आजादी का एकमात्र साधन है। केवल कोसी को ही लेकर वापस अपने नगर लौट जायेंगे। अगर आप यह सोच रहे हैं तो आप बिल्कुल गलत सोच रहे हैं। रक्षक धनज, अगर वे इतने ही दयालु होते तो अपनी जरूरतों के लिए नगर-नगर जाकर केवल लूट खसोट ही करते; कत्लेआम नहीं।' जागुआ ने धनज की बात का प्रत्युत्तर दिया।

'मगर सेनापति जी, हमारे पास इसके सिवा और कोई चारा भी तो नहीं है?' धनज विन्रमता के साथ बोला।

'चारा है धनज, हम सबकी ताकत ही हमारा चारा है।' जागुआ ने ऊँचा स्वर करके कहा।

'महाराज, कोसी सरदार टोवा की पत्नी है, यह हमें नहीं भूलना चाहिए। वह इस युद्ध में हमारे काम आ सकती है।' आबू ने धृष्टतापूर्वक कहा।

'लगता है, तुम सब की बुद्धि घास चरने गयी है। एक अबला की बेवजह बली चढ़ाना चाहते हो। तुमको शर्म नहीं आती।' जागुआ इस तर्क से उद्विग्न हुआ।

'किन्तु हम कर भी क्या सकते हैं सेनापति जी? फिलहाल हमारे पास यही एक रास्ता है पुरवा को बचाने का।' धनज ने सेनापति जागुआ की ओर मुंह करके कहा और फिर झट से मुंह राजा रोमान

की तरफ कर उनसे कहने लगा 'महाराज, मेरा तो आपसे यही कहना है कि सोच विचार में अधिक समय खपाने की बजाय जल्द ही ऐसा कोई निर्णय लें जो पुरवा की जनता के हित में हो।'

'सेनापति जागुआ, तुम कुछ कहना चाहोगे?' राजा रोमान ने कहा।

'महाराज, मेरी तो आपसे यही विनती है, उस बेचारी को चैन से अपने बच्चे को पालने दो।' जागुआ दबी आवाज में बोला।

'सेनापति जी, तुम यह भूल रहे हो वह एक लुटेरिन है। पिछली बार उसी ने मिख्ला को लूटा था अगर महाराज सही वक्त पर न पहुँचते तो वह कब की मिख्ला को साहोपुरम ले जा चुकी होती और हमारा पुरवा आज अपनी जिन्दगी की अन्तिम सांसें गिन रहा होता।' धनज ने स्वर ऊँचा किया।

'जागुआ, हमें धनज की बात मान लेनी चाहिए। यही मिख्ला पुरवा के लिए...' राजा ने जागुआ को समझाने का प्रयत्न किया।

'किन्तु महाराज!'

'अब किन्तु-परन्तु छोड़ो जागुआ। मेरा हुक्म है- कोसी को युद्ध में बंधक बनाया जाये।' राजा रोमान ने जागुआ की बात बीच में ही काटी।

'जैसी आपकी आज्ञा, महाराज।' सर झुकाकर जागुआ ने कहा- 'आपका हुक्म सरताज रहेगा।'

6.

साहोपुरम में,

आखिरकार नौ सालों के बाद वो घड़ी आ ही गयी जिसका लुटेरों को इंतजार था। लुटेरों ने पूरी टोली सजा ली। युद्ध के लिए उन्हें केवल सूरज ढलने का इंतजार था। साहोपुरम में सूरज और चाँद दिन-रात पैदा करते हैं। इस बार उनका सरदार टोवा नहीं बल्कि मचुआ बन गया और उप-सरदार का स्थान साबू ने पा लिया। इसका मतलब यह कतई नहीं कि टोवा युद्ध नहीं करेगा। उसके दिल में आज भी साहोपुरम की आजादी और मिख्ला पुरवा से कोसी की मृत्यु का बदला लेने की भावना कूट-कूट कर भरी है।

इस बार युद्ध के लिए लुटेरों ने अपने हथियारों को खास तरह से तैयार किया है, उन्होंने चक्रान में तीन की जगह छः चक्र लगाये हैं और साथ में ज्यादातर लुटेरों के पास तलवारें भी आ गयी हैं परन्तु मिख्ला पुरवा के लोगों के पास आज भी वही पुराने हथियार-धनुष, चाबुक और भाला हैं।

'साबू, तुम पिछली बार की तरह इस बार भी मिख्ला को लूटने में मेरा पूरा सहयोग करोगे।' मचुआ ने साबू से कहा।

'जी सरदार।' साबू ने सिर हिलाया।

'टोवा, मेरे भाई मैं जानता हूँ पिछले नौ सालों से तुम्हारे दिल पर क्या बीत रही है। उस युद्ध ने तुमसे तुम्हारी कोसी छीन ली। मैं तुमसे वादा करता हूँ टोवा, मैं कोसी की मौत का बदला मिख्ला पुरवा के

एक-एक व्यक्ति से लूँगा और उस कमबख्त राजा रोमान को तो मैं.. .।' मचुआ ने क्रोधपूर्वक कहा- 'टोवा, हम मिख्ला को भी जरूर लूट लायेंगे। फिर हमारा साहोपुरम हमेशा के लिए आजाद हो जायेगा। कोसी की भी यही तमन्ना थी; मिख्ला साहोपुरम आये। युद्ध के बाद हम कोसी की याद में साहोपुरम में उसकी भव्य मूर्ति स्थापित करवायेंगे।'

'मचुआ, जो यादें मेरे बीते कल के साथ गुजर गयीं, उन्हें मैं फिर से याद नहीं करना चाहता, वे मुझे दुःख के सिवाय कुछ नहीं देतीं।' टोवा ने निराश होकर कहा।

सभी लुटेरे शाम होते ही समुन्दर मार्ग के किनारे आ गये। उन्हें बस समुन्दर पार करना था; मिख्ला पुरवा तक पहुंचने के लिए। उस समुन्दर को लुटेरे हमेशा रात को ही पार करते हैं ताकि वे मिख्ला पुरवा सुबह पहुंच सकें।

'साबू, क्या तुम्हारा गुट पहले की तरह वृक्ष-मार्ग ध्वस्त करने के लिए तैयार है?' मचुआ ने आत्मसंतुष्टि के लिये पूछा।

'सरदार, इनके हाथों की खुजली पहले से कहीं ज्यादा बढ़ गई है, बस वहाँ पहुंचने दो फिर देखना...।' साबू ने अपनी टोली की ओर इशारा कर कहा।

'मुझे तुमसे यही उम्मीद है। इस बार हम मिख्ला जरूर लूटकर लायेंगे।' मचुआ ने गर्वित होकर आह्वान किया- 'चलो समुन्दर पार करते हैं।'

लुटेरे अपनी नौकाओं में घोड़ों को चढ़ाकर समुन्दर पार करने लगे। दूसरे दिन सुबह की बेला होते-होते वे समुन्दर पार कर मिख्ला पुरवा के किनारे पहुंच गये। वे अब आक्रमण के लिये पूरी तरह तैयार थे।

'जय साहो! साहोपुरम!' मचुआ ने युद्ध का उद्घोष किया।

इसी नारे की गूँज के साथ सभी लुटेरों ने घोड़ों की लगाम खींची और दौड़ पड़े मिख्ला की ओर।

मचुआ, टोवा और साबू सबसे आगे की कतार में थे और बेलगाम मिख्ला वृक्ष की ओर बढ़े जा रहे थे। सबसे पहले रास्ते में उन्हें मिख्ला पुरवा के चारों रक्षक मिले। लुटेरों का उनसे युद्ध हुआ लेकिन रक्षकों को उन्होंने चुटकी में ढेर कर दिया। बदले की आग उनके सीने में ऐसी सुलग रही थी जो केवल मिख्ला लूटकर ही बुझने वाली थी। चारों रक्षकों के मारे जाने की खबर पुरवा में हवा की तरह फैल गयी। मिख्ला पुरवा की सेना का लुटेरों के साथ युद्ध हुआ। एक पल के लिए तो मिख्ला पुरवा के लोग डर गये थे परन्तु राजा और जागुआ को लड़ते देख उनमें फिर से जोश भर आया और वे भी आक्रामक होकर लुटेरों पर टूट पड़े।

देखते ही देखते मोरा और वैद्य जी ने भी भाले उठा लिये और मिख्ला को बचाने के लिए युद्ध में कूद पड़े। वैसे तो इन दोनों में से किसी को हथियार चलाना नहीं आता लेकिन फिर भी आज उन्होंने ईश्वर के लिये हथियार उठाये।

मचुआ टोवा और साबू को साथ लेकर पुरवा के सैनिकों का सफाया करते हुए मिख्ला की ओर बढ़ता गया जैसे ही वे तीनों महल के करीब पहुँचे, टोवा की नजर अचानक कोसी पर पड़ी। पुरवा के दो सैनिकों ने कोसी के हाथ बांधकर उसे एक पेड़ पर लटका रखा था। कोसी को देखकर टोवा सकपका गया। उसे विश्वास ही नहीं हो रहा था अपनी आंखों पर कि वे कोसी को जिन्दा देख रही हैं। अब उसकी खुशी का ठिकाना न रहा। उसने तुरन्त घोड़े से छलांग लगायी और जमीन पर आ गया। दोनों सैनिक उससे भिड़ना शुरू करते, इससे पहले ही टोवा ने चक्रान से उनको ढेर कर दिया। टोवा को देखकर कोसी भी बड़ी प्रसन्न हुई।

अब टोवा कोसी को छुड़ाने दो कदम ही आगे बढ़ा था कि अचानक एक तीर उसकी पीठ में जा लगा। वह तीर राजा रोमान के

ब्रम्हान से निकला था। टोवा ने पीछे हाथ करके पीठ में घुसे तीर को निकाला कि इतने में राजा रोमान ने एक के बाद एक तीरों की झड़ी लगा दी। टोवा तलवार से राजा रोमान के तीरों का सामना करने लगा।

मचुआ टोवा को पीछे छूटता देखकर एक दफा तो लौटना चाह रहा था लेकिन उसे अपना लक्ष्य पूरा करना था, इसलिए वह टोवा को वहीं छोड़ साबू को साथ लेकर मिख्ला की ओर बढ़ता गया।

टोवा अपनी पत्नी को बचाने के लिए राजा से पूरी तरह भिड़ गया। उसने तलवार से राजा पर इस तरह प्रहार किये कि राजा के हाथ से ब्रम्हान छूट गया। राजा रोमान टोवा के वारों से इतना घायल हो चुका था कि अब उसकी बाजुओं में टोवा से लड़ने की ताकत न रही। वह धड़ाम से जमीन पर गिर गया। अगर टोवा चाहता तो उसी वक्त उसे मौत के घाट उतार सकता था मगर वह राजा को वहीं छोड़, झट से उस पेड़ पर चढ़ गया जिस पर कोसी बंधी हुई थी। वह तलवार से रस्सी काटने ही वाला था कि कोसी ने अपना सिर हिलाकर उसे रोक दिया। टोवा समझ नहीं पा रहा था कि इतने वर्षों बाद वे मिले हैं और अब जब वह उसे इन बेड़ियों से आजाद कर अपने साथ ले जाना चाहता है तो फिर आखिर क्यों वह उसे अपने पास आने से रोक रही है? वे वर्षों बाद मिले थे इसलिए एक दूसरे की आँखों मे आँखें डालकर ऐसे मग्न हुए कि उन्हें ये सुध ही न रहा कि वे युद्ध का एक हिस्सा हैं।

'हमारा बेटा इसी पुरवा में है।' कोसी बुदबुदायी।

'हमारा बेटा!' टोवा एक क्षण के लिए तो स्तब्ध रह गया फिर उसने अपनी आँखें मूंदीं और चैन की सांस ली। उसके दिल का बोझ अब और भी हल्का हो गया था फिर उसने बड़ी उत्सुकता से पूछा-
'वो कहां है? मैं एक बार उसे देखना चाहता हूँ।'

इतने में राजा रोमान खड़ा हो गया। उसने अपना ब्रम्हान उठाया

और दाग दिया एक और तीर टोवा की पीठ में। टोवा क्रोध में आकर पीछे मुड़ा। वह चक्रान से राजा पर प्रहार करने ही वाला था कि कोसी ने एक बार फिर अपना सिर हिलाकर उसे ऐसा करने से रोक दिया। अब वह कोसी की मनशा को बखूबी समझ गया कि वह हमारे बेटे को जान-बूझकर गुलामी की उन बेड़ियों के हवाले नहीं करना चाहती जिनमें अभी साहोपुरम जकड़ा हुआ है। यह एहसास होते ही टोवा ने अपने हाथ से तलवार और चक्रान दोनों ही छोड़ दिये। वे डालियों से टकराते हुए जमीन पर गिर गये। टोवा अब कोसी को निहारता हुआ अपनी मौत का इंतजार करने लगा। राजा रोमान ने दो तीर और उसकी पीठ में दाग दिये। टोवा अब हवा में झूलता हुआ एक अजीब-सी मुस्कुराहट के साथ अपनी पत्नी को देखता हुआ जमीन पर आ पड़ा।

उधर, एक बड़े योद्धा टोवा का साथ न होने से मचुआ को मिख्ला तक पहुंचने में बड़ी कठिनाई का सामना करना पड़ रहा था। अन्ततः जब उसने मिख्ला पुरवा की सेना को लुटेरों पर भारी पड़ते देखा तो उसे लगा कि अब मिख्ला को लूटना तो दूर; अपनी जान बचाने के भी लाले पड़ सकते हैं। मजबूरी वश उसने हार मानकर लुटेरों को वापस साहोपुरम लौटने का हुक्म दिया। लूटेरे मचुआ का हुक्म पाकर युद्ध को बीच में ही छोड़ समुन्दर मार्ग की ओर भागने लगे।

इधर, टोवा अकेला जमीन पर पड़ा मिख्ला पुरवा के प्रतिबिम्ब में कोसी को खोजने लगा। प्रतिबिम्ब में कोसी दिखने पर उसने अपनी नजरें उसी पर गढ़ा लीं। इतने में पुरवा के एक सैनिक ने आकर टोवा के सीने में एक तीर दाग दिया। अब आह की आवाज के साथ टोवा के प्राण निकल रहे थे मगर फिर भी वह खुशी से कोसी के मुख को ही निहारता रहा। थोड़ी देर में उसकी मृत्यु हो गयी परन्तु उसकी खुली आँखें उसके जीवित होने का प्रमाण-सा दे रही थीं।

राजा रोमान टोवा के पास पहुँचे। वह मर चुका था फिर राजा

रोमान ने कोसी के पास जाकर उसके हाथों की रस्सी खोली। वह सीधे टोवा से जा लिपटी और बिलख-बिलख कर रोने लगी। काफी देर तक वह टोवा का सिर अपनी गोद में रखकर रोती रही। राजा रोमान को अब पश्चाताप होने लगा- 'मैंने धोखे से टोवा को मारा। वह तो एक नेक और दयालु लुटेरा था। उसने मेरी जान बख्शी और मैंने बदले में उसे...।'

राजा रोमान माफी मांगने के मन से कोसी के पास पहुंचे और इससे पहले कि वे कुछ बोलते कोसी वहाँ से उठकर रोती-रोती चली गयी।

युद्ध समाप्त हुआ। लुटेरों के लौट जाने पर पुरवा के घायल सैनिकों को वैद्य जी के आश्रम ले जाया गया। राजा रोमान भी घायल हो चुके थे, सेनापति जागुआ उन्हें रथ में बिठाकर वैद्य जी के पास ले गया।

'जागुआ, जब तक मैं ठीक नहीं हो जाता; तुम पुरवा की बागडोर संभालो।' राजा रोमान ने कहा।

'जैसी आज्ञा महाराज।' जागुआ ने सिर झुकाकर कहा।

जागुआ ने आश्रम से लौटकर सभागार में मंत्री और लोगों की एक आपात बैठक बुलाई। उस बैठक में युद्ध में व्यापक रूप से हुई हानि से उबरने के लिए और पुरवा की अर्थव्यवस्था को फिर से चुस्त-दुरुस्त करने के लिए तमाम योजनाएं तैयार की गयीं। सेनापति ने अनाज गोदामों का जायजा लेना शुरू किया। उन्होंने कृषि मुखिया देवम से पूछा- 'देवम, गोदामों में कितना अनाज है?'

'सेनापति जी, इस बार लुटेरों ने उस वक्त पुरवा पर आक्रमण किया जब पुरवा की फसल पक कर तैयार थी। यही कारण है कि पूरी फसल युद्ध की भेंट चढ़ गयी और गोदाम खाली ही रह गए।' देवम ने बताया।

'फिर भी, अभी कितना खाद्यान्न गोदामों में है?'

'तकरीबन दो माह का।'

‘नई फसल पकने में कितना वक्त लगेगा?’

‘कम से कम आठ माह, सेनापति जी।’ देवम ने फसल पकने की अवधि बतायी।

‘ओह! तब तक तो लोग भूखे मर जाएंगे। जरूर कोई तरकीब निकालनी होगी।’ जागुआ के मुख पर चिंता की रेखाएं उभरीं।

‘जामुन, पुरवा में अब पशुओं की संख्या कितनी बची है?’ जागुआ ने मवेशी मुखिया से पूछा।

‘बस, आठ-दस ही कम हुए हैं सेनापति जी बाकी उतने ही हैं जितने युद्ध से पहले थे।’ मवेशी मुखिया ने बताया।

अब जागुआ ने अनाज के संकट से निपटने की तरकीब सोच ली कि आखिर किस तरह लोगों को भूख से बचाया जाये। जागुआ ने पूरे आठ माह के लिए खाने का गणित लगाकर सभागार में उपस्थित भोजनागार की मुखिया अनोनी को आदेश दिया- ‘अन्न का भोजन चार दिन में केवल एक दिन ही बनाया जाये बाकी तीन दिन दूध और फलों से ही काम चलायें।’

‘जी, सेनापति जी।’ अनोनी ने सिर हिलाकर सहमति प्रकट की।

‘आज से सभी पुरवा वासी मिख्ला से फल लेना प्रारम्भ कर दें क्योंकि गोदाम में केवल दो माह का ही अनाज बचा है और नयी फसल तैयार होने में अभी आठ माह का वक्त लगेगा। तुमको इन आठ महीनों में हर चार दिन में तीन दिन फल और दूध से अपना पेट भरना होगा। केवल एक दिन ही तुमको अन्न का भोजन मिलेगा।’ जागुआ ने सभागार में उपस्थित पुरवा वासियों से कहा।

‘हम तैयार हैं सेनापति जी, अगले आठ माह तक इस नियम को अपनाने के लिए।’ लोगों ने एक स्वर में कहा।

‘देवम, कल से वृक्ष-मार्ग को फिर से तैयार करवाने की जिम्मेदारी भी तुम्हारी है।’ जागुआ ने कृषि मुखिया को अतिरिक्त काम सौंपा।

‘जी, सेनापति जी।’

‘मोरा, तुम्हारी जिम्मेदारी है, युद्ध में जिन मकानों को क्षति पहुंची है उनकी मरम्मत करवाना।’ जागुआ ने मोरा को भी अतिरिक्त काम सौंप दिया।

‘जैसी आज्ञा, सेनापति महोदय।’ मोरा बोला।

जागुआ ने एक ही दिन में सभी को अपनी-अपनी और कई अतिरिक्त जिम्मेदारियाँ सौंप दीं। इसके बाद सभा खत्म हुई। रात को पुरवा वासी इकट्ठा होकर मिख्ला के पास गये और सब अपने ईश्वर मिख्ला से प्रार्थना करने लगे कि वह उन्हें इस अनाज के संकट से उबरने के लिए फल दे। इसके बाद पुरवा वासियों ने मिख्ला से अपनी-अपनी पसंद के ढेर सारे फल तोड़े और उन्हें लेकर अपने घर चले गये।

❖❖❖

अगले दिन,

सुबह होते ही पुरवा के सभी लोग अपने-अपने कामों में जुट गये। बच्चों ने गुरुकुल जाना शुरू कर दिया। आज वासीन अकेला गुरुकुल गया। उसे रूआ लेने नहीं आयी। गुरुकुल में वासीन अपनी मस्ती में घूम रहा था कि अचानक उसके पीछे से आवाज आयी- ‘अरे ओ लुटेरे!’

वासीन ने पीछे मुड़कर देखा तो आयन खड़ा था। वासीन सोच में पड़ गया कि आखिर आयन लुटेरा किसे कह रहा है? उसने अपने दायें-बायें नजर दौड़ायी और मन ही मन कहा- ‘कोई भी तो नहीं है फिर ये लुटेरा किसे कह रहा है?’

‘अरे लुटेरे! इधर-उधर क्या देख रहा है? मैं तुझसे बात कर रहा हूँ।’ आयन ने वासीन के और समीप आकर कहा।

‘मैं लुटेरा नहीं हूँ, मेरा नाम वासीन है।’ वासीन ने गुस्से में जवाब दिया।

‘तेरा पूरा खानदान लुटेरा है तो फिर तू कैसे लुटेरा नहीं हो सकता!’

यह बात वासीन को हज़म न हुई। उसने आयन के मुँह पर एक जोर का थप्पड़ जड़ दिया। फिर क्या, दोनों में गुत्थम-गुत्था शुरू हो गयी। देखते ही देखते थोड़ी देर में बहुत सारे बच्चे वहां इकट्ठे हो गये। गुरु जी भी आ गये। गुरु जी ने दोनों को रोका और उन्हें कक्षा में बैठने को कहा।

रूआ आज वासीन से दूर ही बैठी थी क्योंकि आयन ने उसे सुबह बता दिया था कि वासीन एक लुटेरा है और उसी की बिरादरी के लोगों ने पुरवा पर कल हमला किया था और राजा रोमान को भी उन्होंने ही चोट पहुंचायी।

गुरुकुल से लौटते वक्त वासीन ने रूआ से बात करने की कोशिश की लेकिन रूआ ने उसे झाड़ दिया- 'दूर रहो मुझसे। तुम एक लुटेरे हो। तुम्हारे ही लोगों ने पिताजी को चोट पहुँचायी है।'

'क्या! मैं एक लुटेरा हूँ! तुम भी आयन की तरह...।' वासीन ने हताश होकर रूआ से कहा।

'हां, तुम एक लुटेरे हो।' कहकर रूआ रोती-रोती महल की ओर दौड़ने लगी।

वासीन ने उसे रोकने के लिये खूब आवाज दी लेकिन उसने एक बार भी पीछे मुड़कर नहीं देखा।

रात को वासीन मिख्ला के पास जाकर बैठ गया और सोचने लगा कि आखिर रूआ और आयन ने मुझे आज लुटेरा क्यों कहा? हो सकता है इनको मेरा कोई ऐसा राज पता चल गया हो जो खुद मुझे ही न पता हो लेकिन माँ को तो जरूर पता होगा। आखिर कौन-सा ऐसा राज है जो माँ ने आज तक मुझसे छुपाया है? होगा कोई? वक्त आने पर माँ खुद ही बता देगी। अभी माँ को परेशान करना ठीक नहीं। यह सोचकर उसने अपने विचलित होते मन को स्थिर कर लिया।

❖❖❖

'अब मैं तुम्हें और शिक्षा नहीं दे सकता?' अगले दिन गुरुकुल में गुरुजी ने वासीन से कहा।

'मगर क्यों गुरु जी?' वासीन चकित हुआ।

'तुम एक लुटेरे के खानदान से हो इसलिए राजकुमारी रूआ और आयन जिद्द पकड़कर बैठ गए हैं कि जब तक गुरुकुल में तुम पढ़ने आओगे; वे नहीं आयेंगे इसलिए मैंने तय किया है कि बात खाँमखाँ आगे बढ़े और राजदरबार तक पहुंचे, इससे तो अच्छा है कि मैं तुमको ही गुरुकुल से निष्काषित कर दूँ।' गुरु जी ने वासीन से कहा। वे इससे काफी दुखी थे कि उनका प्रिय शिष्य गुरुकुल छोड़ने वाला है- 'बेटा वासीन, मैंने यह निर्णय तुम्हारे भले के लिए ही लिया है, लुटेरों के आक्रमण से पुरवा में जानमाल की बहुत क्षति हुई है, इससे अभी पुरवा वासियों के मन में लुटेरों के प्रति रोष भरा हुआ है, ऐसे में यदि तुम्हारा मामला राजदरबार में पहुंचेगा तो जनता में लुटेरों के प्रति क्रोध की जो भावना उबल रही है, उसका खामियाजा बेवजह तुमको भुगतना पड़ सकता है क्योंकि तुम भी एक लुटेरे की संतान हो।'

'लेकिन मेरा जन्म तो इसी पुरवा में हुआ है। मैं बचपन से यहीं रहा हूँ। गुरुकुल में शिक्षा ग्रहण करने आया हूँ फिर भला मैं कैसे एक लुटेरे की संतान हो सकता हूँ?'

'वासीन, तुम अपनी माँ से जाकर पूछना कि तुम कौन हो, वो तुझे सब बता देगी। इससे पहले कि कोई बात बने, तुम यहाँ से चले जाओ।' गुरु जी ने दुःखी मन से कहा।

वासीन चुपचाप गुरुकुल से चल दिया। सभी विद्यार्थी उसे लुटेरा कहकर चिढ़ाने लगे। यह सब उससे सहा न गया और रोता-रोता बंदीगृह की ओर भागने लगा। रास्ते में रानी रोनिवा ने उसे रोता हुआ देख लिया। वे भ्रमण पर निकली थीं। उन्होंने वासीन को रोका और उससे पूछा- 'वासीन, क्या हुआ? तुम रो क्यों रहे हो?'

'आज गुरुकुल में मेरे सभी दोस्तों ने मुझे लुटेरा कहा। गुरु जी ने मुझे शिक्षा देने से इंकार कर दिया। अब आप ही बताओ रानी माँ, ऐसे में मैं रोऊँ नहीं तो क्या करूँ?' वासीन ने अपनी वेदना सुनायी।

'अच्छा! तो ये बात है। तुम अभी मेरे साथ गुरुकुल चलो। मैं देखती हूँ कि कौन तुम्हें लुटेरा कहता है।' रानी रोनिवा ने यह कहते हुए वासीन को रथ में बिठा लिया और सारथी से रथ गुरुकुल ले जाने को कहा।

गुरुकुल पहुँचते ही रानी रोनिवा सबसे पहले वासीन को लेकर गुरुजी के पास गयीं। रानी को देखकर गुरु जी ने उन्हें प्रणाम किया। रानी ने भी हाथ जोड़कर उनको प्रणाम किया।

'महारानी जी, आप अचानक यहाँ?' गुरु जी आश्चर्य चकित होकर बोले।

'बात ही कुछ ऐसी है कि अचानक से आना हो गया। मुझे अभी रास्ते में वासीन ने बताया कि आपने उसे शिक्षा देने से मना कर दिया है!'

'महारानी जी, आप तो जानती ही हैं कि वासीन का ताल्लुक लुटेरों से है तो मैंने सोचा।'

'मैं कुछ नहीं सुनना चाहती। वासीन का जन्म इसी पुरवा में हुआ है; किसी लुटेरे के घर में नहीं। यह पुरवा ही इसकी मातृभूमि है और यही इसका परिवार। यह कोई लुटेरा नहीं मिख्ला पुरवा का ही एक नागरिक है और एक नागरिक की हैसियत से इसे शिक्षा प्राप्त करने का सम्पूर्ण अधिकार है अगर फिर भी आपको कोई ऐतराज है तो फिर मेरे कहने पर इसे सम्पूर्ण शिक्षा दी जाये ताकि बड़ा होकर यह मिख्ला पुरवा का एक श्रेष्ठतम रक्षक बन सके।' गुरु जी की बात को बीच में ही काटकर रानी रोनिवा ने कहा।

'जैसा आपका आदेश, महारानी जी।'

'रूआ, इधर आओ।' पास में खड़ी रूआ को रानी रोनिवा ने बुलाया।

'हाँ माँ।' पास आकर रूआ धीमी आवाज में बोली। उसे लगा कि शायद माँ उसे डाँटेगी क्योंकि उसी की वजह से गुरु जी ने वासीन को गुरुकुल से निकाला है और वासीन को लुटेरा कह कर भी वही चिढ़ाती है।

'कल से हर रोज की तरह तुम वासीन के साथ गुरुकुल आओगी।' रानी ने रूआ से कहा।

'नहीं, मैं इसके साथ कभी नहीं आऊँगी, चाहे आप मुझे यह आदेश न मानने पर जो भी सजा दो मुझे मंजूर होगी।' यह कहकर रूआ वहां से मुंह फुलाती हुई चली गयी।

'वासीन, रूआ की बात का बुरा मत मानना। तुम तो बस मन लगाकर पढ़ाई करो। थोड़े दिन में सब ठीक हो जाएगा। अच्छा, अब मैं चलती हूँ। अपना खयाल रखना।' यह कहते हुए रानी रोनिवा रथ में बैठकर महल की ओर चल पड़ी।

'तेरी कुण्डली ही खराब है कि कोई भी तुझे पसंद नहीं करता।' आयन ने वासीन को चिढ़ाया।

'अब तक कुण्डली थी ही कहाँ! कुण्डली तो मैं अब लिखूँगा अपनी भी और...।' वासीन ने करारा जवाब दिया।

छुट्टी होते ही वासीन गुरुकुल से सीधा बंदीगृह पहुंचा। जाते ही उसने माँ से अपना अतीत जानने की इच्छा प्रकट की- 'माँ, मैं कौन हूँ? और मेरी बिरादरी क्या है?'

'वासीन, तुझे हो क्या गया जो आज ऐसी बहकी-बहकी बातें कर रहा है?' कोसी घबराकर बोली। उसने बात को टालने की कोशिश की- 'चल छोड़ इन सब बातों को। मैं कब से तेरे आने का इंतजार कर रही हूँ। भूख के मारे तेरे पेट में चूहे कूद रहे होंगे, हैं ना? मुझे पता है। चल पहले दोनों माँ-बेटा भोजनागार जाकर खाना खा आते हैं फिर मैं तुझे अच्छी-अच्छी कहानियाँ सुनाऊंगी।'

'माँ, मैं सच में जानना चाहता हूँ कि मैं कौन हूँ? और मेरा लुटेरों से क्या रिश्ता है?'

कोसी ने उसकी बात को गंभीरता से नहीं लिया। वह उसका ध्यान उन बातों से बटाने के लिए चुपड़ी-चुपड़ी बातें करने लगी- 'तू तो मेरा राजा बाबू है! तू मेरा...!'

मगर कोसी की उन चुपड़ी बातों से बात भला कहाँ बनने वाली थी। आज गुरुकुल में वासीन के साथ जो हुआ, वह पहले कभी नहीं हुआ था इसलिए उसे अपना सच जाने बगैर रहा नहीं जा रहा था।

'मैं सच में जानना चाहता हूँ, मेरा अतीत क्या है? आखिर वो कौन-सी बात है जिसकी वजह से आज मेरे सारे दोस्त मुझे गुरुकुल में लुटेरा कह रहे थे। यहाँ तक कि गुरु जी ने तो मुझे... अब चाहे कुछ भी हो जाये, मैं सच्चाई जान कर ही रहूंगा।' वासीन ने अपना अतीत जानने की हठ की।

कोसी समझ गयी कि अब बात बनने वाली नहीं है इसलिए उसने वासीन को सांत्वना देना ही ठीक समझा- 'अभी नहीं, वक्त आने पर मैं तुझे सब कुछ बता दूंगी।'

'आ गया है माँ, वो वक्त भी अब आ गया है। बस, एक बार मैं तुम्हारी जुबाँ से सुनना चाहता हूँ कि क्या मैं लुटेरा हूँ।'

'सच! सच सुनना है तो सुन- लुटेरों की नगरी साहोपुरम के सरदार टोवा तेरे....।' कोसी से अब रहा न गया और उसने वर्षों से दफन राज की सारी परतें वासीन के सामने खोल दीं।

'तुम देख लेना माँ; एक दिन गर्व करेगा पूरा पुरवा मुझ पर और मुझे जन्म देने वाली माँ तुम पर।' वासीन ने एक लुटेरे का बेटा होने पर गर्व महसूस किया।

❖❖❖

अगले दिन,

जागुआ और देवम वृक्ष-मार्ग की मरम्मत करते समय आपस में बातें करने लगे।

'इस बार हम वृक्ष-मार्ग को और भी मजबूत बनायेंगे ताकि फिर लुटेरे इसे ध्वस्त न कर सकें।' जागुआ ने देवम से कहा।

'आप सही कहते हो सेनापति जी।' देवम ने जागुआ की बात का समर्थन किया।

रात को पुरवा के लोग मिख्ला से फल लेने आये। रूआ भी माँ के साथ आयी लेकिन वासीन को नजर अंदाज करते हुए फल तोड़ कर चली गई। सिर्फ काका जागुआ ने वासीन का हाल चाल जाना।

'आखिर क्या गुनाह किया है मैंने? जो इस तरह ठुकराया जा रहा हूँ।' फल तोड़कर सब के चले जाने के बाद वासीन अकेले-अकेले मिख्ला से बातें करने लगा- 'सब मुझे लुटेरा कहते हैं फिर तू क्यों नहीं कहता? कह, तू भी कह। तू भी मुझे लुटेरा कहकर पुकार। ठीक है अगर तू नहीं कहता है तो मत कह लेकिन याद रखना एक दिन मैं यह जरूर साबित कर दूँगा कि बेशक मैं एक लुटेरे का बेटा हूँ लेकिन इस लुटेरे का काम तुझे लूटना नहीं बल्कि लुटेरों से तेरी रक्षा करना है। मैं तेरा रक्षक हूँ और हमेशा रक्षक ही रहूँगा चाहे यह दुनिया इधर से उधर क्यों न हो जाये।'

7.

साहोपुरम में,

शोमल झरने किनारे बैठी, उन मछलियों को वापस पानी में फेंक रही थी जो पानी के तेज बहाव के कारण तट से बाहर आ जातीं। यह करते-करते उसका काफी वक्त झरने के किनारे ही गुजर गया। उधर मोरिया और लाऊ ने सुबह से शोमल के चक्कर में आधा साहोपुरम छान मारा परन्तु वह कहीं नहीं मिली। शोमल लाऊ की सगी बहन और मोरिया की प्रेमिका है।

जब शोमल को ढूंढते-ढूंढते दोपहर हो गयी और वह नहीं मिली तो लाऊ मोरिया से बोला- 'चल मोरिया, पहले झरने में नहा लेते हैं फिर शोमल को ढूँढेंगे।'

'चल।' मोरिया ने कहा।

वे दोनों झरने की तरफ चल दिए। वे जैसे ही झरने के करीब पहुंचे लाऊ को थोड़ी दूर झरने के किनारे शोमल बैठी दिख गयी। लाऊ ने शोमल की ओर इशारा कर मोरिया से कहा- 'अरे मोरिया, देख! हमने सुबह से इसके चक्कर में पूरा साहोपुरम छान मारा और यह है कि पता नहीं यहाँ अकेली बैठी क्या कर रही है!'

'चल! चलकर देखते हैं।' मोरिया ने कहा।

वे दोनों उसके पास गए तो देखा कि वह तट पर पड़ी मछलियाँ पानी में फेंक रही है।

'तू यहाँ बैठी-बैठी क्या कर रही है शोमल? पता है हम तुझे कब से ढूँढ रहे हैं?' मोरिया बोला।

शोमल को यह काम करके अपार खुशी मिल रही थी परन्तु मोरिया और लाऊ के आने से उसके काम में व्यवधान आ गया। इससे शोमल मोरिया पर भड़क गयी– 'दिखाई नहीं देता; पानी में मछलियाँ फेंक रही हूँ।'

'वो तो दिख रहा है परन्तु मैं सोच रहा हूँ कि क्यों न इस नेक काम में तेरी कुछ मदद की जाए।' मोरिया शोमल को रिझाने का प्रयास करने लगा। उसने लाऊ से कहा– 'क्यों सही कहा न लाऊ?'

'हाँ, बात तो सही है।' लाऊ ने मोरिया की हां में हां भरी।

अब वे तीनों धड़ा-धड़ पानी में मछलियाँ फेंकने लगे। मछलियाँ फेंकते-फेंकते मोरिया और लाऊ झरने के अति करीब पहुंच गए जबकि शोमल वहीं बैठी फेंकती रही। मोरिया और लाऊ में ज्यादा मछलियाँ फेंकने की होड़ लग गयी। वे मछलियों पर टूट पड़े; उन्हें झरने में फेंकने के लिए। काफी वक्त उनका ऐसे ही बीत गया। वे दोनों अब शोमल से बहुत दूर जा चुके थे। अचानक लाऊ के कान में झरने की तेज आवाज पड़ी। उसने ऊपर देखा तो पहाड़ी के ऊपर से झरने में पानी का बहुत तेज बहाव आ रहा था। यह देखकर उसके हाथ से मछली छूट गयी। वह जोर से चिल्लाया– 'भाग! मोरियाऽऽऽ!'

'क्या हुआ लाऊ, तू इतना चिल्ला क्यों रहा है?' मोरिया ने पूछा।

'उधर देख!' लाऊ ने पहाड़ी की ओर इशारा किया।

'बाप रे बाप! इतना पानी!' मोरिया की आँखें फटी की फटी रह गयीं। वह लाऊ से बोला– 'चल भागते हैं लाऊ, शोमल को तट से हटाना है।'

मछलियों को वहीं छोड़, वे शोमल की ओर भागने लगे। वे आगे-आगे भाग रहे थे और उनके पीछे झरने का पानी बड़े-बड़े पत्थरों को अपने साथ बहाये ला रहा था। शोमल अपनी मस्ती में मछलियाँ फेंक रही थी। उसे यह मालूम ही नहीं कि आगे कितनी बड़ी विपदा आने वाली है।

'शोमऽऽऽल! शोमऽऽऽल!' मोरिया चिल्लाने लगाने लगा पर उसकी आवाज शोमल के कानों तक नहीं पहुंची।

वे भांप गये कि ऐसे बात बनने वाली नहीं है। वे अब और तेजी से भागने लगे। पानी भी तेज गति से उनका पीछा कर रहा था। भागते-भागते मोरिया ने सोचा- 'अगर हम ऐसे ही भागते रहे तो हम तीनों की जान खतरे में पड़ सकती है, बेहतर है हम में से कोई तो बचे।'

'माफ करना दोस्त, मैं तेरी जान खतरे में नहीं डाल सकता। शोमल को बचाने के लिए मैं ही काफी हूँ।' यह कहकर मोरिया ने लाऊ को जोर से धक्का मारा। लाऊ किनारे से दूर सूखी जमीन पर जा गिरा, जहाँ वह बिल्कुल सुरक्षित था।

मोरिया ने हल्का-सा पीछे मुड़कर देखा, पानी का बहाव और भी तीव्र हो चुका था। मोटे-मोटे पत्थर उसके साथ दौड़े चले आ रहे थे। अब मोरिया दौड़ने की बजाय तट पर पड़े पत्थरों पर से लम्बी-लम्बी छलाँगे भरने लगा। मोरिया शोमल से अब बस थोड़ी ही दूर था और पानी का तेज बहाव मोरिया से थोड़ी दूर।

'शोमऽऽऽल!' मोरिया जोर से चिल्लाया।

मोरिया की आवाज सुन शोमल ने जैसे ही उसकी तरफ देखा। मोरिया के पीछे चले आ रहे पानी के खौफनाक मंजर को देखकर वह अवाक रह गयी। उसका मुंह खुला का खुला रह गया और आँखें फटी की फटी। इससे पहले की वह खौफनाक मंजर उन दोनों को अपना हिस्सा बनाता, मोरिया ने एक लम्बी छलांग लगायी और हवा में रहते ही दाएँ हाथ से शोमल को धक्का देकर किनारे से दूर कर दिया और खुद जमीन पर पैर रखता, इससे पहले ही पानी के भयंकर बहाव ने उसे अपने साथ ले लिया।

लाऊ दौड़ा-दौड़ा शोमल के पास आया। उसे उठाया और फिर वे दोनों झरने के किनारे-किनारे 'मोरिया-मोरिया' चिल्लाते हुए उसे बचाने के लिए भागने लगे।

पानी का बहाव मोरिया को उछालता-गिराता बहुत आगे ले गया। उसने खूब कोशिश की उस बहाव से बाहर निकलने की लेकिन नाकाम रहा। पानी उसे बहाता ही ले गया। फिर एक जोरदार लहर ने उसे पानी से बहुत ऊपर उछाल दिया। यह देख शोमल और लाऊ ने डर के मारे अपनी आँखें मूद लीं। जब मोरिया नीचे आया तो पीठ के बल एक बड़े से पत्थर पर धड़ाम से जा गिरा। उसके गिरने से तेज आवाज के साथ उस पत्थर के टुकड़े-टुकड़े हो गये। वह आवाज सुन शोमल और लाऊ ने आँखें खोलीं तो देखा कि पत्थर अनगिनत टुकड़ों में बिखरकर बह रहा था। मोरिया के हाथ में एक बेल पकड़ में आ गयी। वह उसी के सहारे पानी से बाहर निकल आया। शोमल और लाऊ दौड़कर उसके पास आये। शोमल सीधे उससे लिपट गई और रोती हुई बोली- 'मेरे लिए अपनी जान जोखिम में क्यों डाली? अगर तुझे कुछ हो जाता तो?'

'अरे पगली, मेरी जान तो तुझमें बसी है जब तक तू सलामत है, मुझे कुछ नहीं हो सकता।' मोरिया ने शोमल को रिझाते हुए कहा।

'क्या, दोस्ती इसी को कहते हैं? साथ जीने-मरने की कसम खायी थी हमने और आज मुझे अकेला छोड़कर...।' लाऊ मोरिया से नाराज हो गया।

'नहीं लाऊ, एक सच्चा दोस्त वही है जो अपनी जान दांव पर लगाकर अपने दोस्त की जान बचाये।' मोरिया ने दोस्ती का उसूल समझाया।

'मोरिया, तुम्हारी पीठ से तो खून बह रहा है।' मोरिया की पीठ से खून बहते देख लाऊ घबराया। वह हाथों में रेत भरकर मोरिया के घावों पर मलने लगा।

'शोमल, शाम होने को है, अब हमें घर चलना चाहिए, तेरी माँ तेरा इंतजार कर रही होगी।' शोमल के आंसू पौंछते हुए मोरिया ने कहा।

वे तीनों अपने-अपने घोड़ों पर बैठकर घर की ओर चल दिए।

रास्ते में शोमल और लाऊ सोचते रहे कि आखिर वह पत्थर टूटा कैसे? मोरिया ने उनसे यह घटना किसी को भी न बताने को कहा। वे दोनों इस पर राजी भी हो गए। थोड़ी ही देर में वे घर पहुंच गए।

'तुम्हारी पीठ पर ये चोट कैसे लगी?' मोरिया जब अपने पिता मचुआ को प्रणाम कर रहा था तो मचुआ की नजर उसकी पीठ पर लगे खून पर गयी।

'कुछ नहीं पिताजी, हम तो बस खेल रहे थे। खेलते-खेलते गिर जाने से पीठ पर थोड़ी चोट लग गयी।' झूठ बोल कर मोरिया ने घटना को छुपाया।

'कहाँ गिरा?' उसके पिता ने पूछा।

इतने में शोमल के मुंह से निकल गया- 'पत्थर पर!'

'अरे नहीं पिताजी, वो क्या है कि मैं जंगल में पेड़ों पर भाग रहा था तो अचानक पैर फिसलने से नीचे पड़ी नुकीली लकड़ी पर गिर गया।' मोरिया ने फिर बात को छुपाने की कोशिश की।

मचुआ समझ गया कुछ तो गड़बड़ है जिसे यह मुझ से छुपा रहा है। नहीं तो जब शोमल पत्थर कह रही है तो यह नुकीली लकड़ी क्यों कह रहा है?

अब मोरिया सोच में पड़ गया कि कहीं शोमल सच न उगल दे इसलिए उसने वहाँ से शोमल को रवाना करने की सोची- 'शोमल, तुम्हारी माँ तुम्हारा इंतजार कर रही होगी, तुम घर जाओ।'

अब तो मचुआ का शक और भी गहरा हो गया। उसने शोमल को घर जाने से रोक लिया और उससे पूछा- 'सच बताओ शोमल, मोरिया को यह चोट कैसे लगी?'

फिर क्या, वही हुआ जो आमतौर पर एक नारी करती है, पूरी घटना मोरिया के पिता को सुना डाली। मोरिया और लाऊ शोमल को आँखें फाड़कर देखते ही रह गये। उन दोनों को शोमल पर गुस्सा तो बहुत आया पर पिताजी सामने थे इसलिए गुस्से को पी गए।

शोमल की बातें सुनकर मचुआ आश्चर्य में पड़ गया कि आखिर एक आदमी के गिरने से पत्थर भला कैसे टूट सकता है! मगर फिर मोरिया की ताकत का अंदाजा लगने से वह अति प्रसन्न हुआ। उसे अपने बेटे पर गर्व हुआ। परन्तु झूठ-मूठ के दिखावे के लिए एक बाप के दायित्व का निर्वहन करते हुए मचुआ ने उसे फटकार लगाई- 'चल, आज जो हुआ वो ठीक है परन्तु आगे से ऐसी खतरनाक जगहों पर भूल कर भी कदम मत रखना।'

❖ ❖ ❖

नौ माह पश्चात्,

मोरिया और लाऊ एक घने जंगल की सैर पर निकले। जंगल में एक से एक बड़े पेड़ थे। उनमें से कई पेड़ तो इतने ऊँचे थे कि उनका शिखर नीचे से बिल्कुल भी नहीं दिख रहा था। वे दोनों इतने जिद्दी थे कि एक बार जो मन में करने की ठान लेते, उसे करके ही मानते फिर चाहे कुछ भी हो जाए, वे पीछे नहीं हटते। इस बार उन दोनों ने उन अदृश्य शिखरों वाले वृक्षों के शिखर देखने की ठानी।

'चल यार आज इनके शिखर पर ही पहुंचते हैं।' मोरिया ने पेड़ों के शिखर की तरफ इशारा कर कहा।

'बचपन से ख्वाहिश थी, इनके शिखर पर बैठ कर अपना साहोपुरम देखने की; आज वो पूरी कर ही लेते हैं चल।'

उन दोनों ने अलग-अलग पेड़ पकड़ लिये और फिर उन पर लंगूरों की भांति उछल-कूद करते, शोर मचाते हुए चढ़ने लगे। काफी समय की चढ़ाई यात्रा के बाद वे उन पेड़ों के आखिरी छोर पर पहुंच गए और फिर वहाँ से इतनी जोर से शोर मचाने लगे मानो उन्होंने कोई जंग जीत ली हो। फिर वे दोनों टुकुर-टुकुर कर अपने साहोपुरम को निहारने लगे।

'यहाँ से तो अपना साहोपुरम और भी सुंदर दिखता है!' मोरिया पेड़ की डाल पर झूलते हुए बोला।

'मुझे तो इन पचासों नगरों में सबसे सुंदर हमारा साहोपुरम ही लग रहा है।' लाऊ ने जंगल के चारों ओर फैले नगरों की तरफ अंगुली घुमाकर कहा।

'इन छोरों पर आकर ऐसा नहीं लगता कि हम किसी और ही दुनिया में आ गए हैं?'

'लग तो ऐसा ही रहा है। मन तो कर रहा है, बस! यहीं रह जाऊँ; हमेशा के लिए।'

'सोच तो मैं भी कुछ ऐसा ही रहा हूँ कि तेरी बहन को लाकर हमेशा के लिए यहीं बस जाऊँ।' मोरिया मुस्कुरा कर बोला।

मोरिया की इस बात पर लाऊ भी मंद-मंद मुस्कुराने लगा।

मोरिया ने पेड़ से एक पत्ती तोड़ी और हवा में छोड़ दी। पत्ती लहराती-बलखाती नीचे जाने लगी। लाऊ को भी यह करने की सूझी और उसने भी एक पत्ती तोड़कर हवा में छोड़ दी। अब तो उनमें पत्ती तोड़कर हवा में लहराने की ऐसी होड़ मची कि थोड़ी ही देर में उन दोनों ने अपने-अपने पेड़ का सिर गंजा कर दिया। बेचारों के सिर पर एक भी पत्ती नहीं छोड़ी और फिर वे दोनों थककर उन पेड़ों की डाली से पीठ लगाकर आराम करने लगे। मगर उन पेड़ों का अब जीना हराम हो गया, वे पूरे जंगल में किसी को मुंह दिखाने लायक नहीं रहे क्योंकि उनकी शान, उनके सिर के बाल जो उन दोनों बदमाशों ने उड़ा दिए थे।

'लाऊ, उधर देख तेरी बहन तुझे ढूंढती हुई जंगल की तरफ आ रही है शायद तेरी माँ ने उसे तुझे बुलाने भेजा होगा।'

'तू मजाक बड़ा अच्छा कर लेता है, वो माँ के कहने पर कभी मुझे बुलाने नहीं आयी फिर आज कैसे आ सकती है और वो भी दौड़कर?'

'चल माँ के कहने पर न सही पर पिता के कहने पर तो आ सकती है, यही समझ ले।'

'यकीन मान, वो मुझे बुलाने दौड़कर नहीं आ सकती, वो जरूर

तेरे काम से ही आ रही है क्योंकि पूरे साहोपुरम में तू ही अकेला ऐसा है जिस पर वो अपनी जान छिड़कती है।'

'पर मुझे तो नहीं लगता।'

'अच्छा ठीक, उसे ही पास आने दे फिर अपने आप पता लग जायेगा कि वो किसके लिए यहाँ आयी है।'

'तू सही कहता है। हमें खाँमखाँ अपनी खोपड़ी नहीं पकानी चाहिए। वो थोड़ी देर में आ जायेगी। जाकर उसी से पूछ लेंगे तब तक मजे करते हैं।'

'हाँ, ये हुई न समझदारी वाली बात।'

'मोरियाऽऽऽ, मोरियाऽऽऽ...।' शोमल जंगल में आवाज देने लगी।

उसे ढूंढती-ढूंढती, वह उन्हीं लम्बे वृक्षों के पास पहुंच गयी जिनके ऊपर वे चढ़े हुए थे।

'देख, वो हमें ढूंढ रही है, चल नीचे उतर के उससे मिलते हैं।' लाऊ ने कहा।

अब वे दोनों पेड़ों से फिसलते हुए नीचे आने लगे, शोमल को देखकर मोरिया चिल्लाया- 'शोमऽऽऽल!'

मोरिया की आवाज सुन शोमल इधर-उधर देखने लगी।

'मैं यहाँ हूँ, तेरे ऊपर।'

शोमल ऊपर देखने लगी। उसे वे दिख गए। वह दौड़ी-दौड़ी उनके पास आयी।

'मोरिया, तेरी माँ की तबीयत बहुत खराब है जल्दी घर चल।' शोमल हाँफती हुई बोली।

इतना सुनते ही मोरिया घर की तरफ भागने लगा। रास्ते में उल्टे-सीधे विचार उसके मन में कौंधने लगे- 'कहीं माँ मुझे छोड़कर... नहीं! नहीं! ऐसा हर्गिज नहीं हो सकता।'

इन सब विचारों ने उसे व्यथित कर दिया। हाँफता हुआ जब वह अपने घर पहुंचा तो उसकी माँ, कोजिया, एक बिछौने पर लेटी

हुई थी। बहुत सारे लोग उसके आस-पास खड़े थे और उसका पिता उसकी माँ का हाथ थामे बैठा था। वहाँ खड़े सभी लोगों के चेहरे पर मायूसी छायी हुई थी। मोरिया माँ के पास जाने के लिए लोगों को रास्ते से हटाने लगा।

'लो, आ गया तुम्हारा बेटा!' मोरिया को देखकर लोग कोजिया से कहने लगे।

'देख कोजिया, हमारा मोरिया आ गया।' मचुआ ने कहा।

मोरिया को देखते ही कोजिया के चेहरे की रंगत ही बदल गयी, उसकी दम तोड़ती सांसों में फिर से जान आ गयी।

'माँऽऽऽ!' मोरिया अपनी माँ से लिपट गया।

'मोरिया, मैं कब से तुझे आखिरी बार देखने के लिए तरस रही थी। तुझे देख लिया, अब मैं चैन से मर सकूंगी।' रूंधे कंठ से कोजिया बोली।

'ऐसे मत बोल माँ, तुझे कुछ नहीं होगा।'

'बेटा, सात साल से इस बीमारी ने मुझे घेर रखा है परन्तु अब लगता है, ये मुझे अपने साथ ले जाकर ही दम लेगी।'

'नहीं माँ, तुम मुझे अकेला छोड़कर नहीं जा सकती।'

'बेटा, मैं तुझे छोड़कर कहाँ जा रही हूँ, मैं तो ईश्वर की दी इस काया को त्याग रही हूँ जिसे हर व्यक्ति को कभी न कभी त्यागना ही पड़ता है। यह शरीर तो माटी का एक पुतला है बेटा जिसे मिटकर एक दिन इस धरती में मिलना ही होता है; अमर तो आत्मा है और मेरी आत्मा हमेशा तेरे साथ रहेगी।'

'माँ, तुम इस माटी के पुतले को भी मत त्यागो, नहीं तो मैं भी अपना शरीर त्याग दूँगा।' मोरिया रोते-रोते बोला।

'ऐसा नहीं कहते बेटा, तू तो मेरा बहादुर बेटा है। तुझे तो हमारा साहोपुरम आजाद कराना है। बेटा, एक बार इस नगर के लोगों की आँखों में झांक कर देख, ये सभी तुझसे ही अपनी आजादी की उम्मीद

लगाए बैठे हैं। इनकी आजादी तेरे हाथ में है अगर मैं आज तुझसे कुछ माँगू तो मुझे देगा?'

'हां माँ।'

'तो मुझे वचन दे कि तू इस साहोपुरम को कोनिया से आजाद करायेगा।' कोजिया ने अपना हाथ आगे कर मोरिया से कहा।

मोरिया ने अपनी आँखें मूंदीं। उसकी आँखों से कोजिया के आंचल पर आंसू गिरने लगे। उसका चेहरा लाल हो गया। उसने धीमे से अपनी पलकों के आंसू हटाए और फिर आँखें खोल, अपनी माँ के हाथ पर अपना हाथ रखकर बोला– 'माँ, मैं तुझसे वादा करता हूँ कि तेरा ये बेटा साहोपुरम को कोनिया से जरूर आजाद करायेगा।'

यह सुनकर कोजिया ने मुस्कान भरी और अपनी सांसें वहीं रोक लीं। यह देखते ही मोरिया चिल्ला पड़ा– 'माँऽऽऽ! माँऽऽऽ! तुम मुझे छोड़कर नहीं जा सकती।'

वह बिलख-बिलख कर रोने लगा। चारों ओर सन्नाटा छा गया। वहाँ खड़े लोगों की आँखें भी नम हो गयीं। शोमल खुद रोती-रोती मोरिया को चुप करने लगी। लाऊ और मचुआ भी मोरिया को ढांढस बंधाने लगे। मचुआ ने कोजिया की खुली आँखों पर हाथ फेरकर उन्हें बंद किया।

बहुत रात बीत गयी। माँ के चले जाने के गम में मोरिया घर से बहुत दूर एक सुनसान जगह पर बैठा अकेला रोता रहा। उधर, शोमल भी मोरिया के घर में उदास बैठी थी। मचुआ से शोमल की हालत देखी नहीं गयी, उसने लाऊ को बुलाया और उससे मोरिया को घर लाने को कहा।

लाऊ मोरिया के पास गया और उसके बगल में जाकर बैठ गया फिर उसने मोरिया के कंधे पर हाथ रखकर कहा– 'दोस्त, रात बहुत हो गयी, चल घर चल।'

'नहीं यार, मुझे कहीं नहीं जाना, मैं यहीं ठीक हूँ।'

‘देख मोरिया, माँ के जाने का दुःख मुझे भी है पर यहाँ हाथ पर हाथ रखकर बैठे रहने का कोई मतलब नहीं। याद कर माँ ने तुझसे क्या कहा था– तू उसका बहादुर बेटा है, तुझे साहोपुरम को...।’

‘वही तो बनने की कोशिश कर रहा हूँ। हमारे पूर्वजों ने अपने खून से सींच-सींचकर इस साहोपुरम की धरती को ताकतवर बनाया था लेकिन उस मिख्ला की वजह से हम गुलाम बन गए।’ मोरिया जोर–जोर से सांसें लेकर अपने दाँतों को रगड़ने लगा और फिर दहाड़ते हुए अपने बगल में रखे एक पत्थर पर घूँसा मारा– ‘मैं उस मिख्ला पुरवा को तबाह कर दूंगा।’

घूँसा पड़ते ही पत्थर के चिथड़े उड़ गये। लाऊ ने मोरिया के क्रोध को ठण्डा किया– ‘हाँ मोरिया, उस मिख्ला पुरवा के तो एक-एक आदमी को हम मौत के घाट उतारेंगे। पिताजी कहते हैं– टोवा काका को भी उन लोगों ने बेरहमी से मारा था और शायद कोसी काकी को भी उन्होंने मार डाला होगा। हम उन्हें नहीं छोड़ेंगे।’

‘तू चिन्ता मत कर, मैं मिख्ला पुरवा में ऐसा कत्लेआम मचाऊंगा कि उसे देखकर वहाँ के लोगों की रूहें कांप उठेंगी।’

❖ ❖ ❖

खण्ड-३

आरम्भ 443 मि.पु. से

8.

मिख्ला पुरवा में,

राजकुमारी रूआ अपनी सहेलियों के साथ लुत्फ लेने खेतों में आयी। साथ में उसकी माँ रोनिवा भी थी।

रूआ अठारह साल की हो गयी है। उसके गोरे गाल, घुँघराले सुनहरे बाल और गुलाबी होंठ, उसके चेहरे की सुंदरता बढ़ा रहे हैं। इस वक्त उसने गुलाबी रंग के वस्त्र पहने हुए हैं। उसकी पीठ पर अब भी वह टोकरी बंधी है जिसमें उसका चाबुक रखा है।

'माँ, मैं गेहूँ काट लूँ?' रूआ ने इजाजत मांगी।

'जरा संभल के काटना, कहीं हाथ न कट जाये।' महारानी रोनिवा ने कहा।

'मैं अब बच्ची नहीं रही जो अपना हाथ काट लूंगी।' रूआ ने यह बात इस भाव से कही मानो उसकी माँ उसके फूटते यौवन को चुनौती दे रही हो।

औलाद कितनी ही बड़ी क्यों न हो जाये, एक माँ हमेशा उसे मासूम बच्ची ही समझ कर समझाती है। रानी रोनिवा ने भी यही किया।

'मैं तो बस यही कह रही थी कि कहीं।'

'तुमने जो कहा उसका मतलब मैं ठीक से समझती हूँ।' रूआ अपनी माँ की बात बीच में ही काट कर बोली।

'अच्छा, मान लिया मुझसे गलती हुई– जो खाँमखाँ तुमको सलाह दी पर अब गुर्राना तो बंद करो।' यह कहते हुए रोनिवा वृक्ष–मार्ग पर भ्रमण करने निकल गयी और रूआ फसल काटने में जुट गयी।

'जरा देखो तो सही कितने सुन्दर खेत हैं!' महारानी रोनिवा ने दासी से कहा।

'हाँ महारानी जी, खेत तो बड़े सुन्दर दिख रहे हैं। युद्ध से पहले तो यह और भी सुन्दर थे परन्तु युद्ध में सत्यानाशी लुटेरों ने इनको...।' दासी बोली।

'जरा गेहूँ की वो वाली बाली तो ला।' रानी ने दासी से गेहूँ की उस बाल को तोड़ने को कहा, जो बाकी सब बालों को पछाड़ती हुई आसमान की तरफ बढ़ रही थी।

'अभी लाई।'

दासी ने गेहूँ की बाली तोड़कर रानी को दी।

'वाह! कितनी मनमोहक है! इसने तो मन ही हर लिया।' रानी रोनिवा गेहूँ की बाल को बारीकी से परखने लगी। 'वाकई में ईश्वर ने हर वस्तु को एक करिश्मे का रूप दिया है फिर चाहे कोई वस्तु हमारी नजर में तुच्छ ही क्यों न हो, यह बात मायने नहीं रखती।'

राजकुमारी रूआ फसल काटने और उनकी गठरी बनाने में रमी हुई थी। एक कीड़ा रेंगता-रेंगता उसके हाथ पर चढ़ गया। रूआ ने कीड़े को झटककर दूर फेंक दिया। कीड़ा पास में खड़े रथ पर जा गिरा। रथ में दो चेटवा जुड़े थे। रूआ अपने काम में फिर से मग्न हो गई। कीड़ा धीमे-धीमे रेंगता हुआ, रथ में लगे एक चेटवा की पीठ पर जा पहुंचा। चेटवा की चमड़ी कम कठोर होने के कारण कीड़े ने उस पर डंक मार दिया। चेटवा उछल पड़ा। एक चेटवा के उछलने पर दूसरा भी उछल पड़ा क्योंकि दोनों रथ में एक साथ जुड़े थे। दोनों चेटवा चीखते हुए दौड़ने लगे। सारथी उस वक्त रानी रोनिवा के साथ था। रथ के पास कोई नहीं था।

'मुनिया, इन चेटवाओं को क्या हुआ?' साथ में गेंहूँ काट रही सहेली से रूआ ने कहा।

'रूआ, ये तो चीखते हुए दौड़ रहे हैं।' मुनिया घबरायी।

'क्या! दौड़ रहे हैं!' रूआ ने आश्चर्य के भाव से कहा।

'मैं सच कह रही हूँ। अगर विश्वास नहीं होता तो खुद ही देख लो।'

यह सुनते ही रूआ झट से खड़ी हो गयी। उसने देखा की दोनों चेटवा बेलगाम दौड़ रहे हैं। साथ में रथ को भी भगाये ले जा रहे हैं लेकिन जब उसे पता चला कि ये चेटवा उस दिशा दौड़ रहे हैं जिस दिशा में रानी माँ भ्रमण कर रही हैं। उसके होश उड़ गये। वह सहेलियों को खेत में ही छोड़, अपनी माँ को बचाने उसी दिशा में दौड़ने लगी। वह चेटवाओं से बहुत पीछे थी। उसे यह एहसास हो गया कि चाहे वह कितनी ही कोशिश क्यों न कर ले, माँ तक चेटवाओं से पहले नहीं पहुंच पायेगी। वह माँ को सचेत करने के लिए जोर-जोर से चिल्लाने लगी- 'माँऽऽऽ, रास्ते से हट जाओ। माँऽऽऽ...।'

रानी रोनिवा भ्रमण में मस्त होने के कारण रूआ की आवाज न सुन सकी लेकिन जब उसने दौड़ते पैरों की आवाज सुनी तो वह पीछे मुड़ी, उसने देखा कि चेटवा बेलगाम दौड़े उसकी ओर आ रहे हैं। वह जान बचाने के लिए आगे की ओर भागने लगी। सारथी और दासी जो उसके साथ थे, वे दाएँ-बाएँ भाग गए। अब रानी रोनिवा, दोनों चेटवा और रूआ एक के पीछे एक सीधी कतार में भागे जा रहे थे।

रानी रोनिवा दौड़ती-दौड़ती लोगों से बचाने की गुहारें लगाने लगी। पास में वृक्ष-मार्ग बनाने वाले लोगों को रानी की आवाज सुनाई पड़ी। उनमें से एक नौजवान लम्बे-लम्बे कदमों के साथ वृक्ष-मार्ग पर दौड़ने लगा। लोगों के पास जो रस्सा था, नौजवान ने वह उठा लिया और उसे लेकर एक पेड़ पर चढ़ गया।

चेटवा रानी रोनिवा के जैसे ही नजदीक आये तभी उस नौजवान ने पेड़ की डाल में रस्से को फंसा दिया और उसके दोनों छोरों को हाथ में पकड़कर नीचे की ओर वृक्ष-मार्ग पार करने के लिए छलांग लगा दी। अब चेटवा और रानी के बीच में रस्सा आ गया था फिर

उस नौजवान ने रस्से को जोर से ऊपर की ओर तान लिया, इससे चेटवा रस्से से टकराकर पीछे की ओर गिर पड़े।

चेटवाओं के गिरने की आवाज सुनते ही रानी रोनिवा ने पीछे मुड़कर देखा। पीछे उसे बचाने वाला साहसी नौजवान खड़ा था। उसके लम्बे-लम्बे बाल थे। शरीर गठा हुआ था। उसके चेहरे का रंग थोड़ा सांवला था। वह कोई और नहीं बल्कि वासीन था।

वासीन ने चेटवाओं को पुचकारते हुए खड़ा किया। थोड़ी ही देर में रूआ वहां पहुंच गई।

'तुम ठीक तो हो माँ?' रूआ ने पूछा।

'मैं ठीक हूँ। वासीन को पूछ, उसे कहीं चोट तो नहीं आयी।' रानी रोनिवा ने कहा।

'मुझे कुछ नहीं हुआ, रानी माँ।' रूआ इससे पहले कि वासीन से उसका हाल जानती, वासीन ने खुद रानी माँ को अपनी सलामती की खबर दी। वह जानता था कि रूआ उससे बात करना नहीं चाहती।

'तुमने आज मेरी जान बचायी। समझ नहीं आ रहा, मैं इसका कैसे शुक्रियादा करुँ?' रानी ने कृतज्ञता भरी आँखों से वासीन की ओर देखकर कहा।

'रानी माँ, एक रक्षक होने के नाते आपकी रक्षा करना मेरा फर्ज है। मैं खुद को सौभाग्यशाली समझता हूँ कि मैं आपके किसी काम आ सका।' वासीन ने गर्व की अनुभूति करते हुए कहा।

'वासीन, मैं तुम्हारी जिन्दगी भर कर्जदार रहूंगी।'

'यह बोलकर मुझे शर्मिन्दा न करो। कर्जदार तो मैं हूँ आपका। बचपन से लेकर आज तक हर मुसीबत में आपने मेरी मदद की है। आज मैं जो कुछ भी हूँ, आप ही की वजह से हूँ।'

रानी ने खुश होकर वासीन के सिर पर हाथ रख उसे आशीर्वाद दिया। वासीन ने रानी रोनिवा के पैरों में अपना सिर झुका दिया फिर रानी रोनिवा रथ में सवार होकर चली गयी।

‘किस्मत अच्छी है तेरी जो माँ को बचाने का सौभाग्य मिला।’ रूआ ने खीझकर वासीन से कहा।

‘एक सेवक को इससे ज्यादा और क्या चाहिए।’ वासीन ने तत्काल प्रत्युत्तर दिया।

‘मुझे मालूम है, सेवक के मखौटे के पीछे का राज।’ रूआ ने व्यंग के साथ पलटवार किया।

‘तो तुम बता क्यों नहीं देती आखिर क्या है मेरे पीछे का राज?’

‘वक्त आने पर जरूर बता दूँगी।’

‘अगर बताना ही है तो फिर देरी किस बात की और फिर वक्त का क्या भरोसा कल हम रहें न रहें? फिर यह राज, राज ही रह जायेगा।’

‘उसकी तुम चिन्ता मत करो। उस राज को जाने बगैर तुम मरने वाले नहीं। एक बार लुटेरों का पुरवा पर आक्रमण होने दो लेकिन हाँ, अगर लुटेरे कायर निकले और उन्होंने पुरवा पर आक्रमण नहीं किया तो शायद यह राज, राज ही रह जाये।’

‘लुटेरे वादे के पक्के होते हैं, वे मिख्ला को लूटने जरूर आयेंगे।’

‘समझ लेना फिर वही उचित वक्त होगा; तुम्हारे राज से परदा उठाने का।’

वासीन ने पलट कर इस बात का कोई जवाब नहीं दिया और उस वक्त का इंतजार करना ही मुनासिब समझा। रूआ उससे इसलिए नफरत करती है क्योंकि वह मानती है कि बेशक उसका जन्म मिख्ला पुरवा में हुआ है, उसकी परवरिश भी यहीं हुई है, यहाँ तक कि उसने शिक्षा भी यहीं पर ग्रहण की है लेकिन इसे भुलाया नहीं जा सकता कि उसकी रगों में एक लुटेरे का खून दौड़ रहा है। शायद वह एक लुटेरा है। वह मौके की ताक में है इसलिए खामोश है। अगला आक्रमण जब लुटेरों का पुरवा पर होगा, तब वह अवश्य ही लुटेरों के साथ जा मिलेगा और मिख्ला को लूटने में उनकी मदद करेगा इसलिए वासीन पर विश्वास करना सांप को दूध पिलाने जैसा है।

अब वासीन वृक्ष-मार्ग पर काम करने आ गया और रूआ महल चली गयी। काका जागुआ ने घटना के बारे में जब वासीन से पूछा तो वह कुछ नहीं बोला। बस, इधर-उधर काम करने में लगा रहा।

'वासीन, वो रस्सी खींचना।' काका जागुआ ने वासीन से कहा।

वासीन ने रस्सी खींच कर पेड़ की एक शाखा को एक निश्चित आकृति में ढाला। मिख्ला पुरवा में छोटे-छोटे पेड़ों की आकृति उसी हिसाब से ढाली जाती है कि भविष्य में उनके ऊपर मकान और रास्ते बनाये जा सकें।

काम करते वक्त अचानक वासीन के मन में राजा रोमान के हथियार ब्रम्हान का ख्याल आया। उसने काका से ब्रम्हान के बारे में जानने की इच्छा जाहिर की।

'ब्रम्हान का रहस्य तो मैं खुद भी नहीं जानता और न ही कभी जानने की कोशिश की। पर हां, इतना जरूर सुना है हमारे पूर्वजों से कि मिख्ला और ब्रम्हान के बीच एक बहुत बड़ा रहस्य है, जो हम लोगों की कल्पना से भी परे है। अगर तुझे उस रहस्य को जानना है तो राजपुरोहित ही इसमें तेरी कोई मदद कर सकते हैं, उन्होंने बहुत से ऐसे ग्रन्थ पढ़े हैं जो इस रहस्य के बारे में जानकारी देते हैं।'

'काका, मुझे कोई जल्दी नहीं उस रहस्य को जानने की, वक्त आने पर वह खुद-ब-खुद मेरे सामने आ जायेगा।'

❖ ❖ ❖

एक दिन काका जागुआ ने रात को सोने से पहले अपने बेटे आयन का मार्ग-दर्शन करने की ठानी- 'बेटा, अब मेरी उम्र हो चुकी है। शरीर भी मेरा साथ छोड़ रहा है। अब तू ही मेरे पास एक पूंजी बची है जिसे मैं राजा के चरणों में भेट कर सकूँ।'

'आप निश्चिंत रहिये। मैं आपकी तरह महाराज का सेवक बनकर रहूँगा। उनकी और पुरवा की रक्षा के लिए अगर मुझे अपने प्राण भी न्यौछावर करने पड़े तो मैं एक बार भी पीछे नहीं हटूंगा।' आयन बोला।

अपने बेटे के मुंह से यह बात सुनकर काका प्रसन्न हुआ। रात घनी हो गयी थी। इस बार घर में अंधेरा करने काका की जगह आयन गया। वह काला चोगा छोटी रोहिनी पर डाल आया।

❖❖❖

अगली सुबह,

काका जागुआ घर का दरवाजा खोलकर वृक्ष-मार्ग पर उतरा। बग्घी में चेटवा जोड़े और चल पड़ा बाजार की ओर। चेटवाओं में बड़े प्यार से चाबुक मारते हुए वह बग्घी को आगे बढ़ा रहा था। शीतल हवा मधुर गीत गुनगुना रही थी। उसी के स्वर में काका ने अपना स्वर मिला दिया और गाते-गाते आगे बढ़ता गया। थोड़ी ही दूरी तय हुई थी कि रास्ते में उसे वासीन पैदल चलता दिखा। काका ने बग्घी रोकी।

'आओ वासीन, मैं तुम्हें गुरुकुल छोड़ देता हूँ।' काका जागुआ ने कहा।

'रहने दो काका, तुम्हें देर हो जायेगी।' वासीन बोला।

'देरी! अपनों के लिए सब चलता है, आओ बैठो।'

'जैसी आपकी इच्छा, काका।' कहकर वासीन बग्घी में बैठ गया।

'रास्ते में अकेलापन महसूस हो रहा था इसलिए गीत गुन-गुना रहा था, अब तुम साथ आए तो अकेलापन भी दूर हो गया। इसी को कहते हैं, अपनों का प्यार जो मिल जाए तो सारी उम्र मजे से कट जाये फिर यह तो क्षण-भर का सफर है।'

'अच्छा काका, यह बताओ- प्यार कहते किसे हैं?' वासीन ने बचकाने भाव से पूछा।

'इसे हर व्यक्ति अपने-अपने तरीके से व्यक्त करता है लेकिन इसके पीछे एक ही राज छुपा है- खुशी। जिसे देख कर, महसूस कर के या फिर याद कर के हमें खुशी का अनुभव हो, वही हमारा प्यार होता है। यह किसी को किसी के प्रति भी हो सकता है जैसे कि मुझे तुम्हारे प्रति।'

'तुम सही कहते हो काका, प्यार एक खुशी है जिसे महसूस कर हमारा रंध्र-रंध्र रोमांचित हो उठता है।' रूआ के साथ जिये प्रेम के किस्सों को याद करते ही वासीन का बचकानापन दूर हो गया और यौवन फूटने लगा।

'इस बार युद्ध की तैयारियाँ कैसी चल रही हैं?'

'तैयारियाँ जोरों पर हैं, काका। इस बार हम लुटेरों को युद्ध में ऐसी शिकस्त देंगे कि फिर कभी मिख्ला जीतने का ख्वाब मन में नहीं पालेंगे।'

'शाबाश! मिख्ला पुरवा के दुश्मनों के प्रति हमेशा यही ललकार रखना।'

वासीन की जुबां से यह शब्द सुनकर काका मन ही मन प्रफुल्लित हुआ। वह जान गया कि वासीन के मन में लुटेरों को खदेड़ने की कितनी प्रबल इच्छा है।

'वैसे, तुम कहां जा रहे हो?'

'महल के लिए कुछ सामान लेने दूसरे नगर जा रहा हूँ।'

'अच्छा तभी आपने ये गेहूँ के बोरे बग्घी में डाल रखे हैं!'

'इनके बदले ही सामान खरीदना है। क्या तुम भी साथ चलोगे?'

'नहीं, आज नहीं फिर कभी चलूंगा। फिलहाल तो मुझे गुरुकुल जाना है।'

'जैसी तुम्हारी मर्जी।'

'गुरुकुल आ गया, मुझे यहीं उतार दो।'

'अच्छा, अपना ख्याल रखना।'

बग्घी लेकर काका दूसरे नगर की ओर निकल गया और वासीन गुरुकुल में घुस गया।

❖ ❖ ❖

'मुझे बेहद खुशी हो रही है, तुम सभी ने युद्ध की विविध विधाओं में महारत हासिल कर लिया है। मुझे तुम पर पूरा भरोसा है, अब

जब भी लुटेरे मिख्ला पुरवा में आयेंगे तो तुम उन्हें अवश्य परास्त कर दोगे।' गुरु जी ने गर्व के साथ शिष्यों से कहा।

'मेरा चाबुक लुटेरों के खून का प्यासा है जब तक यह उनकी गर्दनों से खून नहीं बहा देगा, इसकी प्यास बुझने वाली नहीं।' रूआ अपने चाबुक को दिखाते हुये बोली।

'मुझे तुम पर हमेशा नाज रहेगा।'

'तुम्हारा हर शिष्य श्रेष्ठ है।' रूआ ने कहा।

'हाँ, ये सभी शिष्य श्रेष्ठ हैं। इनके भाले और धनुष अवश्य ही दुश्मन को धूल चटा देंगे।' गुरु जी ने सभी शिष्यों की ओर इशारा करके कहा।

'लेकिन एक शिष्य आपका ऐसा भी है जिसके धनुष पर लोगों को अभी भी भरोसा नहीं कि वह कभी दुश्मन की छाती चीर पायेगा भी या...।' रूआ वासीन की ओर तीखी दृष्टि कर बोली।

वासीन समझ गया कि रूआ ने ये शब्दों के बाण मुझ पर ही चलाये हैं। सभी शिष्य वासीन की ओर देखने लगे। उन्हें आभास हो गया कि रूआ का संकेत वासीन की तरफ है।

'अगर यह आक्षेप मेरे ऊपर है तो मैं यह बात पहले ही साफ कर दूँ कि मुझे इन बातों में कोई दिलचस्पी नहीं कि पुरवा वासी मेरे बारे में क्या सोचते हैं? रहा प्रश्न मेरी वीरता का तो वह रणभूमि में दिख जायेगा।' वासीन रूआ पर नजरें गढ़ाकर बोला- 'और किसका हथियार दुश्मन के सीने को चीरता है, यह भी युद्ध ही तय करेगा।'

गुरुकुल से जाते समय सभी शिष्य वासीन से किनारा करके निकल गए। रूआ भी उससे मुंह फेर कर चली गयी। वासीन अकेला पेड़ की डाल पर बैठकर सोचने लगा- 'जिस दिल में कभी प्यार के फूल उगा करते थे, आज उनकी जगह नफरत के कांटे उग रहे हैं...।'

रूआ के बेरुखेपन ने वासीन को यह सोचने पर विवश किया। एक वक्त था जब वे दोनों एक-दूसरे से बेइंतहा मोहब्बत किया करते

थे, बेशक वासीन रूआ से आज भी प्यार करता है परन्तु रूआ उससे नफरत ही करती है।

❖❖❖

पूरे मिख्ला पुरवा में भगदड़ मच गयी। लोग अपनी जान बचाने के लिए सुरक्षित जगह ढूंढने लगे। एक खूंखार जानवर जूहर ने आतंक मचा दिया था। उसकी पूंछ लम्बी और कांटेदार थी। वह पूंछ से ही लोगों को घायल कर देता। थोड़ी ही देर में उसने तमाम घरों को तहस-नहस कर दिया। लोग चीखने-चिल्लाने लगे। राजा रोमान उस वक्त महल में भोजन कर रहे थे कि लोगों की चीत्कार सुनकर खाना छोड़, वे दौड़े-दौड़े महल से बाहर आए। रूआ भी उनके साथ दौड़ी चली आयी। जूहर को देखकर राजा रोमान वापस महल में अपना ब्रम्हान लेने जा रहे थे कि रूआ ने उन्हें रोका- 'पिताजी, इस जंगली जानवर को मैं संभाल लूँगी, आप कष्ट न करें।'

'शाबाश! मुझे तुमसे यही उम्मीद थी कि तुम अब मिख्ला पुरवा की कमान संभालो।' राजा रोमान ने रूआ की बहादुरी को सराहा।

रूआ महल में गई। वहां से अपना चाबुक उठाया और निकल पड़ी जूहर का सामना करने। उसने जूहर को देखा, वह लोगों के पीछे भाग रहा था।

'भाग जूहर जहाँ तक भाग सकता है, तेरा शिकारी अब आ गया है; तेरा शिकार करने।' यह कहकर रूआ चाबुक को जमीन पर लहराते हुए उसका पीछा करने लगी।

वह थोड़ी ही देर में उसके पास पहुंच गयी। उन दोनों के बीच कुछ ही कदमों का फासला था। रूआ ने चाबुक हवा में घुमाया और जूहर की पूंछ पर दे मारा। चाबुक उसकी पूंछ से लिबड़ गया। रूआ चाबुक से जूहर को पीछे की ओर खींचने लगी। जूहर को महसूस हुआ कि किसी ने उसकी पूंछ पकड़ ली है। वह पीछे मुड़ा तो रूआ को सामने पाकर पहले तो अपने दांत पीसने लगा और फिर एक जोरदार

दहाड़ के साथ रूआ की ओर झपटा तभी रूआ ने छलांग भर जूहर के सिर पर एक कसकर लात मारी और उसके पीछे आ गयी। लात पड़ते ही जूहर आग-बबूला होकर रूआ को घूरने लगा। रूआ भी उसकी आँखों में आँख डालकर उसे घूरने लगी। उसके बाद तो वह और ज्यादा खिसिया गया।

'भाग ले रूआ, ये जानवर तुझे छोड़ने वाला नहीं।' रूआ अपने आप से बोली।

अब जूहर जैसे ही रूआ पर झपटा, रूआ फिर उछल कर उसके पीछे आ गयी। अचानक अब जूहर की नजर एक छोटी बच्ची पर पड़ी, जो उसके सामने खड़ी रो रही थी। जूहर रूआ को छोड़ उस बच्ची की ओर दौड़ा। जूहर और उस बच्ची के बीच केवल एक फुट का ही फासला रह गया था। इतने में रूआ ने एक बार फिर जूहर की पूंछ में अपना चाबुक फंसाकर उसे पीछे की ओर खींचा। जूहर जमीन में दांत गड़ाता पीछे खिंचा चला आया।

'भागोऽऽऽ!' रूआ चिल्लाकर बच्ची से बोली।

बच्ची बहुत डरी हुई थी। वह अपनी जगह से हिली तक नहीं और केवल जूहर को ही घूरती रही।

जूहर उन दोनों के बीच में था। रूआ के पास केवल दो ही रास्ते थे या तो वह उस बच्ची को जूहर के मुंह का ग्रास बनने दे या फिर जूहर का मुकाबला करे चाहे उसमें उसकी जान ही क्यों न चली जाये। रूआ ने दूसरा रास्ता चुना। वह अब तेजी से दौड़ी और सीधे जूहर की पीठ पर पैर रखकर उस बच्ची की ओर छलांग लगाई। रूआ ने अब बच्ची को अपने पीछे छिपा लिया और चाबुक को जमीन पर मार कर जूहर को चुनौती देने लगी। इतने में राजा रोमान चेटवा पर सवार हो कर वहाँ पहुंच गए। उन्होंने रूआ को मुसीबत में देख ब्रम्हान पर तीर चढ़ाकर जूहर पर निशाना साधा। जूहर जैसे ही मुंह फाड़कर रूआ पर झपटा उसी क्षण एक भाला सनसनाता उसके मुंह से पार हो गया।

राजा रोमान ने ब्रम्हान नीचे किया और चेटवा से उतर कर रूआ की तरफ चल दिए। रूआ ने पीछे मुड़ के देखा तो आयन हाथ में एक और भाला ताने चेटवा पर दौड़ा आ रहा था। उसका सांवला रंग और गठीला शरीर था। उसके सिर के अग्र भाग से पश्च भाग तक बालों के बीचों-बीच तीन सीधी लकीरें बनी थीं। पास आते ही उसने चेटवा से उछल कर बिलबिलाते जूहर की पीठ में अपना दूसरा भाला गाड़ दिया। जूहर तुरन्त ढेर हो गया।

सब लोग वहाँ इकट्ठे हो गए और जूहर के मरने की खुशी मनाने लगे।

'आयन, अगर तुम वक्त पर न आते तो।'

'तो क्या, कुछ नहीं होता, तुम जूहर को मार देती।' रूआ की बात बीच में ही काटकर आयन बोला।

इस बात पर रूआ हंस पड़ी। राजा रोमान ने आयन को उसकी इस वीरता के लिए शाबाशी दी फिर वे रूआ और आयन को आपस में बातें करते छोड़ महल चले गए। बाद में वे दोनों भी बातें करते-करते महल पहुंच गए। रूआ को महल छोड़कर आयन ने अपने घर जाना चाहा लेकिन रूआ ने उसे रोक लिया। वह उसे महल के अन्दर ले गई और फिर उसके साथ भोजन किया।

❖❖❖

'आखिर ये लोग मुझे क्यों पसंद नहीं करते क्योंकि मैं एक लुटेरे की औलाद हूँ? माँ, क्या मैंने तेरी कोख से जन्म लेकर कोई अपराध किया है?' वासीन ने सोते वक्त माँ की गोद में अपना सिर रखकर पूछा।

'वो दिन जरूर आयेगा जब पुरवा के साथ तेरी आवाज मिख्ला भी सुनेगा। बस बेटा, थोड़ा धीरज रख।' कोसी एक माँ होने के नाते उसकी वेदना समझ रही थी। वो नहीं चाहती कि वासीन के मन में एक लुटेरे की संतान होने के कारण कोई हीनभावना पैदा हो इसलिए वासीन जब भी खुद के प्रति अपराधबोध और ग्लानि का भाव लाता,

कोसी उसमें आत्मसम्मान और स्वाभिमान की प्रेरणा पैदा कर देती और इस बात का एहसास करवाती कि उनके दुख-दर्द के दिन जल्दी दूर हो जायेंगे।

माँ की गोद में सोने से जो सुकून मिलता है, वह किसी सांसारिक वस्तु के भोग से नहीं मिल सकता। सोते-सोते अचानक वासीन को याद आया कि उसे वृक्ष-मार्ग पर काम करने जाना है। वह तुरन्त उठा, घड़े से दो गिलास पानी पिया और अपना धनुष साथ लेकर वृक्ष-मार्ग की ओर निकल पड़ा।

वासीन के जाने के थोड़ी ही देर बाद, रानी रोनिवा बंदीग्रह पहुंची।

'कोसी कैसी हो?' रानी रोनिवा ने पूछा।

'मैं ठीक हूँ महारानी जी, कहिये कैसे आना हुआ?'

'बस, तुमसे मिलने का मन किया तो चली आयी।' रोनिवा ने कहा- 'एक बात कहूँ कोसी, तुम्हारे वासीन के साहस और पराक्रम का कोई जवाब नहीं! उस दिन जब चेटवा मेरे पीछे भाग रहे थे तो वासीन ने उन्हें इस तरह से रोका कि कोई सपने में भी ऐसा करने की नहीं सोच सकता।'

'मैं कुछ समझी नहीं!' कोसी के माथे पर सलवटें पड़ गयीं।

'तुम्हें नहीं पता! एक दिन वासीन ने वृक्ष-मार्ग पर अपने साहस का परिचय देते हुए चेटवाओं से मेरी जान बचायी थी।'

'इतना कुछ हो गया और वासीन ने मुझे बताया तक नहीं!'

'कोसी, तुम खाँमखाँ वासीन पर गुस्सा कर रही हो। तुम नहीं जानती, उसका दिल कितना साफ है। उसे बेकार की वाह-वाही लेना बिल्कुल भी पसंद नहीं। देखना, एक दिन उसका नाम पूरी दुनिया में गूँजेगा; साथ में तुम्हारा भी।'

पूरी दुनिया में नाम गूंजने की बात सुनकर कोसी का गुस्सा ठण्डा हो गया। उसके चेहरे पर सम्मान की लालसा उमड़ने लगी। उस सम्मान की जो सत्ता और शक्ति के कारण मिलता है।

रानी रोनिवा इधर-उधर नजरें घुमाकर बोली- 'वासीन, कहीं नजर नहीं आ रहा?'

'थोड़ी देर पहले ही वृक्ष-मार्ग पर काम करने गया है, थोड़ा वक्त लग सकता है आने में। अगर कोई जरूरी काम हो तो बताओ, आते ही मैं उसे महल भेज दूंगी।'

'कोई बात नहीं, मैं उसके आने का इन्तजार कर लूंगी।'

'रूआ कैसी है?'

'वो ठीक है परन्तु उसकी एक बात मुझे अब तक समझ नहीं आयी कि वासीन से आखिर ऐसा क्या हो गया कि वह उसे देखना तक पसंद नहीं करती। हमेशा उससे नजरें बचाकर चलती है। मैंने कई दफा उससे वजह जानने की कोशिश भी की लेकिन उसने कभी संतोषजनक जवाब नहीं दिया।'

'कोई बात नहीं महारानी जी, वक्त सब को सही रास्ते की पहचान करा देता है।'

'वक्त से ताकतवर कोई नहीं। वह सही वक्त पर, सही व्यक्ति को, सही रास्ता जरूर दिखा देता है, अब व्यक्ति उसे स्वीकार करे या न करे; उसकी मर्जी।'

रात होने को थी लेकिन वासीन अभी तक घर नहीं आया। रानी रोनिवा को जल्दी महल पहुँचना था क्योंकि राजा रोमान और रूआ खाने पर उनका इंतजार कर रहे होंगे इसलिए रानी रोनिवा कोसी से यह कहकर कि कल सुबह वह वासीन से मिलेगी, वहां से प्रस्थान कर गयीं।

❖ ❖ ❖

वृक्ष-मार्ग से लौटते वक्त वासीन मिख्ला के पास गया। वह अपनी पीठ को मिख्ला की पींड से लगाकर बैठ गया। बैठे-बैठे उसे वे पुराने दिन याद आए, जब वह और रूआ साथ-साथ मिख्ला की पूजा करने और उससे फल तोड़ने आते थे। यादों के झरोखे से गुजरते वक्त, उसे

वह दिन भी याद आ गया जिस दिन रूआ ने पत्ते के पीछे छिपे फूल को तोड़ने की शर्त लगायी थी।

सुबह का समय था। हर रोज की तरह वे उस दिन भी फल तोड़ने साथ आये। उस दिन रूआ ने वासीन से कहा- 'बताओ वासीन, मैं तुम्हारे लिए कौन-सा फल तोड़ूं?'

'वो वाला सेब तोड़ पाओगी?' वासीन ने ऊँची डाली पर लटके एक सेब की ओर इशारा कर कहा।

'क्या तुम्हें मेरे चाबुक पर विश्वास नहीं?'

'हाँ है!'

'तो समझ लो थोड़ी देर में सेब तुम्हारे हाथ में होगा क्योंकि यह चाबुक मुझ पर भरोसा करता है न कि अपनी जड़ बुद्धि पर।'

रूआ ने चाबुक निकाला और सेब की ओर तेजी से घुमाया। पहले ही वार में सेब धड़ाम से जमीन पर आ गिरा।

'लो, तुम्हारा मुंह मांगा सेब।' रूआ ने सेब उठाकर वासीन के हाथ में थमाया।

'मैंने भी कुछ सोचा है।' वासीन सेब खाते-खाते बोला।

'क्या?' रूआ ने उत्सुकता से पूछा।

'क्यों न तुम्हें, तुम्हारी इस कला का पुरस्कार दिया जाये।' धनुष को हाथ में उठाकर उसने कहा- 'बताओ, तुम्हें कौनसा फूल पुरस्कार में चाहिए?'

'अगर ऐतराज न हो तो पत्तों के पीछे छिपे उस फूल को मेरे लिए पुरस्कार बना सकते हो।' रूआ ने पत्तों के पीछे छिपे सफेद-गुलाबी रंग के एक फूल की ओर इशारा कर कहा।

'क्या तुमको इस पर भरोसा है?' हाथ में पकड़े अपने धनुष की ओर अंगुली करते हुए वासीन ने कहा।

'हाँ है!'

'तो समझ लो तुम्हें वही पुरस्कार मिलेगा। तुम्हारे चाबुक की तरह

मेरे इस धनुष का भरोसा मुझ पर है; अपनी जड़ बुद्धि पर नहीं।'

'याद रखना इसके साथ एक शर्त भी जुड़ी है।'

'बोलो, क्या शर्त है?'

'वह पत्ता जो फूल के सामने है, फूल से पहले न टूटे।' रूआ ने अपनी शर्त बतायी।

शर्त सुनकर वासीन एकबारगी तो चौंक उठा।

'हे मिख्ला, मेरी मदद करना।' मुंह को मिख्ला के प्रतिबिम्ब की ओर कर वासीन मन में बुदबुदाया और आँखें बंद कीं।

थोड़ी देर बाद आंखें खोलीं और धनुष को थोड़ा तिरछा कर तीर हवा में मिख्ला के प्रतिबिम्ब की ओर छोड़ा। तीर हवा में जाते ही राजकुमारी को लगा कि इसने जरूर डींगें हांकी हैं, लेकिन जब तीर हवा का भ्रमण करके वापस नीचे की ओर लौटा तो रास्ते में फूल की रक्षा में दास बनकर खड़ा वह पत्ता नहीं बल्कि स्वयं राजा रूपी फूल मिला। तीर फूल को आसानी से तोड़ कर धरा पर ले आया।

'लो राजकुमारी, तुम्हारा मुंह मांगा ईनाम।' अपना दायां घुटना जमीन पर टेक, एक प्रेमी की भांति वासीन ने फूल रूआ के हाथों में दिया।

मनपसंद फूल पाकर रूआ खुशी से झूम उठी और वासीन से लिपट गई। वासीन भी कहाँ पीछे हटने वाला था, वह भी...।

यादों का दौर अचानक टूट गया। वासीन ने खुद को वहां अकेला पाया। वो बचपन तो कब का गुजर चुका था जो उसने रूआ के साथ... मगर कुछ यादें अब भी उसके जेहन में सिमटी थीं। उन्हीं के सहारे वह कभी-कभार गुजरे वक्त को आँखों के सामने ले आता। यादें सुखद हों या दुखद, याद कर उन्हें रोना ही आता है। इस रोने से बेशक कुछ खास न हो परन्तु मन में दबा बोझ जरूर हल्का हो जाता है। वासीन के साथ भी यही हुआ, काफी दिनों से उसने अपना गम किसी के साथ नहीं बाँटा था। आज मिख्ला के साथ गम बांटकर उसका मन हल्का हो गया। उसने फल तोड़ना शुरू किया फिर उन्हें

समेट एक टोकरी में भर, घर ले आया।

'माँ, पता नहीं क्यों मिख्ला के करीब जाते ही पुरानी यादें मेरे सामने आकर खड़ी हो जाती हैं? मैं उनसे चाहकर भी दूर नहीं जा पाता। अन्दर ही अन्दर घुटता हूं। रूआ...।' वासीन ने माँ के समक्ष अपनी दुविधा व्यक्त की।

'वासीन, एक बार दिल में किसी के प्रति जागा प्यार कभी खत्म नहीं होता। कुछ संदेह कभी-कभी उस प्यार को जरूर आहत करते हैं। तेरे साथ भी यही हुआ है, रूआ तुझसे प्यार तो करती है परन्तु कुछ झूठे संदेहों ने उसके प्यार को दबा दिया है जिस दिन वे संदेह दूर होंगे, देखना उस दिन वह स्वयं तेरे पास चलकर आयेगी।' कोसी ने दिलासा दी।

'लेकिन उसके दिल में मेरे लिए प्यार नहीं बल्कि नफरत है!'

'जैसा तू सोच रहा है, वैसा कुछ भी नहीं है। बेशक वह बाहरी मन से तुझसे नफरत करती हो लेकिन उसके दिल में आज भी सिर्फ तू ही है। वक्त आने पर वह तुझे जरूर अपना लेगी। तू तो बस उन्हीं ख्वाबों में जी जो तूने बचपन में उसके साथ जीये थे बाकी सब वक्त पर छोड़ दे, वह सब कुछ ठीक कर देगा।'

वासीन माँ की गोद में सिर रखकर लेट गया। कोसी उसके बालों को सहलाने लगी। बातों ही बातों में वे इस कदर रम गये कि खाने की सुध न रही और भूखे ही सो गये।

❖❖❖

अगले दिन,

वासीन युद्धाभ्यास के लिए जाने ही वाला था कि रानी रोनिवा उसके घर आ गयी। माँ-बेटे ने उन्हें प्रणाम किया।

'वासीन, मैं कल तुझसे मिलने आयी थी, काफी समय तुम्हारा इंतजार भी किया लेकिन रात अधिक हो जाने पर मैं वापस चली गयी।' रानी रोनिवा ने कहा।

'क्षमा चाहूंगा, रानी माँ। कहिए इस नाचीज सेवक को कैसे याद किया?' वासीन सिर झुकाकर बोला।

'बस, तुझसे मिलने की इच्छा की तो चली आयी।' रानी रोनिवा ने कहा।

पहले रानी रोनिवा और फिर उसकी माँ ने वासीन की तारीफों के पुल बांध दिये। उसकी निराशा में आशा फिर से लौट आयी। एक आशा, रूआ का प्यार मिलने की और दूसरी, महान योद्धा बनने की। इन दोनों आशाओं ने उसके दिल में खुशी की लहर बहा दी। उसे लगा कि उसका खोया हुआ आत्मसम्मान फिर से लौट रहा है। गर्व से उसका सीना चौड़ा हो गया। फिर वह भी कहां कम पड़ने वाला था, विचार और भावनाओं के प्रकटीकरण की उस तीन सदस्यीय महफिल में, एक बहार उसने भी ला दी अपने ज्ञान की– 'रानी माँ, व्यक्ति का आत्मविश्वास ही वह शक्ति है जिसके बलबूते वह सारी दुनिया जीत सकता है और फिर वही जीत उसे सम्मान, प्रतिष्ठा और महानता के तमगे से नवाजती है।'

'अब तुम चाहे जो भी कहो वासीन, मेरी नजरें तुम्हें सदा वैसे ही देखेंगी जैसे आज देख रही हैं।' रानी रोनिवा ने कहा– 'वासीन, क्या तुम मुझे अपनी माँ समझ कर एक बार गले लगाओगे?'

रानी रोनिवा के वात्सल्य को देखकर वासीन का दिल गदगद हो उठा। उसकी आँखों से अश्रुधारा निकल पड़ी क्योंकि लम्बे अरसे के बाद किसी पराये ने उसे अपना कहा था।

'तुम रो क्यों रहे हो?'

'ये तो खुशी के आँसू हैं, रानी माँ। जो अपने लिए एक और माँ पाकर खुद को पलकों के पीछे रोक नहीं पाये और उसके साक्षात् दर्शन करने पलकों से बाहर निकल आये हैं।' वासीन ने आँसुओं को पौंछते हुए कहा।

रानी रोनिवा वासीन को गले लगाने के लिए अपनी बाँहें खोलकर

खड़ी हो गई। वासीन भी अपना परिवार बढ़ाने में अब बिल्कुल भी पीछे नहीं हटा। उन दोनों का प्यार देखकर कोसी की आँखें भर आयीं।

❖❖❖

मिख्ला पुरवा में एक भव्य व्यापारिक मेला लगाया जा रहा था जिसमें दूर-दराज के नगरों से बहुत सारे व्यापारी अपनी वस्तुएं बेचने आ रहे थे। पुरवा के लोग वस्तुएं खरीदने के लिए बड़ी उत्सुकता से मेले में जा रहे थे। उनके हाथों में अनाज की पोटलियाँ थीं। उन्हीं के बदले उन्हें वस्तुऐं खरीदनी थीं। मिख्ला पुरवा में विनिमय की यही व्यवस्था है।

'वासीन, चलो मेले में चलते हैं।' वासीन अकेले-अकेले युद्धाभ्यास कर रहा था। सेनापति जागुआ ने उसके पास आकर कहा।

'प्रणाम काका, मेरा मन नहीं है।' पीछे मुड़कर वासीन ने कहा।

'मन क्यों नहीं है? मैं तुझे साथ ले जाने आया हूँ, आनाकानी मत कर।'

'मेरे पास तो कुछ खरीदने के लिए भी नहीं है फिर मैं वहां जाकर क्या करूंगा?'

'मालूम था, तेरे मुंह से यही सवाल निकलेगा मगर तेरा काका भी तुझसे कम नहीं, तेरे सवाल का जवाब पहले से ही बग्घी में डालकर लाया हूँ।' काका ने बग्घी में रखे अनाज के बोरों को दिखाकर कहा- 'चल, अब जल्दी से तैयार हो जा फिर साथ चलते हैं। मिलकर मेले से खूब सारा सामान खरीदेंगे।'

'तुम्हारी जिद भी न।' वासीन हल्के से मुस्कुराया।

'तुझे शायद पता नहीं, मैं तुझे वहां क्यों ले जा रहा हूँ। वहाँ दूर-दूर से व्यापारी अपनी वस्तुएं बेचने आ रहे हैं। मैं चाहता हूँ कि तू उन वस्तुओं को देखे, खरीदे, इससे तुझे दूसरे नगरों की कला जानने का मौका मिलेगा।'

'मगर उन्हें तो तुम मुझे खरीद कर भी दिखा सकते हो!'

'अब चुपचाप बग्घी में बैठ जा।' काका ने वासीन को डाँटा और उसकी नकल निकालते हुए कहा– 'खरीद कर दिखा सकते हो!'

दोनों बग्घी पर सवार हुये और चल दिये मेले की ओर। काका पहले से ही अतिरिक्त अनाज के बोरे बग्घी में डालकर लाया था। उसे पता था, वासीन के पास अनाज के बोरे नहीं मिलेंगे।

'तुम बेकार में मेरे लिए इतना कष्ट उठा रहे हो!'

'बेकार में! भला अपनों के लिए भी कुछ बेकार होता है!' काका ने अपनत्वपन के भाव से कहा– 'अब हो सके तो एक मेहरबानी बेकार में मेरे ऊपर कर दे, जब तक हम मेला नहीं पहुंच जाते तब तक अपनी जुबान बंद ही रखना।'

वासीन ने चुप रहना ही उचित समझा। वह समझ गया कि काका अब उसकी एक भी नहीं चलने देगा। थोड़ी देर में वे मेले पहुंच गये, काका ने बग्घी रोकी।

'वाह! इतना सुन्दर मेला!' वासीन विस्मय से बोला।

'बेवकूफ तू तो आना ही नहीं चाहता था, वो तो मैं तुझे जबरदस्ती खींच लाया।' काका ने ताना मारते हुए कहा।

'रास्ते में मुझे एक बात बहुत परेशान कर रही थी, अगर तुम बुरा न मानो तो कहूँ?'

'हाँ, कहो।'

'वो मैं सोच रहा था कि क्यों न तुम कोई दूसरी शादी कर लो, तुम्हें तो कोई भी लड़की मिल जायेगी, सेनापति जो ठहरे।' वासीन ने शरारत की।

'बेटा, हम तेरे काका ऐसे ही नहीं हैं! मैं जानता हूँ तेरी इस बात का क्या मतलब है! बिना सीढ़ी के मुझे छत पर चढ़ाने की कोशिश मत कर।'

काका की इस बात पर वासीन हँसने लगा। अब काका उसका हाथ पकड़कर उसे मेले के भीतर ले गया।

मेला बड़े घेरे में विस्तारित था। उस घेरे के बीचों-बीच मोटी काठ के एक ऊंचे खंभे के ऊपरी हिस्से में वृहद गोलाकार चक्र लगा था। वह चक्र बहुत सारे रस्सों से बंधा था। खंभ उसे हवा में साधे था। उस चक्र पर चढ़ने के लिए कई सीढ़ियाँ लटकी थीं। लोग उस चक्र पर चढ़कर लुत्फ ले रहे थे और मिख्ला पुरवा की सुंदरता को निहार रहे थे।

'हम भी उस चक्र पर चढ़ें?' वासीन ने चक्र की तरफ इशारा किया।

'हाँ चढ़ लेंगे, पहले सामान तो खरीद लें।'

अब काका और वासीन मेले में अपनी-अपनी पसंद की वस्तुएं खरीदने लगे।

'यह मूर्ति कितने मटके की है?' वासीन ने एक नारी की सुन्दर मूर्ति की ओर अंगुली कर व्यापारी से उसकी कीमत पूछी।

'पांच मटके।' व्यापारी ने कीमत बतायी।

काका, बग्घी में चार बोरे पटक कर लाया था। एक बोरा दस मटकों के बराबर था यानी उनके पास कुल चालीस मटके थे।

'ये लो।' वासीन ने व्यापारी को पाँच मटके दिये और कहा- 'और इसे हमारी बग्घी में रखवा दो।'

अब वे और खरीददारी के लिए आगे बढ़े।

'यह मूर्ति कितने मटके की है?' वासीन ने एक अन्य बड़ी-सी मूर्ति पर हाथ टिकाकर कहा। यह उसकी दूसरी खरीददारी थी। काका का खरीददारी में अभी खाता नहीं खुला था।

'ले लो साहब, यह मूर्ति इस मेले की सबसे सुन्दर मूर्ति है और केवल एक ही है।' व्यापारी बोला- 'ऐसी मूर्ति आपको पूरे मेले में कहीं नहीं मिलेगी।'

'अच्छा यह बात है फिर तो इसे लेना जरूरी है।' वासीन बोला- 'दाम बताओ।'

'बस छब्बीस मटके साहब।'

'जैसी मूर्ति, वैसा ही दाम।' काका खीझा।

'वाह! कितनी सुन्दर है!' मूर्ति के ऊपर हाथ फेरते हुए वासीन बोला।

वह सफेद रंग के पत्थर की मूर्ति एक सुन्दर राजकुमारी की थी जो अपनी बगल में एक कलश दबाए इठलाती हुई पानी भरने जा रही थी।

'काका, इन्हें छब्बीस मटके दे दो।' यह कहकर वासीन ने मूर्ति उठा कर बग्घी में रख ली। उस मूर्ति में उसे रूआ की सूरत नजर आ रही थी इसलिए उसने वह खरीद ली।

काका ने छब्बीस मटके बग्घी से लेकर व्यापारी को दे दिए। अब उनके पास केवल नौ मटके ही बचे। काका मेले से बहुत सारी वस्तुएं खरीदने के लिए घर से सूची बनाकर लाया था लेकिन वासीन ने सूची पर पानी फेर दिया। इससे काका खासा तनाव में आ गया। उसे वासीन पर गुस्सा आने लगा।

'काका, मेरी तो खरीददारी हो गयी, अब तुमको जो खरीदना हो, खरीद लो।' यह कहकर वासीन बग्घी में बैठ गया।

'तूने कुछ छोड़ा हो तो खरीदूँ, सारे मटके तो एक मूर्ति में उड़ा दिए।' काका मन ही मन खिसियाया।

काका ने अब वस्तुओं की सूची निकाली। उसमें से उसने सारी कीमती वस्तुएं निकाल दीं। केवल दो ही वस्तुएं सूची में बची जो शेष रह गये नौ मटकों में आ सकती थीं; पत्थर के हाथी और घोड़ा क्योंकि उनकी कीमत मेले में बहुत कम थी। काका ने ये दोनों खरीद लिए।

'क्या काका, तुम भी बच्चों के से खिलौने खरीदते हो।' वासीन ने मजाक कसा।

'ये न खरीदूँ तो और क्या खरीदूँ, सारे मटके तो तूने उड़ा दिए.. .।' काका को अब मौका मिल गया अपनी भड़ास निकालने का। वो शुरू हो गया– 'घर से निकला था तो सामान की पूरी सूची बनाकर लाया था। पर तूने इस मूर्ति के चक्कर में सारा काम बिगाड़ दिया।'

'चलो तो मूर्ति वापस कर अपने मटके ले आते हैं।' वासीन ने

काका की भावनाओं की कद्र करते हुए मूर्ति हाथ में उठा ली और बग्घी से नीचे उतर गया फिर चलने लगा मूर्ति वापस करने।

'रहने दे।' काका ने वासीन का हाथ पकड़ के उसे रोक लिया और कहा- 'मैं थोड़ा गुस्से में आ गया था इसलिए तुझे सुना दिया।'

'मैं कौन-सा इसे वापस करने जा रहा था!' वासीन ने काका को चिढ़ाने के लिए हंसकर कहा।

उसकी बात पर काका भी हंस पड़ा। वे दोनों अब बग्घी में बैठकर मेले से बाहर निकलने लगे। वासीन की नजर अचानक से खंभे पर लगे चक्र पर पड़ी, उसे उस पर रूआ खड़ी दिखी।

'हम उस चक्र पर चढ़ना तो भूल ही गये।' गोल चक्र की ओर इशारा कर वासीन ने कहा।

'सही याद दिलाया तूने, उस पर चढ़के एक बार तो देखना ही चाहिए; आखिर हमारा पुरवा वहाँ से कैसा दिखता है!'

'चलो तो फिर देर किस बात की!'

'रूको अभी! पहले उन्हें नीचे आने दो।' काका ने चक्र के ऊपर चढ़े लोगों के नीचे उतरने तक इंतजार करने को कहा।

'अच्छा काका, तुम कहते हो तो थोड़ा इंतजार कर लेता हूँ।' वासीन मन मारकर बोला।

वे दोनों मेले के बारे में बतियाने लगे कि अचानक चरमराहट की आवाज आयी। वह गोल विराट चक्र जिन रस्सों से बंधा था, उनमें से एक बड़ा रस्सा भीड़ के वजन से टूट गया। उस चक्र का सारा भार अब अन्य रस्सों पर आ गया। वे भी एक-एक कर टूटने लगे। इससे चक्र धीरे-धीरे नीचे सरकने लगा। चक्र को नीचे खिसकते देख मेले में अफरा-तफरी मच गयी। व्यापारी अपने सामानों को छोडकऱ वहां से भागने लगे।

'काकाऽऽऽ, मेरा धनुष दोऽऽऽ।' वासीन जोर से चिल्लाया।

काका बग्घी के पास था जबकि वासीन बग्घी से थोड़ी दूर। काका

ने बग्घी से धनुष लेकर वासीन की ओर फेंका। वासीन ने धनुष हाथ में आते ही फुर्ती से अनेक तीर उस मोटे काठ के खंभे में गाड़े जिसपर चक्र सधा था। चक्र तीरों से अड़कर ऊपर ही थम गया।

'सब लोग, बाहर निकलो।' वासीन खंभे के पास खड़े लोगों को वहाँ से दूर करने लगा।

लोग मेले से बाहर की तरफ भागने लगे। वे तीर जो वासीन ने चक्र को साधने के लिए खंभे में गाड़े थे, वे चक्र के भारी वजन को अधिक देर तक झेल न पाए और टूटने लगे। अब चक्र चरमराता हुआ फिर से धीरे-धीरे नीचे खिसकने लगा।

इतने में एक भाला वासीन के पीछे से आया और सीधा खंभे में जा गचका। इसके बाद एक और भाला आया और वो भी खंभे में जा गचका। चक्र उन दोनों भालों से अड़कर रुक गया। वासीन ने पीछे मुड़कर देखा तो आयन चेटवा पर बैठा था। वे दोनों भाले उसी के थे।

अब जो लोग चक्र के ऊपर थे, वे झट-पट से कूदने लगे। रूआ भी कूद गयी। अब चक्र का भार थोड़ा तो कम हुआ लेकिन फिर भी भार इतना अधिक था कि आयन के भाले उसे ज्यादा देर तक साध नहीं पाए और वह फिर से नीचे सरकने लगा। कुछ लोग अब भी चक्र के ऊपर थे जिनमें महिलाऐं और बच्चे थे। थोड़ी ही देर में सभी लोग चक्र के नीचे से भाग गए लेकिन वासीन चक्र को साधने के लिए उसके नीचे खड़ा ही रहा। वासीन की देखा-देखी काका भी दौड़कर उसके पास आया। चक्र तेजी से नीचे आने लगा। अब आयन भी चेटवा से कूदकर चक्र के नीचे आ गया। राजा रोमान मेले के पास से ही गुजर रहे थे जब उन्हें लोगों की अफरा-तफरी दिखी तो उन्होंने तुरन्त रथ रुकवाया और जब उन्हें पता चला कि इस भगदड़ का कारण मेले के विराट गोल चक्र का नीचे सरकना है तो उन्होंने आन देखी न तान सीधे रथ से कूदकर पहुंच गए; उस चक्र के नीचे उसे रोकने के लिए।

रूआ चक्र के पास वाले पेड़ पर चढ़ी। उसने अपना चाबुक चक्र पर फेंका। चाबुक चक्र में फंस गया फिर उसने चाबुक के दूसरे सिरे को पेड़ की एक डाल में फंसाकर उसे कसकर पकड़ लिया। पेड़ काफी ऊंचा था और चक्र खंभे के सहारे सरक-सरक कर काफी नीचे आ रहा था, इससे पेड़ की डाल मुड़ने लगी लेकिन फिर भी रूआ ने चाबुक कसकर पकड़े रखा। चक्र जैसे ही नीचे आया राजा रोमान, काका, वासीन और आयन ने उसे अपने हाथों पर साध लिया। इससे चक्र नीचे नहीं गिरा। उसके ऊपर जो लोग थे, वे सुरक्षित बच गए।

9.

साहोपुरम में,

सूरज के छिपने का समय हो चुका था लेकिन फिर भी उसने अभी तक अपनी पलकें बंद नहीं कीं क्योंकि वह चाहता था कि सभी राहगीर और कामकाजी लोग अपने-अपने गंतव्य स्थानों को सही सलामत पहुंच जायें।

शोमल अब जवान हो चुकी है। उसका रंग गोरा है, चेहरा गोल, नाक थोड़ी लम्बी है। वो दिखने में अति सुन्दर लगती है। उसके निचले होठ के दायीं तरफ एक तिल बसा है। उसके बालों की कुछ बदमाश लटें उसके चिकने गालों को चूमती ही रहती हैं। वह अपने साथ एक क्षत्रिय की भांति हमेशा तलवार रखती है।

'मोरियाऽऽऽ! मोरियाऽऽऽ!' पुकारती शोमल जंगल में मोरिया को ढूंढ रही थी। सारा जंगल उसने खोज लिया लेकिन मोरिया कहीं नजर नहीं आया। अंत में थक कर वह एक खजूर के पेड़ के नीचे बैठ गई और मन ही मन कहने लगी- 'पूरा जंगल तो छान मारा, पता नहीं कहाँ चला गया?'

उसे पेड़ के नीचे बैठे थोड़ी ही देर हुई थी कि उसके बगल से सरसराहट की आवाज आने लगी। वह तुरन्त तलवार तानकर खड़ी हो गयी और अपने चारों ओर तीखी नजरें दौड़ाने लगी। धीरे-धीरे सरसराहट की आवाज बढ़ने लगी। वह और चौकन्नी हो गयी। एकदम से कुछ आदिवासी झाड़-फूसों से बाहर आये और उन्होंने शोमल को चारों ओर से घेर लिया। आदिवासियों का रंग साँवला था। उनके सिर पर पक्षियों के लम्बे-लम्बे पंख जड़े थे और हाथों में उनके तीर-कमान और भाले थे।

'कौन हो तुम? और मुझसे क्या चाहते हो?' अपनी तलवार सतर्क कर शोमल आदिवासियों से बोली।

उनमें से एक आदिवासी ने शोमल की ओर अंगुली की। वह समझ गयी कि ये मुझे ही लेने आये हैं। अब वह चुपचाप खड़ी हो गई और अपने दायें-बायें बच निकलने का रास्ता देखने लगी। थोड़ी देर बाद एक आदिवासी पीछे से शोमल को पकड़ने के लिए आगे बढ़ा। उसके पैरों की आवाज सुन शोमल एकदम से पीछे मुड़ी और अपनी तलवार से उस आदिवासी की गर्दन उड़ा दी। इससे सारे आदिवासी क्रोध में आकर तीर-कमान और भालों से शोमल पर प्रहार करने लगे। वह काफी देर तक उनसे लड़ती रही परन्तु अंत में एक आदिवासी ने पीछे से उसके सिर पर भाला मार दिया, इससे वह बेहोश होकर जमीन पर गिर गयी। फिर आदिवासी उसे उठाकर अपने कबीले में ले आये और वहाँ उसे एक पेड़ की पींड से बांध दिया। वह पूरी रात बेहोशी में उस पेड़ से बंधी रही जब सुबह उसे होश आया तो उसने खुद को रस्से से बंधा पाया। उसके सामने आदिवासियों का पूरा झुण्ड 'हू हा-हू हा' करके जश्न मना रहा था।

'खोलो मुझे, यहाँ से जाने दो।' ये शब्द बार-बार कहकर शोमल तंग आ गयी लेकिन किसी ने उसे नहीं खोला और अपनी मस्ती में लगे रहे।

काफी वक्त बीत गया, शोमल पेड़ की पींड से भूखी-प्यासी बंधी रही। उसे लगा कि इस तरह चिल्लाते रहने से बात बनने वाली नहीं। उसे हाथों में बंधी रस्सी को काटने की तरकीब सूझी। वह पेड़ की पींड से रस्सी को घिसने लगी। इससे कुछ हद तक रस्सी कट गयी फिर तो वह मन ही मन गुस्से में कहने लगी- 'अब देखना आदिवासियो, मैं तुम्हें कैसे मजा चखाती हूँ।'

उधर, आदिवासियों ने शोमल के होश आने की खबर अपने सरदार को पहुँचा दी। सरदार हट्टा-कट्टा था। उसकी खोपड़ी पर चील की पंखों का मुकुट था और चेहरे पर उसके काले-सफेद रंग की कीचड़ पुती थी। हाथों में उसके कई छोटी-छोटी रस्सियाँ बंधी थीं।

'जाओ, उस लड़की को हमारे संभोग के लिए तैयार करो।' आदिवासियों के सरदार ने हुक्म दिया।

हुक्म मिलते ही सारे आदिवासी सरदार के सामने सिर झुकाकर झोंपड़ी से बाहर आये और शोमल को सरदार के संभोग के लिए तैयार करने में जुट गए।

'तुम्हें खुशी होनी चाहिए, सरदार ने तुम्हें अपने संभोग के लिए चुना है अगर तुम उन्हें खुश कर दोगी तो वे तुम्हें यहाँ से जाने देंगे।' एक आदिवासी शोमल के पास आकर बोला।

शोमल उस आदिवासी को और पास आते देखकर रस्सी को काटने का तेजी से प्रयास करने लगी परन्तु जब वह आदिवासी उसके बहुत करीब आ गया तो उसे दूर करने के लिए शोमल ने उसके मुंह पर थूकना ही उचित समझा। इससे आदिवासी गुस्से से तिलमिला उठा- 'पानी ना नी।'

'पानी ना नी' सुनते ही कई आदिवासी महिलाऐं पानी से भरे बर्तन लेकर शोमल के पास आयीं और सारा पानी उसके सिर पर उड़ेल दिया। पानी में भीगकर शोमल के सारे वस्त्र उसके बदन से चिपक गए। इसके बाद उन आदिवासी महिलाओं ने उसके शरीर पर हल्दी भुरकना शुरू किया। शोमल चिल्ला-चिल्ला कर मना करती रही पर वे नहीं मानीं और उसके बदन पर हल्दी का लेप चढ़ाती गयीं। उसके बालों में पक्षियों के पंख लगा दिये। उसके चेहरे पर सफेद रंग की कीचड़ से कई आड़ी-तिरछी धारियाँ बना दी गयीं। थोड़ी ही देर में उन्होंने शोमल को एक नई नवेली दुल्हन की तरह सजा दिया।

'ले आओ उसे, मेरा मन संभोग के लिए उतावला हो रहा है।' आदिवासी सरदार ने झोंपड़ी से बाहर निकलकर कहा।

एक आदिवासी शोमल को लेने उसके पास आया। वह उसके हाथ खोलने ही वाला था कि इतने में शोमल ने उसके पौरूषत्व में एक कसकर लात मारी। लात पड़ते ही वह 'उँह' करके दोनों टांगों को सिकोड़ता हुआ जमीन पर गिर पड़ा। यह देखकर आदिवासी सरदार

क्रोधित हो उठा- 'उसे अकेला छोड़ दो, मैं वहीं आ रहा हूँ।'

सभी आदिवासी शोमल से दूर चले गए। उनका सरदार शोमल की तरफ बढ़ने लगा। उसे पास आते देखकर वह सोचने लगी- 'यह मनहूस सरदार अब मुझे नहीं छोड़ेगा। कहीं वो सबके सामने मेरे साथ... नहीं! नहीं! मैं ऐसा नहीं होने दूंगी।'

अब तो वह और जोर से रस्से को पींड से रगड़ने लगी।

'क्या तुम मेरे साथ संभोग करना पसंद करोगी?' आदिवासी सरदार शोमल के नजदीक आकर बोला।

'शक्ल देखी है अपनी; राक्षस से भी बदतर है।'

'कोई बात नहीं, एक बार संभोग के बाद तुम्हें ये राक्षस जरूर पसंद आयेगा।'

'शायद तुम आदिवासी जानते नहीं, मैं किस नगर से हूँ अगर मेरे नगर के लोगों को मेरे यहाँ होने की जरा-सी भी भनक लगी तो याद रखना, तुम सब आदिवासी बे-मौत मारे जाओगे।' शोमल ने सरदार को गुड़का।

'कोई बात नहीं, तुमसे पहले भी कई नारियों ने मुझसे यही कहा था, मगर कुछ नहीं हुआ जो लोग उन्हें बचाने आये, मैंने उन्हें ही उल्टा मौत के घाट उतार दिया।' आदिवासी सरदार हंस कर बोला।

उस आदिवासी सरदार ने अब शोमल के वस्त्र फाड़ने के लिए हाथ आगे बढ़ाया लेकिन शोमल तक उसके हाथ पहुंचने से पहले ही मोरिया शोमल को खोजता-खोजता वहाँ पहुंच गया। उसने दूर से ही अपनी तलवार आदिवासी सरदार की तरफ फेंकी, तलवार सीधे आदिवासी सरदार की खोपड़ी से आर-पार हो गयी। आदिवासी सरदार धम्म से पीछे गिर पड़ा। यह देखकर सब आदिवासियों की आँखें फटी रह गयीं। उनका सरदार मर चुका था। वे मोरिया को घूरने लगे।

मोरिया अब कोई बालक नहीं बल्कि डोले-शोले वाला नौजवान है। उसकी पीठ पर एक विचित्र तलवार छपी है, जो उपहार के रूप

में जन्म से ही उसे प्राप्त हुयी है। उसके कंधो पर लम्बे-घुंघराले बाल छाए हुए हैं।

'मारो! मारो इसे!' आदिवासियों ने शोर मचाया और फिर भाले और तीर-कमानों से मोरिया पर टूट पड़े। मोरिया भी अपने चक्रान से उनको ढेर करता गया। कई आदिवासी मोरिया पर वार करने के लिए खजूर के पेड़ों पर चढ़ने लगे लेकिन मोरिया भी उनसे कहाँ कम था। वह उन पेड़ों को ही तलवार से काट देता जिन पर वे आदिवासी चढ़ते। इससे कई आदिवासी पेड़ों के नीचे दब कर मर जाते। इस तरह काफी समय तक उनके बीच लड़ाई चलती रही। अन्त में एक अधेड़ आदिवासी आकर 'या-या-या-या' करने लगा। यह सुनकर सब आदिवासी खजूर के पेड़ों पर चढ़ने लगे। मोरिया उनकी चाल भांप गया कि ये जरूर मुझ पर एक साथ धावा बोलने वाले हैं।

'आदिवासियो! तैयार हो जाओ; अपनी आखिरी साँसें गिनने के लिए।' यह कह मोरिया तलवार से खजूर के उन सारे पेड़ों को उड़ाने लगा जिन पर आदिवासी चढ़ रहे थे।

फिर क्या था, सारे आदिवासी उल्टे-सीधे जमीन पर गिरते गए। उनमें से बहुत सारे आदिवासी तो पेड़ों के नीचे ही दबकर मर गए और जो बचे उनमें से अधिकांश की हालत खस्ता हो चुकी थी। अब तो वे अपनी जान बचाने के लिए दूर से ही मोरिया को ढोक देकर घने जंगल की ओर भागने लगे।

अब मोरिया शोमल के पास आया। तलवार से उसकी रस्सी काटी और फिर वे दोनों पैदल-पैदल बातें करते हुए वहां से चल दिए।

'वैसे मैंने उन बेचारे आदिवासियों के साथ नाइन्साफी की, मुझे ऐसा नहीं करना था। मुझे तो उल्टा उनका सहयोग करना चाहिए था।' मोरिया ने शोमल से मजे लेने के लिए कहा।

'सहयोग!' चलती-चलती शोमल रुक गयी।

'हाँ, तुम्हारे और उस आदिवासी के विवाह में।'

‘वो, मुझसे विवाह कर रहा था!’ शोमल ने झेंपकर कहा।

‘चलो जो भी था। मुझे उसका शुक्रियादा करना चाहिए था। कम से कम वो बेचारा मेरे पीछे पड़ी एक नागिन से मेरा पीछा ही तो छुड़ा रहा था।’ मोरिया ने जले पर नमक छिड़का।

‘तुमने मुझे नागिन कहा!’

‘माफ करना! मैं तो भूल ही गया था, तुम नागिन नहीं; महानागिन हो जो एक बार किसी से बैर बांध ले तो जन्मों-जन्मों तक उसका पीछा नहीं छोड़ती।’

अब तो शोमल गुस्से में नाक-मुंह फुलाकर एक पत्थर पर जाकर बैठ गयी और जिद्द पकड़ ली कि चाहे कुछ भी हो जाए वह आज घर नहीं जायेगी। मोरिया उसे रिझाने-मनाने लगा परन्तु वह नहीं मानी और अपनी जिद्द पर अड़ी रही।

‘पूरा नगर कल रात से सोया नहीं, इधर-उधर तुम्हें ही ढूंढता रहा। अब अगर तुम घर चलो तो उन्हें सुकून मिले।’ मोरिया ने शोमल से कहा।

मगर शोमल नहीं मानी और रूठकर पत्थर पर बैठी रही।

‘अब जिद्द छोड़ भी दो। घर चलो। देखो, पूरा साहोपुरम तुम्हें पागलों की तरह ढूंढ रहा होगा।’

‘मुझे कहीं नहीं जाना।’

‘लेकिन क्यों? तुमसे मैंने मजाक किया इसलिए? चलो इसके लिए मैं तुमसे माफी मांगता हूँ।’ मोरिया ने अपने कान पकड़े।

पर शोमल फिर भी नहीं मानी। उसने मोरिया से अपना मुंह फेर लिया। अब तो मोरिया उसके और नखरे देखने के लिए उसकी बगल में जाकर बैठ गया। शोमल के रूठने में जो खूबसूरती उसके चेहरे पर झलक रही थी, वह उसे निहारने लगा।

‘वैसे तुम इन ठण्डे कपड़ों में गर्म लग रही हो। जी चाहता है, इसी क्षण तुमसे शादी रचा लूँ फिर न जाने ऐसी गर्मी तुम में कब दिखे?’

‘तो फिर रचा लो शादी, रोका किसने है? यह नागिन तो कब

से तुमसे शादी रचाने को तैयार है।' शोमल ने मोरिया की आँखों में आँखें डालकर कहा।

मोरिया शोमल के मुंह से यही सुनना चाहता था। प्रेम में अगर लड़की की रजामंदी मिल जाये तो फिर प्रेमी पीछे क्यों हटना चाहेगा। वे दोनों एक-दूसरे की आँखों मे खोकर अपने होठों को करीब लाने लगे। उनका चुंबन अब बस एक क्षण ही दूर था कि इतने में लाऊ वहाँ टपक पड़ा। इससे उनके अंदर के उमड़ते यौवन का ज्वार धीरे-धीरे ढलने लगा।

'शोमल, तुम यहाँ बैठी हो! पूरा साहोपुरम तुम्हें कल रात से ढूंढ रहा है, चलो अब घर चलो।' लाऊ ने शोमल को डांटते हुए कहा।

मोरिया और शोमल एक घोड़े पर बैठ गए! शोमल का यौवनरूपी ज्वार अभी पूरी तरह से ढला नहीं था। वह मोरिया की पीठ से चिपक गयी। लाऊ भी अपने घोड़े पर चढ़ गया और फिर वे तीनों साहोपुरम की ओर निकल पड़े।

❖❖❖

दो माह बाद,

मोरिया, शोमल और लाऊ तीनों जंगल में शिकार पर निकले। तीनों अलग-अलग घोड़ों पर थे। शोमल का घोड़ा उन दोनों के घोड़ों के बीच में चल रहा था।

'यार लाऊ, लड़कियों से तो हमेशा दूर ही रहो तो अच्छा है।' शोमल को चिढ़ाने के लिए मोरिया ने कहा।

'क्यों, तेरे साथ ऐसा क्या बुरा कर दिया लड़कियों ने?' लाऊ ने व्यंग्य किया।

'कोई काम ठीक से करने ही नहीं देतीं, बीच-बीच में अडंगा डालती हैं।'

शोमल मोरिया की इस बात पर झुंझलायी- 'तुम नारी से इतनी नफरत करते हो, मत भूलो कि नारी इस दुनिया में ईश्वर के द्वारा बनाई गई सबसे सुंदर कृति है।'

'मगर शोमल तू यह कहना भूल गई, नारी अगर इस दुनिया की

सबसे सुंदर कृति है तो सबसे बुरी कृति भी वही है। इसके चक्कर में ना जाने कितने ही आशिक बर्बाद हो गए; अनेक साम्राज्य मिट गए; तमाम बड़े युद्ध हो गए। क्या-क्या नहीं हुआ, इसके चक्कर में...।' मोरिया ने नारी के मायावी रूप का बखान किया।

'बात तो दोनों की सही हैं, नारी सबसे अच्छी कृति भी है और सबसे बुरी भी। यह तो मुकद्दर की बात है; किस व्यक्ति को नारी के किस रूप के दर्शन हो जाएं।' लाऊ ने लपककर उन दोनों की बातों में तालमेल बिठाया।

तीनों की बातों का सिलसिला यूँ ही आगे बढ़ता गया।

उधर, साहोपुरम में कोनिया आ टपका। उसके साथ बहुत सारे लुटेरे थे। साहोपुरम वासी कोनिया को देखकर आश्चर्य में पड़ गए। वे सोचने लगे- 'जरूर कोई बात है वरना कोनिया सरदार अचानक इतने सारे लुटेरों के साथ साहोपुरम नहीं आते!' उन सभी ने कोनिया के सामने सिर झुका लिए।

'तुम्हारा सरदार कहाँ है? मेरे पास बुलाओ उसे।' तेज-तर्रार आवाज में कोनिया साहोपुरम के लुटेरों से बोला।

कोनिया देखने में भारी-भरकम शरीर वाला पहलवान है। उसके कानों मे दो बड़े-बड़े कुण्डल लटके हैं। रंग उसका थोड़ा सांवला है। उसके बाल बहुत लम्बे हैं।

एक व्यक्ति दौड़ा-दौड़ा सरदार मचुआ के पास जाकर बोला- 'सरदार, आपको सरदार कोनिया ने बुलाया है।'

मचुआ कोनिया के आने की खबर सुनकर दंग रह गया। वह दौड़ा-दौड़ा कोनिया के पास आया और एक गुलाम की तरह सिर झुकाकर खड़ा हो गया। कोनिया ने पहले तो मचुआ की तरफ नजर दौड़ाई और फिर साहोपुरम के लुटेरों से कहा- 'तुम सभी इसी लायक हो कि तुम्हें गुलाम बनाकर रखा जाए। इस साहोपुरम में अब वो ताकत नहीं रही जो पहले कभी हुआ करती थी। आज के बाद तुम्हारा साहोपुरम हमेशा के लिए मेरा गुलाम रहेगा क्योंकि तुम कभी मिख्ला

को लूट नहीं सकते। मैंने फैसला किया है कि अब साहोपुरम के लुटेरे कभी मिख्ला पुरवा नहीं जायेंगे, अब तो सिर्फ कोहलापुरम के लुटेरे ही मिख्ला पुरवा जायेंगे।'

कोहलापुरम कोनिया का नगर है।

'सरदार, यह सरासर अन्याय है।' मचुआ गिड़गिड़ाया– 'हम हर बार अपनी जान की परवाह किए बगैर मिख्ला को लूटने गये, बदले में हमें आज तक मिला क्या; सिर्फ मौतें! लेकिन हमने अपनी आजादी के लिए मौतें भी स्वीकार कीं। सरदार, मेरी आपसे विनती है, हमारी आजादी का यह रास्ता हमसे मत छीनो।'

'आज तक तुम मिख्ला को नहीं लूट पाए। अब इस कार्य के लिए मैं तुम्हें और मौका नहीं दे सकता।' कोनिया ने लताड़ा।

कोनिया को गुस्से में देखकर साहोपुरम के लोग सहम गए।

'हमें एक मौका और दो सरदार अगर इस बार हम मिख्ला लूटने में नाकाम रहे तो हमेशा के लिए हमें तुम्हारी गुलामी मंजूर होगी।' मचुआ कोनिया के आगे गिड़गिड़ाकर बोला।

'वो एक मौका भी क्यों दूँ तुम्हें? साहोपुरम अब बूढ़ा हो चुका है, उसके अन्दर वो ताकत नहीं रही जो मिख्ला को लूट सके।' कोनिया ने अविश्वास के साथ कहा।

कोनिया की ये सारी धिक्कारें साहोपुरम के लोग चुपचाप सुनते रहे। किसी में कोनिया के आगे बोलने की हिम्मत न हुई। मचुआ साहोपुरम के लोगों के मुंह को तांकने लगा। सभी के दिल कोनिया के भय से लबालब थे।

'बेशक किसी में मिख्ला लूटने की ताकत न रही हो लेकिन मेरे अन्दर अभी है चाहो तो आजमा सकते हो।' मचुआ ने साहोपुरम की इज्जत बचाये रखने के लिए खुद को बली का बकरा बनाया।

'आजमा! हा-हा-हा...।' मचुआ की बात का कोनिया ने उपहास उड़ाया– 'किसे आजमाऊँ, तुम्हारी ताकत को! या फिर साहोपुरम के लिए जान देने के तुम्हारे जुनून को!'

'जो समझो, सरदार।'

'राऊनी, उस जंगली गेंडे को छोड़ दो इसके सामने फिर देखते हैं, इसमें कितनी ताकत है!' पिंजरे में कैद कर साथ लाए जंगली गेंडों में से एक गेंडे की ओर इशारा कर कोनिया ने राऊनी को आदेश दिया। राऊनी कोनिया का खास आदमी है। कोनिया ने फिर मचुआ से कहा- 'मगर एक बात याद रखना, मचुआ अगर तुम उस जंगली गेंड़े को नहीं हरा पाये तो साहोपुरम की हर एक पीढ़ी मेरी गुलाम होगी।'

'मंजूर है।' मचुआ ने शर्त स्वीकारी।

मचुआ गेंड़े का सामना करने आगे बढ़ा, राऊनी ने गेंड़ा पिंजरे से बाहर निकाल दिया। पिंजरे से बाहर आते ही गेंड़ा सामने खड़े मचुआ की ओर भागा। उसने मचुआ को सींग पर उठाकर एक बड़े से पत्थर पर दे मारा। मचुआ खड़ा हुआ फिर गेंड़ा दोबारा जैसे ही उस पर झपटा उसने गेंड़ा का सींग पकड़ लिया, खूब कोशिश की मचुआ ने गेंड़े का सामना करने की पर वह उसके सामने ज्यादा देर टिक नहीं पाया और गेंड़ा ने एक बार फिर उसे उठाकर दूर फेंक दिया। मचुआ के शरीर से खून बहने लगा। ठीक से पैरों पर खड़े होने की ताकत भी अब उसमें नहीं रही मगर फिर भी उसने हार नहीं मानी। उसे अपनी जान से ज्यादा साहोपुरम की आजादी से प्यार था, इसलिए वह गेंड़े से लड़ता रहा। गेंड़ा मचुआ को एक खिलौने की भांति इधर-उधर फेंककर अपना मनोरंजन करता रहा। मचुआ अधमरा हो गया। साहोपुरम के लोग यह देख न सके। उन्होंने अपनी आँखें मूंद लीं। कोनिया और उसके लुटेरे मचुआ को हारते देख अट्टहास करने लगे। कोनिया ने मचुआ की ओर इशारा कर उसका उपहास किया- 'देखो! ये है साहोपुरम की ताकत!'

मचुआ की हालत इतनी खस्ता हो गयी कि अब उसे आँखों से दो-दो गेंड़े नजर आने लगे मगर फिर भी वो लड़ता रहा।

उधर, मोरिया, लाऊ और शोमल जंगल से शिकार करके वापस साहोपुरम लौट रहे थे। उन्हें रास्ते में साहोपुरम का एक व्यक्ति मिल

गया जो दौड़ा-दौड़ा उन्हें ही बुलाने जंगल की ओर जा रहा था। उसने हांफते-हांफते मोरिया को साहोपुरम की पूरी घटना बताई। और फिर रोता हुआ बोला- 'मोरिया, अपने पिता को उस जंगली गेंड़ा से बचा लो!'

यह सुनकर मोरिया पानी-पानी हो गया, वह घोड़े को तेजी से साहोपुरम की ओर भगाने लगा। उसके पीछे शोमल और लाऊ भी अपने घोड़ों को दौड़ाने लगे।

इधर, मचुआ में अब इतनी ताकत नहीं रही कि वह गेंड़े का मुकाबला कर सके। वह घुटनों के बल जमीन पर बैठ गया। उसके मुंह से खून टपक रहा था। आँखें धीरे-धीरे मुंद रही थीं। गेंड़ा उसे कुचलने के लिए हुंकारता हुआ आगे बढ़ रहा था। इससे पहले की वह मचुआ में सींग घुसेड़ता मोरिया वहां पहुंच गया। उसने घोड़े से छलांग लगाई और गेंड़े का सींग कोहनी मारकर तोड़ दिया। गेंड़ा 'हूँऽऽऽ' करता जमीन पर गिर पड़ा। मोरिया ने अपने पिता को खड़ा किया। लाऊ और शोमल दौड़े-दौड़े उसके पास आये और मचुआ को लेकर किनारे हो गये।

'ये साहोपुरम तुम्हारे लिए बरसों से अपने प्राणों की आहूति देता आया है मगर आज तुमने इसकी ताकत पर शक किया, लानत है तुम पर।' मोरिया दहाड़ के कोनिया से बोला। उसकी आवाज पूरे साहोपुरम में गूंज उठी, उसने कोनिया को ललकारा- 'अब भेज अपने गेंड़ों को, मैं भी देखूँ कितनी ताकत है उनमें।'

कोनिया जब भी किसी नगर पर आक्रमण करने जाता है, वह अपने साथ कई जंगली गेंड़े पिंजरों में भरकर ले जाता है और युद्ध में उन्हें छोड़ कर अपना आतंक पैदा करता है।

कोनिया ने राऊनी को इशारा कर पाँचों गेंडों को पिंजरे से निकलवा दिया। पिंजरे से छूटते ही पाँचों गेंड़े मोरिया पर टूट पड़े। मोरिया इधर-उधर छलांग लगाकर किसी गेंड़े की नाक तोड़ता तो किसी का सींग, किसी-किसी का तो वो सिर ही अपने घुटनों से फोड़ देता।

थोड़ी ही देर में उसने पाँचों गेंड़ों को ढ़ेर कर दिया।

'बस! इतने ही गेंड़े हैं और नहीं भेजेगा। कहीं ये सोच के तो नहीं डर रहा है कि अगर सारे गेंड़े आज मेरे हाथों मारे गए तो फिर नगरों मैं अपना खौफ कैसे पैदा करेगा।' मोरिया गरजा- 'मुझे पता है, तू यही सोच रहा है और तू बिल्कुल सही सोच रहा है, तू जितने गेंड़े भेजेगा, सारे मेरे हाथों मारे जायेंगे फिर तू नगरों को अपने छोटे-छोटे चूहों से डराना।'

इतना सुनते ही कोनिया के लोग भड़क उठे, वे अपने हथियार लेकर मोरिया को मारने दौड़े तभी मोरिया चिल्लाया- 'लाऊऽऽऽ।'

लाऊ ने मोरिया की तलवार निकाल के उसकी ओर फेंकी। तलवार हाथ में आते ही मोरिया ने वह जमीन में गाड़ दी। जमीन में तलवार गड़ते ही भूकम्प-सा आ गया। जमीन दूर तक चिरती चली गई फिर धूल का ऐसा बवंडर उठा कि वहाँ खड़े लोग आँखों को मूंदकर पीछे हटने लगे। मगर कोनिया मोरिया को ही देखता रहा। उसका घोड़ा भी पैरों तले जमीन छोड़ रहा था लेकिन कोनिया ने उसे लगाम खींचकर जाम कर दिया। बवंडर शांत होते ही कोनिया के लोग फिर मोरिया की ओर दौड़ने लगे लेकिन कोनिया ने उन्हें इशारे से रोक लिया।

'अच्छा हुआ जो तूने इन्हें रोक लिया, नहीं तो इन का भी वही हाल होता जो तेरे गेंड़ों का हुआ है।' पीछे से मोरिया पर वार करते कोनिया के एक लुटेरे की गर्दन मरोड़कर मोरिया दहाड़ा।

कोनिया ने अपने आदमियों को इसलिए रोका क्योंकि मोरिया जब लाऊ से अपनी तलवार लेने पीछे मुड़ा था, तब कोनिया को उसकी पीठ पर छपी तलवार दिख गयी थी। यह वही तलवार है जिससे जन्म-जन्मांतर से कोनिया का अंत हो रहा था परन्तु इस बार वो इससे अपना अंत नहीं चाहता।

'इंसान बूढ़ा हो सकता है कोनिया मगर यह साहोपुरम नहीं। यहाँ का बच्चा-बच्चा अपनी जान से ज्यादा इस नगर को प्यार करता है।

अगर मैं गुलाम न होता तो आज यहाँ से कोहलापुरम तेरी अस्थियों के सिवा कुछ नहीं जाता।' मोरिया जमीन से तलवार निकालकर बोला।

'मगर इतने ताकतवर होने के बाद भी तुम हमेशा मिख्ला पुरवा से हारे हो।' कोनिया ने कहा।

'हम अभी हारे नहीं हैं, हार तब होती जब हम मौत के डर से मिख्ला पुरवा ही न जाते; हार तब होती जब हम सबकी रगों में एक खून न दौड़ता; हार तब होती जब हम अपने शस्त्रों पर धार न लगाते; हार तब होती जब हमारी रूह में एक पल के लिए भी डर पैदा होता; हार तब होती जब हम हर एक युद्ध के लिए नौ साल का इन्तजार न करते; हार तब होती जब हम अपनी प्रतिज्ञा तोड़कर आजीवन तेरी गुलामी स्वीकार करते और रही बात मिख्ला पुरवा की- उसे तो मैं खुद इस बार मिख्ला के साथ-साथ जमीन से उखाड़ कर तेरे हाथों में दे दूंगा।' मोरिया इतने गुस्से में था कि उसके पास पड़े गेंड़ें जिनमें थोड़ी जान बाकी थी, वे जैसे ही सिर उठाते मोरिया तलवार से उनका सर धड़ से अलग कर देता। इस तरह अपनी बात पूरी करते-करते उसने उन सभी गेंड़ों को मार गिराया।

मोरिया की आँखों में से क्रोध की ऐसी ज्वाला धधक रही थी जिसे देखकर कोनिया सहम उठा। माथे से उसके पसीना टपकने लगा। आज से पहले कभी उसका इतने ताकतवर योद्धा से सामना नहीं हुआ था।

साहोपुरम के लोग भी मोरिया को देखते रह गये। उन्हें अपनी आँखों पर विश्वास ही नहीं हो रहा था कि वे जो देख रही हैं, क्या वह सच है या फिर एक ख्वाब। मोरिया की शेर की सी दहाड़ जो उनके कानों में पड़ रही है, क्या वह भी सच है या फिर वह उनके कानों की बस एक झनझनाहट है।

'मानता हूँ, आज मुझसे बहुत बड़ी गलती हुई। मैं वादा करता हूँ फिर कभी ये गलती दोहराई नहीं जायेगी। मुझे तुम्हारी ताकत पर पूरा भरोसा हो गया है, तुम इस बार मिख्ला जरूर लूट लाओगे।' यह कहकर कोनिया अपने लोगों को लेकर वहाँ से चल दिया।

रास्ते में कोनिया के लोग कहने लगे- 'सरदार, अगर तुम हमें न रोकते तो वो मोरिया का बच्चा आज अपनी मृत्यु शय्या पर लेटा होता।'

'बकवास बंद करो, जानते हो वो कौन है?' कोनिया गुस्से में आकर बोला- 'वो रूद्रावी है। उसका सामना करना अच्छे-अच्छों के बस की बात नहीं जब तक वो साहोपुरम में है, साहोपुरम का कोई कुछ नहीं बिगाड़ सकता।'

अब तो वे लुटेरे मोरिया के नाम से थर-थर कांपते हुए फुसफुसाने लगे- 'अच्छा हुआ जो सरदार ने हमें उससे लड़ने से रोक लिया, वरना हम भी आज उन जंगली गेंड़ों की भांति बुरी मौत मारे जाते।'

❖❖❖

शोमल मचुआ के घावों पर जड़ी-बूटियों का लेप लगा रही थी। मोरिया और लाऊ उसके पास में खड़े थे।

'मोरिया, तुझे कोनिया से दुश्मनी नहीं लेनी थी। वो बहुत ताकतवर लुटेरा है, तुझे अभी उसकी ताकत का अंदाजा नहीं। उसने आज तक जिस नगर में कदम रखा है, वो नगर उसी का गुलाम हो गया है।' मचुआ ने मोरिया को समझाया।

'तो क्या मैं हाथ पर हाथ रखकर तुम्हारी मौत का तमाशा देखता। हर्गिज नहीं, जब तक मैं जिंदा हूँ, कोनिया साहोपुरम का पत्ता भी नहीं हिला सकता।'

'मगर।'

'मगर-वगर कुछ नहीं पिताजी, जिस उम्र में बच्चा खिलौनों से खेलता है, मैं तलवारों से खेला, क्यों? क्योंकि मैं एक योद्धा बनना चाहता था। एक योद्धा अपना सर कटा सकता है मगर झुका नहीं सकता।' अपने पिता की बात बीच में काटकर मोरिया बोला।

'मोरिया सही कह रहा है। हमने बचपन में खिलौने छोड़कर तलवारें अपने हाथों में इसलिए पकड़ीं ताकि बड़े होकर अपने साहोपुरम की रक्षा कर सकें और आज जब वो कोनिया तुम्हें एक जंगली गेंड़े से मरवा रहा था तो क्या मोरिया चुपचाप खड़ा तुमको मरते देखता? नहीं

दादा, मोरिया ने आज जो कुछ भी किया, सही किया।' लाऊ रूंधे स्वर में बोला।

❖❖❖

अगले दिन शाम के वक्त,

शोमल, मचुआ की पीठ पर जड़ी-बूटियों का लेप पोत रही थी। लाऊ पास में बैठा था। मोरिया ने वहां दस्तक दी।

'पिताजी, मैं आज तक नहीं समझ पाया कि ये तलवार आखिर मेरी पीठ पर क्यों छपी है?' मोरिया ने अपने वस्त्र उतारकर पीठ पर छपी तलवार अपने पिता को दिखायी।

'मैं भी नहीं जानता कि आखिर ये तलवार जन्म से तेरी पीठ पर क्यों छपी आयी? पर हां, इतना जरूर कह सकता हूँ कि इसके पीछे ईश्वर का जरूर कोई मकसद है।'

'लेकिन पिताजी, ईश्वर ने अपने मकसद के लिए मुझे ही क्यों चुना? लोग तो और भी हैं इस दुनिया में, उन्हें क्यों नहीं चुना?'

'क्योंकि बेटा तू खास है उन सभी में इसलिए ईश्वर ने तुझे चुना।' मोरिया की पीठ पर छपी तलवार पर हल्का-सा हाथ फेरते हुए मचुआ ने कहा।

'इस तलवार ने मुझे अपार शक्ति शायद इसलिए दी है ताकि मैं दुश्मनों का खात्मा कर सकूँ। मैं इस धरती के किसी भी योद्धा को शिकस्त दे सकता हूँ फिर कोनिया तो मेरे सामने चीज ही क्या है, उसे तो मैं जब चाहूँ चुटकी में मसल सकता हूँ।'

'हां दादा, मोरिया में अपार ताकत है। उस दिन जब यह झरने में पत्थर पर गिरा था तो पत्थर भी चूर-चूर हो गया था तो फिर ये कोनिया ...।' मचुआ की पीठ पर लेप लगाते-लगाते शोमल ने भी मोरिया की तारीफ की।

'बेटा, मेरी तो ईश्वर से यही प्रार्थना है; वो तुझे सलामत रखे।' मचुआ ने मोरिया के सिर पर हाथ रखकर आशीर्वाद दिया।

10.

मिख्ला पुरवा में,

वासीन युद्धाभ्यास में जुटा था। रणभूमि में वह तीन हथियारों को चला रहा था जिनमें धनुष, भाला और चाबुक शामिल थे।

काका उस रणभूमि के नजदीक से गुजर रहे थे। उनकी नजर वासीन पर पड़ी। वे उसके पास आये और बोले- 'यह कौनसी रणभूमि है?'

'यह एक बेबस अभागी रणभूमि है।' वासीन ने कहा।

इस बात पर काका खिलखिलाकर हँस पड़ा।

'वो कैसे?'

'क्योंकि यह भी मेरी तरह अकेली है; पुरवा के प्रेम से वंचित। हम दोनों आपस में अपना गम बाँटकर, उसे कम कर रहे हैं।'

'एक बात अब भी मेरी समझ से परे है!'

'कौन-सी?'

'तुम तो धनुष चलाने में निपुण हो फिर ये भाला और चाबुक एक साथ...कैसे...?'

'सब नजरों का खेल है, काका। तुम मुझे सिर्फ धनुर्विद्या में कुशल समझते हो जबकि मैं इन तीनों हथियारों को चलाना जानता हूँ और यह सब मुझे इस बेबस और अभागी रणभूमि ने ही सिखाया है। मैं अपनी इन कलाओं को सबसे छिपा कर रखता हूँ लेकिन जब भी पुरवा की रक्षा के लिए मुझे इनकी जरूरत पड़ेगी। मैं अवश्य इनका प्रयोग करूंगा।'

'यह कैसे संभव हुआ कि तुम बिना गुरु के इन्हें चलाना सीख गये?'

'मेरा आत्मविश्वास ही मेरा गुरु है। इसी ने मुझे इतनी कलाओं में पारंगत किया है।'

'तुम ठीक कहते हो, आत्मविश्वास ही मनुष्य का सबसे बड़ा गुरु है। इसके बल पर वह बड़े से बड़े लक्ष्य को हासिल कर सकता है।' काका ने कहा- 'लेकिन तुम इन तीनों हथियारों में अपनी निपुणता का प्रदर्शन आम जन के सामने क्यों नहीं करते?'

'इन कलाओं का प्रदर्शन करना मेरी बेवकूफी होगी। इस पुरवा के लोग मुझे पहले से ही लुटेरा समझते हैं अगर उन्हें मेरी इन छुपी कलाओं का पता चला तो वे सचमुच में मुझे लुटेरा मान लेंगे क्योंकि वे समझेंगे कि मैंने इन हथियारों को चलाना इसलिए सीखा है ताकि भविष्य में लुटेरों का साथ दे सकूँ।'

'मुझे तुम पर पूरा भरोसा है। अब वो समय भी दूर नहीं जब पूरा पुरवा तेरी काबिलीयत पर गर्व करेगा।' काका ने कहा- 'चल इसी बात पर मैं तुझे एक कहानी सुनाता हूँ- एक बार एक राजा रथ पर सवार होकर कुछ सैनिकों के साथ जंगल में शिकार करने गया। पूरा जंगल छान मारा लेकिन उसे एक भी शिकार नजर नहीं पड़ा। अचानक से उसे एक औरत की चीखें सुनाई दीं। राजा चीखों की ओर रथ लेकर दौड़ा। पास जाकर देखा तो एक बाघ बेरहमी से एक औरत पर हमला कर रहा था। औरत की जख्मीं हालत देख राजा ने बाघ पर तीरों की बौछार कर दी। बाघ औरत को वहीं छोड़, अपनी जान बचाकर भाग गया।

रथ से उतरकर राजा उस औरत के समीप गया तो देखा कि वह पूरी तरह से जख्मीं हो चुकी थी। उसके बदन पर अनगिनत जख्म थे। बस यूँ समझलो कि बाघ ने उसे अपना शिकार बना लिया था लेकिन फिर भी वह औरत अपनी आखिरी साँसों तक अपने नन्हे बच्चे के लिए, उस बाघ से लड़ रहीं थी।

अपने बच्चे को वह औरत राजा के हाथों में सौंप कर रूंधे स्वर

में बोली- 'इसकी कोई दुनिया नहीं बची। कृपया आप इसे बचा लो।'

इतना कहते ही उस औरत ने दम तोड़ दिया। वहीं पास में उसका पति भी मृत अवस्था में पड़ा था। वह भी बच्चे की रक्षा के लिए बाघ का शिकार हो गया था। इस तरह उस दंपति ने अपने बच्चे की रक्षा करते-करते अपने प्राणों की आहूति दे दी मगर अपने बच्चे को तनिक भी खरोंच नहीं आने दी।

राजा ने प्रतिज्ञा की कि वह उस बच्चे को अपना बेटा मानेगा। उसे कभी यह एहसास नहीं होने देगा कि उसके माँ-बाप कोई और थे। राजा ने उसका नाम मनु रखा।

राजा ने अपने तीनों बेटों के साथ मनु को भी पढ़ाया-लिखाया। राजा के तीनों बेटे मनु से जलते थे क्योंकि वह उनका सगा भाई नहीं था। प्रजा भी मनु को राजकुमार मानने को तैयार नहीं थी मगर राजा के भय के कारण वह उसे अपना राजकुमार कहती थी। समय का पहिया तेजी से आगे बढ़ता गया। राजा बुढ़ापे की दहलीज पर पहुंच गया और उसके बेटे जवानी की दहलीज पर। अब तीनों राजकुमार मनु को भाई न मानकर बंटवारे के लिए लड़ने-झगड़ने लगे।

कुछ सालों बाद चारों राजकुमारों की शादी हो गई परन्तु राज्य का बंटवारा अभी तक रुका हुआ था क्योंकि राजा यह तय नहीं कर पाया कि किस पुत्र को कितनी सम्पत्ति दी जाये और क्यों? एक दिन वह समय भी आ गया।

दुश्मनों ने उनके राज्य पर आक्रमण कर दिया। राजा के चारों बेटों ने खुद को पूरी तरह से युद्ध में झौंक दिया। युद्ध घमासान हो गया। दुश्मन की सेना उनसे ज्यादा थी। वह उनकी सेना को छितर-बितर कर रही थी। राजा अपने चारों बेटों के साथ रणभूमि में लड़ता रहा। पाँचों को कई चोटें आयीं लेकिन वे टस से मस न हुए। लड़ते-लड़ते उनके घावों की संख्या इतनी बढ़ गयी कि जान बचाने के लाले पड़

गये। ऐसे में राजा के तीनों बेटों ने जान बचाकर भागने की सोची और मौका पाते ही वे ऐसा करने में सफल भी रहे लेकिन राजा और मनु दोनों एक-दूसरे की रक्षा करते हुए लड़ते रहे। मनु का शरीर खून से लथपथ हो गया फिर भी उसने हार नहीं मानी। आधी सेना की रूह तो युद्ध की विभीषिका को देख कर ही कांप रही थी लेकिन मनु नेतृत्व संभाल कर उनके अन्दर जोश फूंकता रहा जिस कारण वे भी अपनी अन्तिम सांस तक लड़ते रहे। अन्ततः जीत राजा की हुई। दुश्मन को मुंह की खानी पड़ी।

राजा की सेना अगर हारते-हारते युद्ध को जीती थी तो इसकी एक ही वजह थी; मनु। उसी ने सेना को अंतिम सांस तक युद्ध में बांधे रखा था। मनु का शरीर युद्ध में पूरी तरह से क्षत-विक्षत हो चुका था। जीत के बाद वह जमीन पर गिर पड़ा। राजा दौड़कर उसके पास गया। उसके सिर को अपनी गोद में रखा और रुंधी आवाज में कहा- 'एक तू ही मेरा अपना है बाकी सब तो दिखावे के हैं अगर तू ही मुझे छोड़कर जायेगा तो मैं जी नहीं पाऊँगा।'

मनु ने राजा का हाथ अपने सीने पर रखा और कहा- 'मैं तुमको छोड़ कर, कहीं, नहीं...।'

इतना कहते ही उसकी आवाज ने उसका साथ छोड़ दिया। राजा बिलख-बिलख कर रोने लगा। सेना व्यथित हुयी। उन्हें एहसास हो गया कि उनका असली राजकुमार कौन था!

राजा ने महल के सामने मनु की भव्यमूर्ति स्थापित करवायी और उसके बेटे को राज्य का भावी राजा घोषित किया।

कहानी खत्म हुई, काका वहां से जाने ही वाला था कि अचानक वासीन के पैरों पर उसकी नजर पड़ी।

'मुझे लगता है, तुझे नयी जूतियों की जरुरत है?' काका ने वासीन की घिसी हुई जूतियों को देखकर कहा।

'नहीं, मैं इन्हीं से काम चला लूँगा; आप परेशान न हों।'

'काम चला लूंगा! कोई भी काम, चलाऊ नहीं बल्कि टिकाऊ और मजबूत होना चाहिए।'

'अच्छा, तुम्हारी राय मानी। मैं कल ही जाकर नयी जूतियाँ ले आऊँगा।'

'कल क्यों? कल किसने देखा? जो करना है आज और इसी समय क्यों नहीं?'

'तुम कहते हो तो मैं आज ही जाकर जूतियां ले आऊँगा।'

अचानक काका को याद आया कि उसे महल जाना है तो क्यों न वह वासीन को मोची के गोदाम पर छोड़ दे। गोदाम रास्ते में ही तो पड़ता है।

'वैसे मैं भी उधर ही जा रहा हूँ, चलो तुम्हें मोची के पास छोड़ दूंगा, हथियारों को उठाओ और बग्घी में बैठ जाओ। देर बहुत हो गई है, मुझे महल भी जाना है।'

वासीन ने एक बड़े वृक्ष की खोखली डाल के भीतर अपना भाला और चाबुक छुपा दिये और हाथ में धनुष लेकर बग्घी में बैठ गया।

काका बग्घी को हाँकते हुए वृक्ष-मार्ग से मोरा के गोदाम की ओर चल दिये। रास्ते में चलते-चलते वासीन काका की सुनाई कहानी का मर्म सोचने लगा। उसे कहानी कुछ-कुछ अपनी-सी लगी।

मार्ग में वासीन ने जागुन वृक्ष को अंगड़ाई लेते देखा। रात का समय उसकी सुन्दरता को छुपा देता है। जागुन वृक्ष का फूल सिर्फ दिन में खिलता है और रात होते ही अपनी पंखुड़ियों को समेटकर सो जाता है। यह बेहद सुन्दर और रंगीन फूल है। रात को रोशनी फैलाने का काम रोहिनी वृक्ष के फूल का है। इसी की रोशनी से मिख्ला वृक्ष चमकीला दिखता है। पूरे पुरवा में उजाला करने के बड़े साधन केवल यही दो फूल हैं। इस तरह मिख्ला पुरवा को एक मायावी रूप प्रकृति से उपहार स्वरूप मिला है।

इनके अलावा और भी कई फूल रात-दिन बनाने में हिस्सा लेते हैं

मगर उनका हिस्सा इन दोनों की तुलना में नहीं के बराबर है।

'अरे! एक बात तो तुझे बताना भूल ही गया!' काका विस्मय के साथ बोले।

'कौन-सी बात?' वासीन ने उत्सुकता से पूछा।

'कल, राजा रोमान नया सेनापति नियुक्ति करने जा रहे हैं।'

'क्या?'

'हाँ, मिख्ला पुरवा को अब एक नया सेनापति मिलने वाला है।' काका ने कहा- 'पूछोगे नहीं वह कौन है!'

'कौन है?'

'आयन! उसे राजा रोमान सेनापति का पद सौंपने वाले हैं।'

'बिल्कुल सही निर्णय लिया है महाराज ने काका, पुरवा में आयन ही अकेला ऐसा योद्धा है जो बखूबी तुम्हारा पद संभाल सकता है। उसमें वो सभी योग्यताएं मौजूद हैं जो एक सेनापति में होनी चाहिए।'

'मैंने तो महाराज से केवल इतना ही कहा था कि महाराज मेरी उम्र हो गयी है अगर तुम्हारी इजाजत हो तो कोई युवा सेनापति ढूँढ़ लिया जाये फिर क्या था! महाराज ने तुरन्त नया सेनापति तय कर लिया और मुझसे कहा- 'जागुआ, तुम्हारी अगर यही इच्छा है तो हम कल पुरवा के नये सेनापति की नियुक्ति करेंगे। जानते हो वह नया सेनापति कौन होगा?'

यह जानने की मुझे अत्यधिक जिज्ञासा हुई कि आखिर हमारा नया सेनापति कौन होगा! मैंने महाराज से पूछ लिया- 'कौन होगा, महाराज?'

'मिख्ला पुरवा का नया सेनापति कोई और नहीं बल्कि तुम्हारा अपना खून; आयन होगा। मैं कल उसे नया सेनापति नियुक्त करूंगा।' महाराज ने कहा।

यह घोषणा सुनकर मैं आश्चर्य में पड़ गया। मैंने तुरन्त महाराज से कहा- 'क्षमा चाहूंगा महाराज, आपकी इच्छा में दखल देने के लिए पर आपको नया सेनापति नियुक्त करने में जल्दबाजी नहीं करनी

चाहिए। मेरी मानो तो महाराज आप आयन से भी श्रेष्ठ और कुशल योद्धा वासीन को सेनापति चुनें।'

मेरी इस बात से महाराज के निर्णय पर कोई असर नहीं पड़ा। उल्टे उन्होंने मुझे आदेश दिया- 'देखो जागुआ, मैं जानता हूँ कि इस नगर में सिर्फ दो ही व्यक्ति सेनापति पद के लायक हैं लेकिन जिसे तुम सेनापति बनाने की कह रहे हो दरअसल वह पुरवा वासियों को बिल्कुल भी पसंद नहीं इसलिए पुरवा का नया सेनापति आयन ही होगा। पूरे पुरवा में नये सेनापति की नियुक्ति का संदेश पहुंचा दो ताकि सभी लोग अपने नये सेनापति को देखने कल महल आयें।'

'काका, तुम्हें क्या जरूरत थी यह सब कहने की कि...। सेनापति पद के लिए मुझसे बेहतर आयन ही है।' वासीन ने बड़प्पन दिखाया।

'मुझे तुझ पर आयन से ज्यादा भरोसा है।'

'अब छोड़ो इन सब बातों को, काका।' वासीन ने बात को टालने की कोशिश की।

'लो! मोरा का गोदाम आ गया।' काका ने बग्घी रोकी।

'सेनापति जी, आपके दर्शन पाकर मैं धन्य हो गया। अरसे बाद मुलाकात हुई, क्या इसे मैं अपना सौभाग्य समझूँ?' मोरा ने मेहमान नवाजी में कहा।

'पिछली बार की जूतियों ने वर्षों तक साथ दिया; बिल्कुल एक पत्नी की तरह इसलिए यहां आने की जरूरत ही नहीं पड़ी मगर अब आपको हमारे लिए थोड़ा कष्ट उठाना पड़ेगा।' काका ने मजाकिया अंदाज में कहा।

'आप तो खाँमखाँ शर्मिन्दा कर रहे हैं, सेनापति जी, मैं तो खुश हूँ यह सुनकर कि वर्षों तक मेरी कला जमी रही।' मोरा गर्वित हुआ।

'मैंने तुम्हारी बहुत-सी अद्‌भुत कलाओं को देखा है मोरा, वाकई में तुम कमाल के कलाकार हो।' काका ने तारीफ की।

'अरे! बातों ही बातों में घर के अन्दर जाना तो भूल ही गये, चलो

चलते हैं।' मोरा ने दरवाजे की ओर हाथ करके कहा।

घर में प्रवेश करते ही काका और वासीन के सामने ढ़ेर सारे फल और मिठाईयां सजा दी गयीं।

'सेनापति जी, पहले कुछ मीठा हो जाये, बाद में काम की बात कर लेंगे।' मोरा ने कहा।

'इतना मीठा! चार दिन बैठकर भी खाएं तब भी खत्म न हो।' काका ने हंस कर कहा।

'लम्बे अरसे के बाद पधारे हैं अगर चार दिन आप यहां रुक भी गये तो कौन-सा पहाड़ टूट पड़ेगा और फिर वासीन भी तो है, तुम्हारा हाथ बटाने के लिए।' मोरा ने उल्टा काका पर ठहाका मारा।

'जैसी तुम्हारी मर्जी, मोरा।' काका बोला।

'आप सेनापति हो, मेरी क्या मजाल की आप पर मर्जी चालाऊँ?' मोरा हल्का मुस्कुराया।

'बस, आज का और हूँ, कल से सेनापति आयन होगा।'

'है तो तुम्हारा ही खून तो फिर गद्दी आप ही की रही!' मोरा ने व्यंग्य किया।

वासीन ने भी मोरा की बात का समर्थन कर दिया। यह व्यंग सुनकर काका से रहा न गया और वह दबी हंसी हंस दिया। काका की देखा-देखी मोरा और वासीन भी हँसने लगे फिर वे नास्ता-पानी करके गोदाम में गये। वहां से काका ने एक जोड़ी और वासीन ने दो जोड़ी जूतियाँ लीं और रवाना हो गये।

❖ ❖ ❖

अगली सुबह,

पुरवा वासी बड़ी उमंग और उत्साह के साथ अपने नये सेनापति की ताजपोशी देखने आये। जागुन ने अपनी पंखुड़ियों को पूर्णरूप से फैलाया भी नहीं था कि पूरा मैदान लोगों से खचाखच भर गया। प्रत्येक की जुबाँ पर एक ही धुन सवार थी- 'कौन होगा हमारा नया सेनापति?'

केवल दो-चार चुनिंदा लोगों को छोड़कर, सभी के चेहरे पर एक अजीब-सी उत्सुकता प्रस्फुटित हो रही थी जिसका एक ही कारण था; नया सेनापति।

थोड़ी ही देर में राजा रोमान रानी रोनिवा के साथ प्रांगण में पहुंचे। वे ताजपोशी में उमड़े जनसैलाब को देखकर बड़े प्रसन्न हुए और सीधे मंच पर आसीन अपने सिंहासन पर जाकर बैठ गये फिर काका ने लोगों की खुशी की आवाज को हाथ के इशारे से शांत किया। अब सब की निगाहें राजा पर टिक गयीं।

राजा रोमान ने जनता के कौतुहल को देखकर बिना किसी औपचारिकता को पूरी किए, सिंहासन से उठकर सभी पुरवा वासियों का हाथ जोड़कर अभिवादन किया और मंच पर जाकर अपना घोषणा पत्र पढ़ना शुरू किया- 'मैं राजा रोमान, आज मिख्ला पुरवा के लिए वर्तमान सेनापति जागुआ के स्थान पर, नया सेनापति नियुक्त करने जा रहा हूँ। सेनापति जागुआ एक महान योद्धा और विवेकी पुरुष हैं, उन्होंने जीवन भर मिख्ला पुरवा की रक्षा की, इसके लिए हम उनके शुक्रगुजार रहेंगे। जिस तरह समय किसी का इंतजार नहीं करता और हमेशा अपनी यात्रा जारी रखता है, उसी तरह राज्य की रक्षा के लिए भी युवा सेनापतियों की यात्रा चलती रहनी चाहिए। मैं जानता हूँ, सेनापति जागुआ की वीरता का मुकाबला कोई दूसरा सेनापति नहीं कर सकता लेकिन हम सभी के लिए खुशी की बात यह है कि आज मैं जिसे नया सेनापति नियुक्त करने जा रहा हूँ, वह किसी तारीफ का मोहताज नहीं। भाला विद्या में जिसे महारत हासिल है; जिसका भाला हमेशा दुश्मन के शरीर के चिथड़े उड़ाते हुए आगे बढ़ता है; सेनापति जागुआ के सुपुत्र शूरवीर आयन को मैं इस राज्य का नया सेनापति नियुक्त करता हूँ।'

लोगों ने तालियाँ बजाना शुरू किया। तालियों की गड़गड़ाहट ने पूरे पुरवा में एक भूचाल-सा पैदा कर दिया। यह उनका प्रेम ही था जो नये सेनापति के प्रति इस कदर प्रकट हो रहा था।

आयन मंच पर आया। उसने आते ही राजा रोमान के चरण स्पर्श किये। राजा ने प्रेम से उसे गले लगाया। उसके बाद वह पिता की ओर आशीर्वाद लेने बढ़ा। जागुआ ने उसे अपनी बाहों में भर लिया और कहा- 'आज से इस पुरवा की रक्षा करना ही तेरा परम धर्म है। इसके लिए अगर तुझे अपनी जान भी देनी पड़े तो खुद को सौभाग्यशाली समझना।'

'आपकी ये पंक्तियां मेरे सिर का ताज होंगी और मैं इस ताज को अन्तिम सांस तक कभी गिरने नहीं दूँगा, यह मेरा आपसे वादा है।' आयन ने कहा।

सेनापति पद की शपथ लेने से पहले आयन ने पुरवा के लोगों को हाथ जोड़कर प्रणाम किया। लोगों ने नये सेनापति के नाम के जयकारे लगाने शुरू कर दिए। आयन ने लोगों को शांत किया और अपना शपथ पत्र पढ़ना शुरू किया।

11.

साहोपुरम में,

लुटेरे बड़े उल्लास और उमंग के साथ युद्ध की रणनीति में लगे थे। उनके चेहरे पर एक अलग ही खुशी थी क्योंकि उन्हें नया सरदार मिलने वाला था; मोरिया। उसके पास अपार ताकत और लोगों का विश्वास था।

'तुम्हारा वक्त आ गया है पानी से बाहर निकलने का।' पहाड़ की ऊँची चोटी से मोरिया ने अपने हथियारों के लिए आवाज लगायी। उस चोटी से भयानक झरना बह रहा था।

मोरिया ने पहाड़ के ऊपर से झरने में छलांग लगायी। झरना मोरिया को पानी की गहराई में ले गया, कुछ ही पलों में मोरिया पानी को तलवार से चीरता हुआ बाहर आया। उसके दूसरे हाथ में चक्रान था।

मोरिया ने अपने हथियार लाऊ के जाने के बाद पानी में छिपा दिये थे और प्रण लिया कि जब तक युद्ध का पैगाम नहीं मिलेगा, वह पानी से हथियार बाहर नहीं निकालेगा। आज जब उसने युद्ध का पैगाम सुना तो अपने हथियार पानी से निकाल लिये।

अब मोरिया अपने दोनों हथियारों को जमीन पर घसीटता हुआ अपने पिता मचुआ के पास आया, उसके चरण छुये और तलवार का नुकीला हिस्सा जमीन पर टिका कर खड़ा हो गया।

'आज से मैं तुम्हारा सरदार नहीं बल्कि मेरा बेटा मोरिया तुम्हारा सरदार है। अब वही मिख्ला को लूटेगा।' तेज तर्रार आवाज में मचुआ ने लुटेरों के झुण्ड से कहा।

साहोपुरम के लुटेरे मोरिया–मोरिया चिल्लाने लगे।

शोमल हाथ में थाली लिये मोरिया के पास आयी। इस वक्त उसके चेहरे पर ढ़ेर सारी मुस्कान छायी थी क्योंकि उसका प्रेमी आज लुटेरों का सरदार जो बन गया है। उसने मोरिया का तिलक किया।

'मैं, मोरिया, इस नगर का सरदार, तुम सबको विश्वास दिलाता हूँ कि इस बार मिख्ला पुरवा की रगों में खून नहीं बल्कि पानी दौड़ेगा। उनकी रूहें मृत्यु की कामना करेंगी और उन्हें मृत्यु देने वाले यमराज, हम होंगे।' मोरिया ने दहाड़ते हुए कहा।

'सरदार मोरिया की जय हो, सरदार मोरिया...।' लुटेरों ने हाथ उठाकर गर्जना की।

'जाओ! एक नयी दुल्हन की भाँति अपने–अपने हथियारों को सजा लो!' मोरिया ने लुटेरों से कहा– 'हमारी वर्षों की तपस्या इस बार जरूर रंग लायेगी। युद्ध हम ही जीतेंगे और मिख्ला जल्द ही हमारी धरती पर होगा।'

लोग युद्ध की तैयारी में जुट गए। मोरिया और मचुआ घर आ गए।

'पिताजी, पता नहीं क्यों आज अजीब–सा महसूस हो रहा है जो पहले कभी नहीं हुआ।' मोरिया ने कहा।

'युद्ध से पहले थोड़ी घबराहट होती ही है, बाद में...।' मचुआ बोला।

'कुछ अजीब–सी बेचैनी हो रही है जिसे मैं ठीक से समझ नहीं पा रहा हूँ।'

'कुछ दिनों की ही तो बात है... कोनिया को मिख्ला देने के बाद हमारी आजादी हमारे हाथ में होगी फिर जो मर्जी आये करो, किसी का हुक्म नहीं मानना पड़ेगा।'

'साबू काका, हथियारों को ठीक से दुरुस्त करवा लो ताकि युद्ध में यह दुश्मन की छाती चीरते वक्त कमजोर न पड़ें।' मोरिया ने कहा।

'मैं अभी जाकर उनकी मरम्मत करवाये देता हूँ।'

साबू काका वहां से चले गये और आयुध गृह जाकर इस काम में जुट गये।

'पिताजी, तुम मेरी ताकत हो। इस युद्ध में मुझे तुम्हारा साथ चाहिए।' मोरिया ने कहा।

'प्रत्येक व्यक्ति की ताकत उसके अन्दर छुपी होती है, बस उसे पहचानने की जरूरत है।' मचुआ बोला।

❖❖❖

उसी दिन दोपहर में,

मोरिया युद्ध की तैयारी के निरीक्षण के लिए प्रत्येक टोली के पास से गुजरने लगा। हथियारों को सभी ने घोड़ों पर सजा रखा था। कुछ लुटेरे अब भी हथियारों को सजाने में लगे थे। एक लुटेरे ने मोरिया के पास आकर सवाल किया– 'सरदार, आपने जो जीत की घोषणा की थी, क्या आपको वह अहंकार नहीं लगता? हम तो हमेशा से मिख्ला लूटने में नाकाम रहे हैं।'

'यह प्रश्न तुम्हारे ही नहीं; कईयों के मन में उठा होगा। बस, डर ने उन्हें पूछने से रोक रखा है। कल की सभा में आना, तुम्हें इसका जवाब मिल जायेगा।' मोरिया ने कहा।

'जी सरदार।' उसने सिर झुकाया।

❖❖❖

अगले दिन,

शाम के समय साहोपुरम में लुटेरों की सभा बुलायी गयी। लोग एक–दूसरे से कानाफूसी करने लगे। सब में घबराहट थी कि फिर कभी वे एक–दूसरे को देख पायेंगे भी या नहीं। मोरिया ने लोगों की घबराहट भांप ली।

'साहोपुरम के वासियो, सब एक–दूसरे को जी भरकर देख लो क्योंकि यह तुम्हारी अन्तिम सभा है। इसके बाद सब मिख्ला पुरवा की रणभूमि में मिलेंगे।' लोगों की ओर नजर दौड़ाकर मोरिया ने कहा– 'क्या तुम जानते हो, हम ग्यारह साल बाद ही मिख्ला पुरवा क्यों जा रहे हैं क्योंकि हमें मिख्ला के जन्म दिवस का इंतजार था। अब वो

घड़ी आ गयी है। वहां हम एक दिन नहीं बल्कि दो दिन तक युद्ध करेंगे और इन दो दिनों में हम उस स्वर्ग जैसी भूमि को नरक में तब्दील कर देंगे।'

'सरदार, मिख्ला का जन्म और दो दिनों तक युद्ध! बात कुछ समझ नहीं आयी।' एक ताकतवर नौजवान लुटेरे ने पूछा।

'मिख्ला के जन्म दिवस पर रोहिनी और जागुन दोनों एक साथ खिलते हैं। उस वक्त हमारे लिए कोई रात नहीं होगी बल्कि दिन ही दिन होगा। हम दो दिन तक युद्ध कर सकते हैं। वैसे मिख्ला के जन्म दिवस की कोई निश्चित तिथि नहीं है। हमारे सौभाग्य से यह पच्चीस साल बाद आया है।'

'सरदार, क्या आप को हमारी और अपनी ताकत पर इतना भरोसा है कि हम मिख्ला जीत लायेंगे?' एक दूसरे लुटेरे ने प्रश्न उठाया।

'कौन कहता है लुटेरों में ताकत नहीं!' मोरिया दहाड़ा- 'अगर एक लुटेरा चाहे तो समय की धार चीर कर, उसे अपना गुलाम बना सकता है।'

मोरिया ने अपनी ताकत दिखाने के लिए पास में खड़ी घोड़े की पाषाण मूर्ति में भारी-भरकम हथेली मारी। मूर्ति बिखर गयी। इस दृश्य को देख सभी को मोरिया की ताकत पर विश्वास हो गया कि वह मिख्ला जरूर जीत लायेगा। उस नौजवान का सिर भी लज्जित होकर नीचा हो गया जिसने बीते कल मोरिया की ताकत पर प्रश्न चिह्न खड़े किये थे।

12.

मिख्ला पुरवा में,

सेनापति बनने के बाद आयन ने सबसे पहले पुरवा का दौरा करने की ठानी ताकि वह पुरवा को ठीक से समझ सके। वह दो सैनिकों और एक मार्गदर्शक को साथ लेकर दौरे पर निकला।

सबसे पहले वह भोजनागार गया क्योंकि उसे भली-भाँति मालूम है कि खाना व्यक्ति के अस्तित्व के लिए कितना मायने रखता है अगर वह ठीक से न मिले तो व्यक्ति कुपोषण से ग्रसित होकर मर जायेगा।

भोजनागार के बाहर उसकी मुलाकात वहाँ की मुखिया अनोनी से हुई। अनोनी मिख्ला पुरवा के खाद्यान्न का प्रबन्धन करती है। उसके नीचे कई लोग काम-काज करते हैं।

'आइये सेनापति जी, मैं आपको भोजनागार दिखाती हूँ।' अनोनी बोली।

'हां चलिये!' सेनापति आयन ने रजामंदी दी।

सेनापति ने विशाल भोजनागार को देखा। लोग वहाँ मिलजुल कर खाना खा रहे थे बिल्कुल एक परिवार की तरह। पीने के लिए बड़े-बड़े घड़ों में पानी भरा था।

यह पुरवा स्वर्ग से भी सुन्दर है। प्रकृति यहाँ के लोगों के लिए ईश्वर है, उसे वे कदापि नुकसान नहीं पहुँचाना चाहते। इनकी इच्छा मिख्ला पुरवा को हमेशा के लिए स्थिर रखने की है क्योंकि वे मानते हैं- विकास सिर्फ एक घाटे का सौदा है।

यहां के लोगों का रहन-सहन, खान-पान और आभूषण, यहां तक

कि मकान भी, सब कुछ प्रकृति की गोद में समाये हैं। ये लोग प्रकृति को अपनी मां मानते हैं। सदैव उसकी गोद में रहना पसंद करते हैं। इनकी जिन्दगी का यही दस्तूर, इन्हें एक पृथक पहचान दे रहा है।

सेनापति आयन दौरे को आगे बढ़ाता हुआ व्यापार के मुखिया मोझल के पास पहुंचा, वहाँ से व्यापार के बारे में जानकारियाँ एकत्र कीं। मोझल ने सेनापति आयन को बताया कि उनके पुरवा के व्यापार की वस्तुएं अन्य राज्यों के व्यापारियों की वस्तुओं से श्रेष्ठ हैं। इसका कारण पूछने पर उसने जवाब दिया- प्रकृति से गहरा जुड़ाव।

इसके बाद सेनापति ने बारी-बारी से जामुन, मोरा और प्रुचर इत्यादि के कार्यों का जायजा लिया।

❖ ❖ ❖

राजकुमारी रूआ मुनिया और झोरी दोनों सहेलियों को साथ लेकर चूड़ियाँ लेने प्रुचर के यहां गई। चूड़ियों का मुखिया प्रुचर उन्हें चूड़ियों के गोदाम में ले गया। वहाँ रंग-बिरंगी चूड़ियाँ वृक्षों की शाखाओं पर लटकी थीं। प्रुचर वृक्षों की छोटी-छोटी टहनियों और लताओं को गोल आकृति में मोड़कर चूड़ियाँ बनाता है।

राजकुमारी और उसकी सहेलियों ने लटकी हुई चूड़ियों को पसंद करना शुरू किया। वे चूड़ियों को हाथ में पहन-पहन कर देखने लगीं। कई चूड़ी और कंगन जो पेड़ के अन्तिम छोर पर लटके थे, रूआ अपने चाबुक से ड़ालियों को नीचे झुकाकर उन्हें भी परख लेती। उसने मोटी से लेकर पतली तक तमाम चूड़ियाँ परखीं और अंततः चार कंगन और आठ चूड़ियाँ ले लीं। कुछ चूड़ियाँ उसकी सहेलियों ने भी लीं फिर उन्होंने वहाँ से प्रस्थान किया।

उनका रथ आगे बढ़ता गया। रास्ते में वे मटक-मटक कर हाथों में चूड़ियाँ पहनने लगीं। उनका रथ वासीन के करीब से गुजरा जो वृक्ष-मार्ग पर घूम रहा था। रूआ की नजर वासीन पर पड़ी कि अचानक एक कंगन रूआ के हाथ से फिसल कर रथ से नीचे गिर गया। वासीन ने दौड़कर कंगन उठाया और रूआ को देने रथ के पीछे भागा।

'राजकुमारीऽऽऽ, तुम्हारा कंगन...।' दौड़ते-दौड़ते वासीन पुकारने लगा।

वासीन की आवाज सुन सारथी ने रथ रोका।

'यह लो तुम्हारा कंगन।' हांफते हुए वासीन ने दायाँ हाथ रूआ की ओर बढ़ाया।

'मैं एक लुटेरे का छुआ कंगन नहीं पहनती। सारथी रथ आगे बढ़ाओ।' रूआ ने अहंकार में कहा।

वासीन मुँह लटकाये रथ को दूर जाते देखता रहा। थोड़ा आगे जाकर रूआ ने मार्ग पर गिरे कंगन के जोड़ीदार कंगन को जमीन पर फेंक दिया; वासीन को जलाने के लिए। यह देखकर वासीन मुस्कुराने लगा। वह दौड़ता हुआ दूसरे कंगन को लेने के लिए वृक्ष-मार्ग से नीचे जमीन पर कूद गया और कंगन को जमीन से उठाकर चूमने लगा। उसने दोनों कंगन अपनी जेब में डाल लिये।

अब वह मार्ग पर चढ़कर बंदीगृह की ओर चल दिया। रास्ते में हू उड़कर उसके सामने आया। उसे देखकर वासीन खुश हुआ।

वासीन ने हू को पकड़ा और उसकी गर्दन के लम्बे बालों को हाथ से सहलाने लगा। वह हू की आँख में आँख डालकर अपनी और रूआ की प्यार भरी दास्तान सुनाने लगा। हू इतनी शिद्दत से वासीन की प्रेम कहानी सुनता रहा मानो वह सारी बातें समझ रहा हो। उसकी आँखें वासीन की आँखों पर टिकी थीं।

हू वासीन की इंसानी भाषा तो नहीं समझ रहा था लेकिन हां उसकी अंतर्रात्मा की आवाज जरूर महसूस कर रहा था क्योंकि यह आवाज किसी भाषा की मोहताज नहीं होती। ब्रह्मांड का हर एक जीव इस आवाज को बिना किसी बनावटी भाषा के व्यक्त करता है और जीवीय आत्माएं इसे बड़ी आसानी से समझ लेती हैं। ये आत्माएं चाहे जानवर की हों या फिर मनुष्य की, कोई फर्क नहीं पड़ता।

वासीन की गम भरी दास्तान हू ने तो सुनी ही साथ में हवा ने भी कान लगाकर सुन ली। फिर क्या, वो भी वासीन के गम में डूब गयी और अपना आपा खोकर इधर उधर बिफरने लगी। उसके झौंकों

से पत्ते शाखाओं से दूर हो गये और लहराते-झूमते जमीन पर आ गिरे और जमीन के आगोश में सो गये।

वासीन हू को उड़ाकर बंदीगृह आ गया।

रूआ पूरे रास्ते में वासीन पर ही गुस्सा करती रही। महल पहुंचने पर भी उसका वासीन के प्रति जो क्रोध था बिल्कुल भी शांत नहीं हुआ जो ऊटपटांग उसके मन में आ रहा था; बके जा रही थी।

'रूआ, आखिर बात क्या है, क्यों वासीन पर इतना गुस्सा कर रही हो? उसने तुम्हारा क्या बिगाड़ा है जो तुम उससे इतनी नफरत करती हो?' रानी रोनिवा बोली।

'वासीन एक लुटेरा है। उसी के लोगों ने पिताजी को चोट पहुँचायी थी और हमारे पुरवा को भी मिटाना चाहते हैं और तुम कहती हो, उससे इतनी नफरत क्यों? उसे तो यहां रखना भी उचित नहीं, धक्के मारकर बाहर कर देना चाहिए, हमें ऐसे...।' रूआ झुंझलायी।

रूआ के इतना कहने पर पास में खड़े राजा रोमान ने एक जोर का थप्पड़ उसके गाल पर जड़ दिया। महल में सन्नाटा छा गया।

'जानती हो, वह कौन था जिसने मुझे चोट पहुँचाई? और क्यों पहुँचाई?' राजा रोमान ने वर्षों की चुप्पी तोड़ी- 'वह कोई और नहीं बल्कि वासीन का पिता साहोपुरम नगर का सरदार टोवा था।'

'वासीन के पिता!' रूआ हिचहिचाकर बोली।

'हां वासीन के पिता। मैंने वर्षों से यह बात तुमसे छुपाये रखी पर अब बतानी होगी। उस दिन लुटेरे मिख्ला लेने महल तक आ पहुँचे थे।

... मैं उसके पास गया। उसकी आँखें खुली थीं लेकिन वह मर चुका था। फिर मैं कोसी के पास गया और उसके हाथों की रस्सी खोली। रस्सी खुलते ही वह सीधे टोवा से जा लिपटी और फफक-फफक कर रोने लगी। मुझे बहुत दुख हुआ और पश्चाताप भी कि मैनें धोखे से टोवा को मारा। वह तो एक दयालु लुटेरा था। उसने मेरी जान बख्शी और मैंने उसकी इस दयालुता का यह सिला दिया। इससे पहले कि मैं कोसी से अपने किये की माफी माँगता, वह रोती-रोती वहां से चली

गई। यह हकीकत है; उस दिन की। मैंने जो छल किया था, टोवा और कोसी के साथ। उसे मैं अब तक छिपाता रहा लेकिन वासीन के प्रति जब तुम्हारे इस क्रूर व्यवहार को देखा तो मुझे बुरा लगा।

अगर कोसी उस दिन न होती तो मैं अवश्य ही मृत्यु घाट पहुँच चुका होता। कोसी ने उस दिन अपने पति को खो दिया सिर्फ मिख्ला पुरवा की खातिर। उसी की बदौलत आज हम और हमारा पुरवा जिन्दा है।'

यह सुनकर रूआ की आँखें शर्म से झुक गयीं। एक ओर उसे अपने आप पर रोना आया कि आखिर उसने क्यों इतने जुल्म वासीन पर किये? वहीं दूसरी तरफ उसके दिल में वासीन के प्रति प्रेम का दीपक फिर से जल उठा। वह माँ के आँचल में छिपकर रोने लगी। उसे यह एहसास हो गया कि वासीन बेशक एक लुटेरे का खून है मगर फिर भी वह लुटेरा नहीं है।

'माँ, मैं अभी जाकर वासीन से मांफी मांगती हूँ।' रूआ को अपने किये पर पश्चाताप हुआ।

'मैं भी तेरे साथ चलूंगा।' राजा रोमान ने कहा।

'नहीं, मुझे अकेले ही जाने दो।'

'मुझे खुशी है कि तुम एक साहसी, ईमानदार और योद्धा से प्रेम करती हो अगर तुम अकेले जाना चाहती हो तो जाओ, मैं तुम्हें नहीं रोकूँगा।'

'पिताजी!' रूआ अपने पिता से लिपट गयी।

'पहले ही बहुत देर हो चुकी है, अब और देर न कर।'

रूआ दौड़कर महल से बाहर निकली और यह सोचकर मिख्ला की ओर चल पड़ी कि वासीन हर रोज मिख्ला से बातें करने आता है और आज भी वह आयेगा।

मिख्ला के पास आकर रूआ बैठ गयी और बचपन के लम्हों को याद करने लगी। ...उसके चेहरे पर खुशी की लहर दौड़ पड़ी। वह मिख्ला से बातें कर रही थी कि तभी उसके पास हू उड़कर आया। रूआ ने उसकी गर्दन के बालों को सहलाना शुरू किया। वह अपनी

प्रेम दास्तान हू के कानों में डालने लगी। बताने लगी कि वह वासीन से कितना प्रेम करती है। पुरवा के सभी प्रेमी अपनी प्रेमभरी बातें हू से ही किया करते हैं। आज वह रूआ की प्रेम कहानी सुनने में अपना वक्त दे रहा है। कई बार तो वह ध्यान से प्रेम कहानी सुनने के लिए अपने कान भी फड़फड़ाता ताकि रूआ के दिल के राग उसके कानों के अन्दर तक पहुँच सकें। रूआ की बात खत्म हुयी। हू भी उड़ गया।

रूआ ढ़ेर सारे फल तोड़कर वासीन के इंतजार में मिख्ला के पास बैठी रही मगर वासीन ने आज मिख्ला को कोई कष्ट नहीं दिया; अपना दु:ख बांट कर। रात घनी हो गयी लेकिन रूआ के इंतजार की घड़ी अभी भी खत्म न हुयी। रात ने करवट ली और दिन अँगड़ाई लेकर उठ खड़ा हुआ लेकिन वह मिख्ला के पास से हिली तक नहीं। पूरी रात उसने वासीन के इन्तजार में वहीं काट दी। उसने हार नहीं मानी और निश्चय किया कि वह वासीन से बंदीगृह जाकर मिलेगी।

❖ ❖ ❖

मिख्ला पुरवा के हट्टे-कट्टे नौजवान तिकड़म खेल रहे थे। तिकड़म मिख्ला पुरवा का एक लोकप्रिय खेल है। पास से सेनापति आयन को निकलते देख, नौजवानों ने सेनापति को तिकड़म खेलने का न्यौता दिया।

'सेनापति जी, अगर आपको ऐतराज न हो तो हमारे तिकड़म खेल का हिस्सा बनोगे?' एक भारी भरकम शरीर वाले नौजवान ने आवाज दी।

सेनापति आयन चलते-चलते रुका और पीछे मुड़कर आवाज देने वाले नौजवान को देखा। यह वही नौजवान था जो बचपन से उसके साथ तिकड़म खेलता आया है परन्तु आज उसने पुरवा के सेनापति को खेलने का न्यौता दिया है। आयन ने उसकी बात का सम्मान रखा- 'तुम्हारा न्यौता स्वीकार है, खेल शुरू करो। वैसे भी बचपन की यारी अभी खत्म नहीं हुयी।'

खेल प्रारम्भ हुआ, पुरवा के नौजवान बारी-बारी से तिकड़म खेल में अपनी प्रतिभा का प्रदर्शन करने लगे।

तिकड़म खेल में मुलायम लकड़ी के पांच पहिये होते हैं जिन्हें एक व्यक्ति बारी-बारी से हवा में उछालता है और खेल में भाग लेने वाले प्रतिभागी को उन पहियों पर भाला या तीर से निशाना साधकर, उन्हें सामने गढ़े लकड़ी के खंभे में गाड़ना होता है। एक पहिया गाड़ने का एक अंक होता है जो सबसे ज्यादा पहिये गाड़ता है, वह खेल का विजेता होता है।

सभी नौजवानों ने तिकड़म खेल में अपना जोर आजमाया। किसी को इसमें एक तो किसी को दो अंक मिले। कईयों की किस्मत ने साथ नहीं दिया तो उन्हें शून्य अंक से ही संतोष करना पड़ा।

अन्तिम बारी सेनापति आयन की आयी। उसने अपना भाला हवा में ताना और तैयार हो गया पहियों को खंभ में गाड़ने के लिए।

'उछालो, एक-एक करके।' आयन ने पहिये उछालने वाले नौजवान से कहा।

नौजवान ने बारी-बारी से पाँचों पहियों को हवा में उछाला। पाँच में से चार पहिये आयन ने खंभे में गाड़े और सबसे ज्यादा अंक पाकर विजेता घोषित हुआ।

एक नौजवान ने वासीन की तरफ इशारा कर, आयन के कान में कानाफूसी की। वासीन उनके पास से गुजर रहा था। आयन ने उस पर तंज कसा- 'अगर कोई और नौजवान इस खेल में अपना सामर्थ दिखाना चाहे तो दिखा सकता है।'

वासीन ने आयन की बात पर तनिक भी गौर नहीं किया और अपना रास्ता नापा।

'हे लुटेरे! कायरों की तरह क्यों निकल रहा है? अच्छा मौका है अपना सामर्थ दिखाने का, ऐसा मौका फिर नहीं मिलेगा।' आयन को वासीन से जो कहना था; साफ-साफ कह दिया।

'तुम कहना क्या चाहते हो, मैं कायर हूँ?' वासीन ने मुट्ठी भींचकर कहा।

'खेल में मिली चुनौती से पीठ दिखाकर जाने को कायरता नहीं तो और क्या कहूँ?'

'अच्छा, ये बात है तो उछाल पहिये।'

वासीन अपना धनुष तानकर पहिये गाड़ने को तैयार हो गया।

नौजवान ने एक-एक कर पहिये उछालने शुरू किये। पहिया हवा में ऊपर से जैसे ही थोड़ा नीचे आता, वासीन तीर छोड़कर उसे खंभे में गाड़ देता। इस तरह उसने तीन पहियों को एक-एक कर खंभे में गाड़ दिया। अभी दो पहिये और उछलने बाकी थे। यह देखकर आयन हक्का-बक्का रह गया। उसे वासीन के बढ़ते अंकों को देखकर ईर्ष्या होने लगी।

'मुझे दो इन्हें।' आयन पहिये उछालने वाले नौजवान से कर्कश ध्वनि में बोला।

नौजवान ने बचे दोनों पहिये आयन को थमा दिये। आयन ने चौथे पहिये को हवा में उछाला। वासीन उसे भी गाड़ने में सफल रहा। यह देखकर आयन चिंतित हुआ क्योंकि वासीन ने उसके बराबर अंक पा लिये थे। आयन से जीतने के लिए उसे केवल एक अंक की जरूरत थी। आयन को अपनी हार के डर से पसीना छुटने लगा। फिर उसने पाँचवे पहिये को आँख मूंदकर जोर से हवा में उछाला। वासीन समझ गया कि आखिर आयन चाहता क्या है? एक बार तो उसने सोचा कि वह इस पहिये को खंभे में न गाड़े लेकिन फिर उसे याद आया; आयन का घमण्ड तोड़ना जरूरी है और आज मौका भी है।

वासीन ने धनुष हवा में ताना और पाँचवे पहिये पर निशाना साधकर उसे भी खंभे में गाड़ दिया। इस तरह सबसे ज्यादा अंक पाकर, वह आयन से जीत गया।

सभी नौजवान तालियों से वासीन का सत्कार करने लगे। आयन यह देख आग-बबूला हो उठा। सोचने लगा कि आखिर कैसे वासीन को नीचा दिखाया जाये। जब उसे कुछ नहीं सूझा तो उसके मुंह से निकल गया- 'यह तो खेल है। खेल में तो कायर भी शेर बन सकता है। योद्धा की उस असली ताकत का पता तो रणभूमि में चलता है अगर दम है तो...।'

'देखो, मैं इन सब में अपना समय जाया नहीं करना चाहता, मेरी तुमसे कोई दुश्मनी नहीं है।' वासीन बोला।

'दुश्मनी! दुश्मनी तो है! तुम लुटेरों से माँ की मौत का बदला लेना है अभी, जिस दिन मौका मिलेगा, एक-एक लुटेरे को जिन्दा दफना दूँगा फिर चाहे वह लुटेरा किसी भी नगर का हो।'

किसी भी नगर के लुटेरे से उसका सीधा मतलब वासीन से था।

'हरेक लुटेरा बुरा नहीं होता, कुछ अच्छे भी हैं इस दुनिया में।' वासीन ने कहा।

'मेरी नजर में सब लुटेरे समान हैं।'

वासीन इन सब बेकार की बहसों से परेशान हो गया। इनसे पिंड छुड़ाने के लिए वह वहां से चला ही था कि आयन ने पीछे से उसका हाथ पकड़ लिया- 'जाने की इतनी जल्दी भी क्या है, फैसला तो अभी बाकी है?'

'हम आपस में लड़कर एक-दूसरे का खून बहायें, यह ठीक नहीं। पुरवा के लोग क्या कहेंगे, दो योद्धा आपस में...!' वासीन ने आयन को समझाना चाहा।

'खून! खून तो सिर्फ तेरा बहेगा लुटेरे, मेरा नहीं और रही बात पुरवा के लोगों की तो लोग कहेंगे कि आयन ने एक लुटेरे को मौत के घाट उतार दिया। इससे उन्हें खुशी मिलेगी।'

'मेरे मरने के बाद लोगों को कैसी खुशी मिलेगी, यह तो मैं नहीं जानता! लेकिन हाँ, अगर मुझसे युद्ध ही करना है तो पहले मिख्ला को लुटेरों से बचा, उसके बाद आना युद्ध करने। इससे पहले युद्ध के बारे में सोचना भी मत नहीं तो सोच-सोच कर ही आधी ताकत कम हो जायेगी, मेरा सामना करना तो दूर।'

'सोच-सोच कर ताकत लुटेरों की कम होती होगी, मिख्ला पुरवा वालों की नहीं। लगता है तेरी ताकत भी कम पड़ गयी है इसलिए लड़ने से कतरा रहा है।'

वासीन ने आयन को युद्ध न करने के लिए लाख समझाया-बुझाया

फिर भी उसके एक बात पल्ले न पड़ी। उसके मन में तो बस वासीन से बदला लेने की भूख थी।

आयन के द्वारा बार-बार वासीन को लुटेरा कहने से वासीन के कान पक गए। वासीन को अब लड़ने के सिवा कोई और रास्ता नहीं सूझा। वह क्रोध में आयन से भिड़ गया। दोनों में घमासान युद्ध होने लगा। उनकी लड़ाई से आस-पास का पूरा क्षेत्र तहस-नहस हो गया परन्तु उनकी लड़ाई थमी नहीं। ऐसा प्रतीत होने लगा मानो वे एक-दूसरे को मार कर ही दम लेंगे।

वहां जमा नौजवान दर्शक बनकर आनंद के साथ उन्हें लड़ते देखते रहे। किसी ने भी उन्हें रोकने की जहमत नहीं की।

लड़ते-लड़ते वे दोनों एक-दूसरे के खून के इतने प्यासे हो गये कि खून उनकी भुजाओं से पानी के माफिक बहने लगी। पास में पड़ी रस्सियों को उन्होंने उठा लिया और एक-दूसरे के गले में फंसाया और फिर एक-दूसरे की रस्सी को पेड़ की ड़ाल पर डालकर खींचने लगे। रस्सियाँ खींचने पर वे जमीन से पाँच-पाँच फुट हवा में लटक गये लेकिन फिर भी उनमें से किसी ने हार नहीं मानी।

राजा रोमान टहलते-टहलते महल से बाहर आए थे कि उन्हें आयन और वासीन लड़ते दिखे। दोनों को फाँसी के माफिक झूलते देख, राजा रोमान आश्चर्य में पड़े- 'आखिर ये हो क्या रहा है!'

वे दौड़ कर महल के अन्दर गये। वहाँ से अपना ब्रम्हान उठाया और महल के बाहर आकर, वहीं से ब्रम्हान से तीर छोड़ा इससे उनकी रस्सियाँ कट गयीं। वे दोनों जमीन पर गिर पड़े। कुछ ही क्षणों में राजा रोमान वहाँ पहुंच गये।

'वाह! तो ये हैं मिख्ला के रक्षक जो मौका पाते एक-दूसरे का खून बहाने से बाज नहीं आते! क्या ऐसे ही करोगे तुम मिख्ला की रक्षा!' राजा रोमान उनसे बोले।

'महाराज! ये तो हम।'

'मैं कुछ नहीं सुनना चाहता जो सफाई देनी है, दरबार में आकर

देना।' राजा रोमान ने आयन की बात बीच में ही काटी और जागुआ से कहा- 'जागुआ, राज्य की तत्काल आपात बैठक बुलाई जाये।'

'जी महाराज।'

कुछ ही समय में दरबार में भीड़ सुसज्जित हो गई। मंत्री भी आ गये। दोनों पक्षों, वासीन और आयन, को कठघरे में खड़ा किया गया। भीड़ ने उन्हें देखकर बुदबुदाना शुरू किया। थोड़ी देर में राजा रोमान भी दरबार में पहुंच गये और सिंहासन पर विराज कर बोले- 'दरबार में उपस्थित सभी मंत्रीगण और पुरवा वासियो, बिना किसी पूर्व सूचना के सभा बुलायी गयी, इससे आपको जो कष्ट हुआ, उसके लिए मैं क्षमा प्रार्थी हूँ।'

'महाराज, आप क्षमा माँगकर हमें शर्मिंदा न करें। हम प्रजा हैं और आप हमारे महाराज, आप जब चाहें हमें बुला सकते हैं।' एक दरबारी मंत्री ने कहा।

'इस आपात बैठक की वजह महाराज?' दूसरे मंत्री ने विस्मय से पूछा।

'आज पुरवा में एक बड़ी अनहोनी होने से बची क्योंकि मैं मौके पर पहुंच गया। ऐसा फिर कभी न हो इसलिए यह बैठक बुलायी गयी।' राजा रोमान ने कहा।

अनहोनी शब्द सुनकर दरबार में उपस्थित लोग सकपका गए।

'बड़े शर्म की बात है कि कुछ लोग तो उस अनहोनी को घटित होते देखना चाहते थे शायद इसलिए उन्होंने उसे रोकने की थोड़ी भी जहमत नहीं की।' घटनास्थल पर मौजूद नौजवान जो दरबार में पीछे की कतार में बैठे थे, उन की तरफ आँखें तरेर कर राजा रोमान बोले।

उन नौजवानों की गर्दन शर्म के मारे झुक गयीं।

'महाराज, हम कुछ समझे नहीं!' जागुआ की बगल में बैठा एक वृद्ध बोला।

'वासीन, तुम ही बताओ, आज तुम और आयन...।' राजा रोमान ने त्योरी चढ़ायी।

'महाराज, पहले सेनापति आयन ने मुझे तिकड़म खेलने के लिए उकसाया और फिर बाद में युद्ध करने के लिए। मैंने लाख कोशिश की युद्ध टालने की लेकिन इनकी अनाप-शनाप बातों ने मुझे युद्ध करने के लिए विवश कर दिया।' वासीन ने अपने पक्ष में सफाई दी।

'और तुम अपना आपा खोकर युद्ध करने लग गये। क्या तुम्हें जरा भी पुरवा की रक्षा का ख्याल नहीं आया? लुटेरे हम पर कभी भी हमला कर सकते हैं और तुम हो कि आपस में ही लड़-मर रहे हो अगर तुम में से एक भी योद्धा हमने खोया तो जानते हो इसका कितना बड़ा खामियाजा पुरवा को उठाना पड़ सकता है।' राजा रोमान ने दोनों को लताड़ा।

'ख्याल तो आया था महाराज परन्तु लड़ाई की शुरुआत इन्होंने की।'

'सेनापति, तुम कोई सफाई देना चाहोगे?' राजा रोमान ने आयन से कहा।

'महाराज, यह एक लुटेरे परिवार से है इसलिए इसे यहाँ रखना उचित नहीं।' आयन को यह पता था कि युद्ध के बारे में सफाई देने के लिए उसके पास कोई ठोस आधार नहीं है अगर कार्यवाही शुरू हुई तो वही दोषी ठहराया जायेगा, अच्छा होगा इस मुद्दे को युद्ध से हटाकर किसी और मुद्दे से जोड़ा जाए इसलिए उसने वासीन की बिरादरी पर प्रश्न उठाना मुनासिब समझा।

'क्यों उचित नहीं?' राजा ने अपनी आँखों की भौंह उठाकर प्रश्न किया।

'लुटेरों से युद्ध में यह कब उनके साथ मिल जाये, इसका भरोसा नहीं।'

'हाँ महाराज, इस पर हमें भी भरोसा नहीं है।' लोगों ने अपनी चुप्पी तोड़ी।

'वासीन, क्या तुम इन सभी के दिल में अपने लिए विश्वास पैदा कर सकते हो?' वासीन की ओर नजरें घुमाकर राजा रोमान ने कहा।

'महाराज, आप बताइए, मैं कैसे लोगों का विश्वास जीत सकता हूँ?' वासीन ने कहा।

'पुरवा वासियो, बताइये आप किस तरह से वासीन का भरोसा प्राप्त करना चाहोगे?' राजा ने सभागार में उपस्थित लोगों से पूछा।

लोग आपस में खुसुर-फुसुर करने लगे कि आखिर वासीन ऐसा क्या काम कर दिखाये जिससे उस पर विश्वास हो जाए कि वह पुरवा के साथ कभी गद्दारी नहीं करेगा।

'महाराज, अगर वासीन कैका पर काबू पा ले तो हम इसे भरोसे के काबिल समझेंगे।' आयन ने अपनी चालाकी दिखाई।

'मैं तैयार हूँ।' वासीन ने आयन की चुनौती स्वीकार की।

'जल्दबाजी मत करो वासीन, सोच समझकर बताओ। हम तुम्हें और भी मौके दे सकते हैं। कैका से आज तक जो भी भिड़ा है, उसकी हड्डियाँ तक देखने को नसीब नहीं हुईं।' राजा ने कैका का हल्का-सा परिचय देकर वासीन को चेताया।

'सोच लिया महाराज, मैं कैका से ही लड़ूंगा।'

'कैका से लड़ना जिन्दगी या मौत का सौदा नहीं सिर्फ मौत का सौदा है।' राजा रोमान ने उसका निर्णय बदलवाने की कोशिश की।

'अगर मैं आज पीछे हट गया तो फिर कभी पुरवा के लोगों का भरोसा नहीं जीत पाऊँगा।'

'एक बार और सोच ले, मौका है। आयन के मुंह से तो हमेशा ऊट-पटांग बातें ही निकलती हैं।' काका जागुआ ने भी वासीन को समझाने की कोशिश की।

'क्या तुम चाहते हो कि लोग मुझे हमेशा लुटेरा कहकर पुकारें? मेरी ईमानदारी और काबिलीयत पर शक करें?' वासीन ने काका जागुआ से रूंधे कंठ से कहा।

काका वासीन की बात सुनकर चुप हो गया, उसके पास सिवाय चुप रहने के कोई दूसरा रास्ता नहीं था।

'क्या तुम सब लोग वासीन द्वारा कैका से लड़कर प्राप्त किये

भरोसे पर स्थिर रहोगे?' राजा ने भरी सभा से पूछा।

'जी महाराज, अगर वासीन यह कर दिखाता है तो हमें मिख्ला पुरवा के प्रति वासीन की वफादारी पर हमेशा के लिए विश्वास हो जायेगा।' लोगों ने सिर हिलाकर हामी भरी।

'कल सुबह कैका के पास जाने का इंतजाम करो।' राजा रोमान ने आदेश दिया।

सभा समाप्त हुई। सब लोग अपने घरों की ओर प्रस्थान करने लगे, वासीन भी बंदीगृह की तरफ चल दिया कि काका ने उसे रोका- 'रुको वासीन, मुझे तुमसे कुछ बात करनी है।'

वासीन रुका।

'मैं मानता हूँ, आयन से बहुत बड़ी गलती हुई है जिसके लिए तू तो क्या, मैं भी उसे कभी माफ नहीं कर सकता परन्तु कैका से लड़ने के तेरे निर्णय से मैं बहुत व्यथित हूँ।'

'ऐसा मत कहो काका, पुरवा की सारी उम्मीदें आयन पर टिकी हैं अगर तुम उसका साथ नहीं दोगे तो पुरवा लुटेरों से युद्ध में हार जायेगा। मेरी आपसे विनती है काका, आप उसका मनोबल बढ़ाएं ताकि वह लुटेरों को मुंह-तोड़ जवाब दे सके। मेरा क्या? कल बचूँ न बचूँ! थोड़े दिन बाद सब भूल जायेंगे कोई वासीन भी था; इस पुरवा में।'

'तू सच में महान है।'

'मैं कोई महान नहीं, आप तो मुझे आशीर्वाद दें, मैं कल कैका को परास्त करके ही वापस लौटूँ।'

'मेरी मिख्ला से यही प्रार्थना है कि वो तुझे कैका से लड़ने की शक्ति दे और कल तू लड़ाई में विजयी होकर लौटे। जानकारी के लिए तुझे बता दूँ, जितना कि मैंने पूर्वजों से गाथाओं में सुना है। कैका और राहू से अब तक जिस किसी का सामना हुआ है,वो जिन्दा नहीं बचा। यह हमेशा खून के प्यासे रहते हैं। यही इनके लिए अमृत है।'

'मैंने इन दोनों रक्तपिपासु जानवरों में से किसी को भी नहीं देखा

है, केवल इनका नाम सुना है, आप मुझे इनके बारे में थोड़ा विस्तार में बताओगे?'

'राहू पक्षियों पर राज करता है और कैका जानवरों पर, ये उनका खून चूस कर ही अपना पेट भरते हैं इसलिए हर एक पक्षी-जानवर इनसे डरता है।'

'क्या ये कभी शाकाहारी नहीं बन सकते?'

'खून ही इनका जीवन है अगर इसे ही त्याग देंगे तो इनकी मृत्यु निश्चित है।'

'फिर तो इनका खूनी बने रहना ही ठीक।' वासीन ने कहा- 'कल सारे दरबारी गण लड़ाई देखने जायेंगे। क्या मैं तुम्हारे साथ बग्घी में चल सकता हूँ?'

'इसमें कौन-सी पूछने की बात है, तुम मेरे लिए मेरे बेटे से भी बढ़कर हो बस यूँ समझ लो, यह कहने का कभी मौका नहीं मिला मगर आज कुछ अजीब-सी बेचैनी मन में हो रही है, लग रहा है कहीं यह बात सदा के लिए मन में ही दफन न हो जाये इसलिए खुद को कहने से रोक नहीं पाया।' यह कहते वक्त काका की आँखों से आँसू छलक पड़े।

काका के मन में आज कई संशय घर कर गये - कल वासीन कैका से... पुरवा का क्या होगा अगर... कोसी बेचारी तो जीते जी... और रूआ... नहीं, मुझे अपने मन की बात वासीन... नहीं...नहीं... हे मिख्ला...।

'काका, आँसू क्यों बहाते हो, यह तो खुशी का मौका है। आपको तो खुश होना चाहिए, आपका बेटा वो असंभव काम करने जा रहा है जो मिख्ला के इतिहास में पहले कभी नहीं हुआ फिर कभी कोई आपके इस बेटे को लुटेरा नहीं कहेगा।'

'मेरी नजरों ने तुझे कभी लुटेरे के रूप में नहीं देखा, मेरे लिए तो तू...।'

'इस पुरवा में ऐसे कई लोग हैं जिन्होंने हमेशा मेरे ऊपर भरोसा

किया है। उन्हें इस बात से कोई लेना-देना नहीं कि मैं एक लुटेरे की संतान हूँ परन्तु पुरवा की प्रजा आज भी मुझसे पुरवा के प्रति मेरी वफादारी का प्रमाण माँगती है। आदिकाल से ही प्रजा भरोसा माँगती आयी है, काका फिर चाहे सामने वाला उनका ईश्वर ही क्यों न हो, उसे भी विश्वास की परीक्षा से गुजरना पड़ा है।'

देर काफी हो चुकी थी। वासीन को घर जाना था। उसने काका के पैरों में अपना माथा टेक कल के लिए आशीर्वाद माँगा। काका ने वासीन की पीठ पर हाथ रख उसे आशीर्वचन दिया। इसके बाद वासीन अपनी माँ के पास घर आ गया।

❖ ❖ ❖

जब रूआ को पता चला कि कल वासीन कैका से लड़ने जाएगा तो वह तुरन्त पिताजी से मिलने पहुंची।

'पिताजी, मैं पूछती हूँ, आपने किस अपराध की सजा में वासीन को मौत के मुंह में ढकेला है?' रूआ गुस्से में अपने पिता से बोली।

'यह सब मेरी मर्जी से नहीं बल्कि वासीन की अपनी जिद्द से हुआ है। मैंने तो इसे टालने की खूब कोशिश की लेकिन वासीन आयन की चुनौती पर अड़ा रहा।'

'बरसों से मैं उससे दूर रही, अब जब मिलने का वक्त आया तो आप लोगों ने उसे... मैं एक बार मिलकर उससे अपनी गलतियों कि माँफी माँगना चाहती थी। पर अब लगता है, मेरी ये ख्वाहिश भी अधूरी रह जायेगी।'

'अभी वक्त है।'

रूआ ने सारथी से कहकर रथ निकलवाया और बैठकर शीघ्रता से बंदीगृह की तरफ चल पड़ी। जो बातें वासीन से उसे कहनी हैं, उन्हें वो रास्ते में दोहराती गयी। वे सब सुखद लम्हे जो उसने वासीन के साथ जिये थे, उसकी आँखों के सामने दोबारा जिन्दा होकर लौट

आये। वह उन लम्हों में इस कदर डूब गयी कि कुछ पता न चला कब बंदीगृह आ गया।

'राजकुमारी जी, बंदीगृह आ गया।' सारथी ने रथ रोक कर कहा।

'तुम यहीं रुको' रूआ रथ से उतर कर सारथी से बोली।

राजकुमारी को देखकर बंदीगृह के बाहर तैनात सभी सैनिकों ने सिर झुकाये। राजकुमारी बंदीगृह की उस कोठरी की ओर चल दी जिसमें वासीन बचपन से अपनी माँ के साथ रहता है।

'राजकुमारी जी वासीन से मिलने आ रही हैं।' पहरेदार वासीन की माँ से इतना ही बोला कि राजकुमारी दरवाजे के पास आकर खड़ी हो गयी।

'माँ, कह दो राजकुमारी से, मेरे पास उनसे मिलने के लिए वक्त नहीं है।' वासीन बेरुखे स्वर में बोला।

'मेरी बात तो सुनो वासीन।'

'मुझे कुछ नहीं सुनना और वैसे भी सुनने के लिए अब बचा ही क्या है जो कुछ सुनाना था, तुम आज तक मुझे सुना चुकी हो।' रूआ की बात बीच में ही काटकर वासीन ने कहा।

'मैं मानती हूँ, तुमको समझने में मुझसे भूल हुई परन्तु जब से मुझे अपनी गलती का एहसास हुआ है, मैं खुद को माफ नहीं कर पायी हूँ। मैं तुमसे प्रेम करती हूँ वासीन, मेरे दिल के हर कोने में बस तुम्हारा ही नाम है।'

'लेकिन मेरे दिल से तुम्हारा नाम उसी दिन निकल गया जिस दिन तुमने मुझे लुटेरा कहकर, मेरे प्रेम को ठुकराया था।'

'मैं मानती हूँ, मेरे गुनाहों को तुम कभी माफ नहीं करोगे लेकिन यह गुनहगार एक बार तुम्हारा दीदार चाहती है।'

'मैं एक लुटेरा हूँ और लुटेरे का दीदार तुम्हारे लिए ठीक नहीं।'

वासीन तब से ही दीवार की तरफ मुंह करके खड़ा था जब से रूआ वहां आयी थी, अभी तक दोनों ने एक-दूसरे का चेहरा नहीं देखा।

'लुटेरों का जन्म साहोपुरम में होता है; मिख्ला पुरवा में नहीं। तुम्हारा जन्म मिख्ला पुरवा में हुआ है और मिख्ला पुरवा कभी लुटेरों को जन्म नहीं देता।'

'अब चाहे तुम जो कहो, मुझे इससे कोई फर्क नहीं पड़ता।'

'लेकिन क्यों? आखिर क्यों तुम मुझसे बात नहीं करना चाहते?'

'इसका जवाब तुम्हें कल मिल जायेगा।'

वासीन ये सारी बातें रूआ से मुंह फेर कर ही कर रहा था। माँ के कई बार कहने पर भी उसने रूआ को अपना चेहरा नहीं दिखाया, उसे माफ करना तो दूर।

'बेशक तुम मेरा चेहरा मत देखो, न ही अपना दिखाओ लेकिन इन कड़ों को अपना लेना, मैं इन्हें तुम्हारे लिए लायी हूँ। पराये समझ कर ही इन्हें पहन लेना, नहीं तो बेचारों का दिल टूट जायेगा।' कहते वक्त रूआ की आँखें नम हो गयीं। वह कड़ों को दरवाजे की दायें ओर जमीन पर रख कर, रोती हुई वहाँ से चली गयी।

रूआ से बातें करते वक्त वासीन की आँखें भी नम हो गयी थीं। उसका मन कर रहा था रूआ को देखने का, दो चार प्यार भरी बातें उसके साथ करने का लेकिन उस पल को अपनी जिन्दगी का अन्तिम पल मानकर, उसने खुद को यह सब करने से रोक लिया। उसके दिल में आज भी रूआ के लिए बेइंतहा मोहब्बत है परन्तु वह नहीं चाहता कि उसके जाने के बाद रूआ उसके विरह में तनिक भी तड़पे इसलिए वह रूआ को उस वक्त केवल यही एहसास कराता रहा कि अब उसके दिल में रूआ के लिए तिल भर भी जगह नहीं है। वासीन चाहता था कि रूआ उसे आज तक जैसा समझती रही है, आगे भी वैसा ही समझती रहेगी तो उसके जाने के बाद, कुछ ही दिनों में वह उसे भूल जाएगी।

वासीन ने रूआ के जाने के बाद दोनों कड़ों को उठाया और होठों से चूम कर अपने हाथों में डाल लिया।

'रूआ बड़ी उम्मीद लेकर तेरे पास आयी थी और तूने... तू उससे आज भी उतना ही प्यार करता है जितना कि बचपन में करता था फिर तूने यह बात उससे छुपायी क्यों?' कोसी बोली।

'कल मेरी जिन्दगी का अन्तिम दिन है फिर ये सब बातें कि मैं उससे प्यार करता हूँ, बताने का क्या फायदा अगर मैं यह बात बता देता तो वो मेरी मौत के बाद चैन से जी नहीं पाती इसलिए कल तक मैं उसकी नजर में जैसा था, हमेशा वैसा ही बना रहूँ, इसी में उसकी भलाई है।'

'तूने उसे इतना भला-बुरा कहा, देखना फिर भी वह तुझे कल देखने जरूर आयेगी।'

'वो आये या न आये माँ, लेकिन उसके ये कड़े लड़ाई में जरूर जायेंगे।' कड़ों की ओर देखते हुए वासीन बोला।

❖ ❖ ❖

आशाओं के सपने टूट जाने से व्यथित रूआ, सिसक-सिसक कर बिस्तर पर पड़ी रोने लगी।

'क्या हुआ? क्या वासीन ने तुझसे कुछ कह दिया?' रानी रोनिवा ने उसके पास बैठकर, उसे पुचकारते हुए पूछा।

'उसका दिल पत्थर बन चुका है।' रूआ सिसकती हुई बोली।

'लेकिन मेरा मन तो कहता है कि वह तुझे आज भी प्यार करता है।'

'उसके दिल में, सच में अब मेरे लिए कोई जगह नहीं।'

'जरूर कोई मजबूरी होगी वरना वासीन तेरे साथ बेरुखा व्यवहार नहीं करता। मुझे उस पर पूरा भरोसा है।'

'अगर कोई मजबूरी न हुई तो?'

'यह मुमकिन नहीं। उसने तुझे बचपन से प्रेम किया है परन्तु तूने उसे हमेशा नीचा दिखाने की कोशिश की, उससे नफरत की, उसे बुरा-भला कहा फिर भी उसने तेरे साथ एक बार भी बदसलूकी नहीं की बल्कि मन ही मन तुझसे प्यार करता रहा।'

'मैं उसके पास दो कड़े छोड़कर आयी हूँ, पता नहीं वह उन्हें पहनेगा भी या नहीं?'

'अगर वह तुझसे सच्चा प्यार करता है तो कल कैका से लड़ते वक्त तेरे दिए कड़े वह जरूर पहने होगा। हर प्रेमी अपनी प्रेमिका की आखिरी ख्वाहिश पूरी करने की हरसंभव कोशिश करता है।'

माँ के भरोसा दिलाने से उसके चेहरे पर आशा की किरण फिर से जाग उठी। वह माँ के आँचल से लिपट गयी। धीमे-धीमे उसके सिसकने की आवाज थमने लगी।

❖❖❖

काका वासीन और कैका की लड़ाई को लेकर बड़े चिंतित थे। उनके चेहरे पर मायूसी छायी थी। वे सोचने लगे- 'अगर यह लड़ाई न हो तो कितना अच्छा होगा परन्तु अब कुछ किया भी तो नहीं जा सकता, पता नहीं वक्त वासीन का और कितना इम्तिहान लेगा?'

आयन ने काका को वृक्ष-मार्ग पर मुंह लटकाते टहलते देखा। वह उनके पास आकर बोला- 'इतनी रात गये आप यहाँ! मैंने आपको कहाँ-कहाँ नहीं ढूँढा! आप इतने उदास क्यों हैं?'

'दिल का बोझ कुछ ज्यादा ही बढ़ गया था, सोचा थोड़ा हल्का कर लूँ।'

'कैसा बोझ? मैं कुछ समझा नहीं!'

'वासीन को मौत के मुंह में धकेल कर, तूने ठीक नहीं किया।' काका ने आयन की आँख में आँख डालकर कहा।

'पिताजीऽऽऽ।' आयन ने ऊँचा स्वर किया- 'वह एक लुटेरा है, उसी के लोगों ने माँ को मारा था। मैं एक भी लुटेरे को जिंदा नहीं छोड़ूँगा।'

'लेकिन वासीन उन लुटेरों में शामिल नहीं है। उसकी मातृभूमि हमारा मिख्ला पुरवा है। यही उसका परिवार है।'

'आप चाहे उसे जो भी कहें परन्तु मेरी नजर में तो वह हमेशा एक लुटेरा ही रहेगा।'

'वासीन से तेरा इतना नफरत करना ठीक नहीं। वह एक अच्छा इंसान है। तू ठीक से उसे जानता नहीं।'

'नहीं जानना मुझे उसे!' आयन गुर्राया- 'मैं बचपन से ही देख रहा हूँ, आप हमेशा उसी की तरफदारी करते हैं। क्या आपको मेरी तनिक भी परवाह नहीं? अगर ऐसा है तो छोड़ दो मुझे अकेला, मैं अकेला जी लूंगा।'

'मेरी बात तो सुनो, आयन।' काका ने उसके कंधे पर हाथ रखा।

'मुझे आपकी कोई बात नहीं सुननी, आप तो केवल इस बात का फैसला कर दीजिए कि आपको मैं पसन्द हूँ या फिर वो लुटेरा?' आयन ने काका का हाथ कंधे से झड़क दिया।

'तुम दोनों मेरी भुजा हो अगर।'

'अगर-मगर कुछ नहीं पिताजी, आप केवल मेरे प्रश्न का उत्तर दो, आपको...?' काका की बात काट आयन ने गंभीरता से कहा।

'यह तेरा प्रश्न नहीं, मेरी भुजाओं को अलग करने वाला बाण है अगर मैंने इसे चलने दिया तो अनर्थ हो जायेगा।' यह कहकर काका आयन को वहीं छोड़, उदास मन से घर चल दिया।

आयन पर काका की बातों का बिल्कुल भी असर नहीं पड़ा। वह क्रोधित होकर काका के पीछे-पीछे घर की ओर चल पड़ा।

❖❖❖

अगली सुबह,

वासीन के विश्वास की परीक्षा को देखने के लिए लोग बड़े लालायित थे। वे बग्घियों में बैठकर एक स्थल पर इकट्ठे हुए। राजा रोमान भी अपने रथ पर सवार होकर सेनापति आयन के साथ लोगों के झुण्ड में आये और सब को आदेश दिया-'जंगल की ओर प्रस्थान किया जाये।'

लोग बग्घियों के काफिले को लेकर राजा रोमान के रथ के पीछे-पीछे चलने लगे। वासीन भी अपनी माँ का आशीर्वाद लेकर

काका की बग्घी में बैठा और अपनी परीक्षा देने के लिए निकल पड़ा। रास्ते में चलते-चलते वह पुरवा के मकानों को गौर से देखता रहा और साथ ही निहारता रहा विराट मिख्ला की सुन्दरता को। सिर झुकाकर उसने मिख्ला को प्रणाम किया। जागुन के जागने में थोड़ा समय अभी बाकी था तो उसके दर्शन वह नहीं कर पाया।

रास्ते में चलने वाले लोग वासीन को घूर रहे थे। उन्हें लग रहा था कि यह नौजवान उन्हें फिर कभी देखने को नहीं मिलेगा, यह उसकी जिन्दगी का आखिरी दिन है।

वासीन ने पुरवा को छोड़ते वक्त आकाश में जगमगाते मिख्ला के प्रतिबिम्ब को निहारा और उसमें अपने अक्स को देख मुस्कुराने लगा। काका ने बग्घी को वीरान जंगल की ओर मोड़ा। कैका इसी जंगल में रहता है। पुरवा का रास्ता यहीं तक है। इस वीरान जंगल में कुछ पगडंडियाँ हैं। वे उन्हीं पर आगे बढ़ते गये।

कैका जहां रहता है, उससे बहुत पहले ही राजा रोमान ने अपना रथ रोक लिया। उनकी देखा-देखी लोगों ने भी अपनी बग्घियाँ वहीं रोक लीं। काका ने भी बग्घी की लगाम खींची।

वासीन बग्घी से उतरा और साथ में काका भी।

'जीत कर लौटना, अब मिख्ला तुम्हारे भरोसे है। उसे लुटेरों से इस बार केवल तुम ही बचा सकते हो।' काका ने वासीन के कन्धे पर हाथ रखकर उसका हौसला बढ़ाया।

'मैं अगर न लौट पाऊँ तो तुम मिख्ला की रक्षा करना।' वासीन बोला।

वासीन की बात सुन काका की गर्वीली आँखों में आंसू आ गये, अब वासीन राजा रोमान की तरफ बढ़ा।

'महाराज, अगर मेरी इस परीक्षा में मृत्यु भी हो जाये तो भी मुझे खुशी होगी, आगे से फिर कोई पुरवा वासी मुझे लुटेरा नहीं कहेगा। महाराज, मेरी आखिरी इच्छा है, यदि संभव हो तो मेरे जाने के बाद मेरी

माँ को बंदीगृह से आजाद कर देना।' वासीन ने रूंधे स्वर में फरियाद की।

'वासीन, आज से तुम्हारा नाम पुरवा में सम्मान के साथ लिया जायेगा।' राजा रोमान ने भाव-विभोर होकर कहा।

'महाराज, मुझे अब चलना चाहिए, मेरी परीक्षा का समय आ गया है।' वासीन ने सिर झुका कर आज्ञा ली।

वासीन जब वहाँ से चलने लगा तो राजा रोमान ने आवाज दी- 'मैं तुम्हारा इंतजार करूँगा।'

आयन ने वासीन के साथ अब तक चाहे जो भी किया लेकिन फिर भी वासीन आयन के प्रति उदार था। वह कैका से लड़ने जाने से पहले आयन से मिला।

'मेरे दोस्त, मुझसे जाने-अनजाने में जो भी गलतियाँ हुयीं, उनके लिए मुझे माफ करना। मिख्ला अब तुम्हारे हवाले है।' वासीन ने कहा।

इसके बाद वासीन कैका का सामना करने चल दिया। रास्ते में काका ने कुछ हथियार भी फेंके लेकिन वासीन ने वे नहीं उठाये और खाली हाथ आगे बढ़ता गया।

उधर, रूआ को अपनी एक दासी से यह बात पता चली कि वासीन कैका से लड़ने जंगल में पहुंच गया है। वह तुरन्त चेटवा पर सवार होकर जंगल की ओर निकल पड़ी। चेटवा को वह तेजी से दौड़ाने लगी।

वासीन और कैका अब आमने-सामने हो गये। कैका देखने में एक खूंखार विशाल जानवर है। उसके पूरे शरीर पर काले, लम्बे और घने बाल हैं। आठ हाथ ऊँचे कैका के मुंह से हर वक्त खून टपकता रहता है।

वासीन को अपने शिकार के रूप में देखकर, वह 'हूँ-हूँ-हूँ' कर हुंकार भरने लगा। लोग उसकी हुंकार सुन कांप उठे। वे सब पेड़ों के पीछे छुपकर, उसे देख रहे थे।

कैका वासीन का शिकार करने तेजी से उसकी ओर दौड़ा। वासीन ने पहले तो अपनी आँखें मूंदी फिर हल्के से पलकें ऊपर सरकायीं

और फिर हल्का-सा गर्दन में झटका देकर वो भी लम्बे-लम्बे पग भरकर कैका की ओर भागने लगा। कैका के पास पहुंचते ही उसने एक ऊंची छलांग लगा दी और हवा में उड़ते-उड़ते कैका की नाक पर जोर की कोहनी मारकर दूर जा गिरा। नाक पर कोहनी पड़ते ही कैका तिलमिला उठा और गुस्से में हुंकार भरते हुए फिर से वासीन को खाने उसकी तरफ दौड़ पड़ा। वासीन झट से खड़ा हुआ और कैका की ओर दौड़ा। इस बार भी उसने कैका के पास आकर छलांग लगाई, वह हवा में उड़ता हुआ, कैका के मुंह के बराबर ही पहुंचा कि तभी कैका ने अपना मुंह और ऊपर की ओर कर दिया, इससे वासीन अपना संतुलन खो बैठा और कैका के मुँह से टकरा गया, कैका ने घुमाकर उसे एक पेड़ में दे मारा। वासीन को कुछ खरोंचें आयीं, वह संभल कर खड़ा हुआ। वासीन को पछाड़ने की खुशी में कैका अपने पैर पीटने लगा।

कैका वासीन की ओर फिर बढ़ा। वासीन भांप गया कि यह कोई मामूली जानवर नहीं बल्कि यह तो एक चालाक और बुद्धिमान जानवर है, इसे मात देना आसान नहीं। उसने पास के पेड़ से एक डाली तोड़ी। डाली काफी मोटी थी फिर वह तैयार हो गया, कैका का सामना करने उस डाल को हाथ में लेकर। कैका भागता हुआ जैसे ही उसके पास आया, उसने उछलकर वह डाल कैका के मुंह पर मारी। डाली टूट कर बिखर गयी लेकिन कैका पर उसका कुछ खास असर नहीं हुआ, उल्टे वासीन को कैका की कसकर लात पड़ी, वह उड़ता-उड़ता फिर पेड़ में जा लगा।

वासीन लड़खड़ा कर खड़ा हुआ, उसके शरीर से खून बह रहा था। रूआ इतने में चेटवा लेकर वहाँ पहुंच गयी। सब लोग कैका-वासीन की लड़ाई देखने में इतने मग्न थे कि किसी की नजर रूआ पर नहीं पड़ी। रूआ चेटवा से उतर कर लोगों के पास खड़ी होकर युद्ध देखने लगी। वासीन लड़खड़ाता कैका की तरफ बढ़ा। रूआ को वासीन के

हाथ में अपने दिए कड़े दिखे। ये वही कड़े थे जिन्हे रूआ बंदीगृह में छोड़ के आयी थी। रूआ की आँखें वासीन के दिल में अपना प्यार देखकर नम हो गयीं। वह समझ गयी कि आखिर वासीन ने उसे कल क्यों...।

वासीन कैका की ओर बढ़ता गया, उसके लम्बे-लम्बे बालों ने बिखर कर, उसके चेहरे को ढक लिया था सिर्फ उसकी आँखें ही उनमें से चमक रही थीं। कैका भी उसकी ओर भगा आ रहा था, पास आकर कैका ने जैसे ही अपना मुंह फाड़कर वासीन पर झपट्टा मारा, वासीन झुककर घुटनों के बल फिसलता हुआ कैका के पिछले पैरों के बीच आ गया और फिर उसने कैका की जांघ पर जमकर एक शक्तिशाली घूंसा मारा लेकिन कैका पर तनिक भी असर नहीं हुआ, बदले में उल्टे वासीन को कैका की एक और कसकर लात पड़ी। वासीन जमीन पर घिसड़ता हुआ, एक बड़े से पत्थर में जा ठुका। उसकी मांसपेशियाँ चरमरा उठीं, उसने खूब कोशिश की उठने की पर उठ न सका। उसके शरीर की हड्डियाँ टूट कर चूर हो चूकी थीं लेकिन फिर भी उसने हार नहीं मानी और खड़े होने का प्रयत्न करता रहा परन्तु वह हर बार लड़खड़ाकर गिर जाता। रूआ से उसकी यह हालत देखी न गयी। वह अपनी आँखें मूंदकर ईश्वर मिख्ला से वासीन के लिए प्रार्थना करने लगी।

कैका वासीन को खाने उसकी तरफ बढ़ा। वासीन जब खुद को खड़ा नहीं कर पाया तो पत्थर के सहारे पीठ लगाकर बैठ गया और कैका को बेवसी के साथ घूरता रहा। पास आकर कैका ने जैसे ही वासीन पर झपट्टा मारा, वासीन ने हाथ का सहारा लेकर करवट बदल ली और उसके वार से बच गया, इससे कैका का मुंह सीधा पत्थर में लगा, पत्थर लुढ़ककर पीछे चला गया। कैका ने गुस्से से वासीन को घूरा और फिर पास में पड़े बड़े-बड़े पत्थर मुंह मार-मार कर वासीन की तरफ लुढ़का दिये। पत्थर बारी-बारी से वासीन के ऊपर से निकल

गए। उन्होंने उसका वो कचूमर बनाया कि हिलने-डुलने लायक भी नहीं छोड़ा। अब तो वह औंधे मुंह पड़ा, टिमटिमाती आँखों से पुरवा वासियों को देखता रहा, इस भाव से कि यह उसका आखिरी पल है। उसे उनमें रूआ भी दिख गयी, रूआ की आँखें बंद थीं परन्तु उसकी आँखों से आँसूओं के झरने बह रहे थे। वासीन ने उसके आँसुंओं को पढ़ लिया, उसका दिल गदगद हो गया, वह मन ही मन रूआ से कहने लगा- 'बड़े दिनों बाद दिलरूबा तूने मेरे लिए आँसू टपकाये। चलो! अन्तिम तमन्ना भी पूरी हुई। अब मुझे मौत से कोई डर नहीं।'

राजा रोमान और काका ने भी अपनी आँखें मूँद लीं, वे उसे अपनी आँखों के सामने मरते नहीं देखना चाहते थे, उनका चेहरा शर्म ने झुका दिया और आँखें आंसुओं ने नम कर दीं लेकिन बाकी लोग उस दृश्य को देखने के लिए चौड़ी-चौड़ी आँखें फाड़े खड़े थे।

'देखो! कैका उसे खाने जा रहा है!' लोगों में फुसफुसाहट हुयी।

उनकी फुसफुसाहट रूआ ने सुन ली। उसने आँखें खोलीं।

उधर, कैका खुशी के मारे, अपना जबड़ा खोले वासीन की तरफ बढ़ रहा था। उसके मुंह से अब खून के साथ लार भी टपक रही थी क्योंकि उसे शिकार हासिल होने वाला था। कैका वासीन के पास आकर खड़ा हो गया। उसे घूरा फिर उसके ऊपर लार टपकाई। उसे खाने से पहले उसने मुंह ऊपर कर एक जोरदार हुँकार भरी और फिर तेजी से मुंह को वासीन की तरफ लाया, इससे पहले कि उसके दांत वासीन पर गड़ते, रूआ ने चाबुक से वासीन को अपनी ओर खींच लिया। कैका अपने मुंह को संभाल नहीं पाया और उसने दाँतों से जमीन में गड्ढा कर दिया।

शिकार मुंह से निकल जाने से कैका फिर से क्रोध में आ गया। वह रूआ की ओर बेलगाम भागने लगा। रूआ ने वासीन को उठाकर अपने कंधो पर धर लिया और पीछे देखे बिना जंगल से बाहर की ओर भागने लगी। मिख्ला पुरवा के लोग जो पेड़ों के पीछे छुपकर

कैका-वासीन की लड़ाई देख रहे थे, रूआ को अपनी ओर आते और कैका को उसके पीछे आते देख, अपनी जान बचाने के लिए बग्घियों में सवार होकर, पुरवा की ओर भागने लगे।

पूरे जंगल में अफरा-तफरी मच गयी। रूआ वासीन को कंधे पर लादे भगी जा रही थी। काका ने अपनी बग्घी रूआ की ओर मोड़ी। सब लोग बग्घियों को पुरवा की ओर दौड़ा रहे थे लेकिन काका अपनी बग्घी को उल्टा जंगल की ओर दौड़ाने लगा। बग्घी के पहिये उबड़-खाबड़ रास्तों में चरमरा रहे थे लेकिन फिर भी काका तेजी से उसे भगाए जा रहा था। रूआ के करीब पहुंचते ही काका ने एकदम से चेटवाओं की लगाम खींच कर बग्घी को पुरवा की तरफ मोड़ा, बग्घी घिसड़ते हुए मुड़ गयी। रूआ वासीन को लेकर उस पर चढ़ गयी फिर काका ने बग्घी को हांका। कैका उनका पीछा करने लगा लेकिन चेटवा इतना तेज दौड़े कि उन्होंने थोड़ी ही देर में जंगल पार कर लिया। कैका काफी पीछे रह गया। वह वापस जंगल में लौट गया।

मिख्ला पुरवा में प्रवेश कर काका रूआ और वासीन को वहीं छोड़, महल पहुँचा। सब पुरवा वासी सही-सलामत जान बचाकर लौट आये थे।

❖❖❖

रूआ वासीन को लेकर सीधे वैद्यशाला पहुंची।

'इसकी यह हालत कैसी हुई?' वैद्य जी ने वासीन को देखकर आश्चर्य से पूछा।

'अभी इन बातों के लिए वक्त नहीं है, तुम जल्दी से इसका इलाज शुरू करो।' रूआ झुंझलाकर बोली।

वैद्य ने तुरन्त अपने परिचारकों को बुलाया और वासीन को कक्ष के अन्दर ले जाने के लिए कहा, वे वासीन को अन्दर ले गये। वैद्य रूआ को बाहर ठहरने को कहकर कक्ष में गए। उन्होंने वासीन की नब्जों को टटोला। वासीन अचेत अवस्था में था। उसका पूरा शरीर खून से लथपथ था। वैद्य ने तमाम जड़ी-बूटियाँ उसके जख्मों पर मलकर

खून को बहने से रोका और फिर कई शल्यकर्म के उपकरणों की सहायता से उसका इलाज शुरू किया।

रूआ के मन में वासीन को लेकर छटपटाहट हो रही थी। वह वैद्यशाला के बाहर इधर से उधर चक्कर काटती रही। बहुत देर बाद जब वैद्य कक्ष से बाहर निकले तो वह उनके पास जाकर बोली– 'अब वासीन की तबीयत कैसी है? वह जल्दी ठीक तो हो जायेगा ना?'

'उसे ठीक होने में कितना वक्त लगेगा, मैं कुछ कह नहीं सकता, राजकुमारी।'

रूआ चाहती थी कि वासीन जल्द ठीक हो जाये। उससे वासीन की हालत देखी नहीं जा रही थी इसलिए वह वैद्य से जानने की जिद्द करने लगी– 'फिर भी वैद्य जी, कितना वक्त लग सकता है, वासीन को ठीक होने में?'

'कम से कम एक साल, दो भी लग सकते हैं; पूर्णरूप से ठीक होने में।'

'एक साल!' यह सुनकर राजकुमारी स्तब्ध रह गयी।

'हाँ राजकुमारी, कम से कम एक साल, वासीन की हालत बहुत नाजुक है, उसे ठीक होने में इतना समय तो लगेगा ही, वैसे उसकी यह हालत की किसने?'

वैद्य को यह बिल्कुल भी नहीं मालूम था। रूआ ने उन्हें विस्तार से सारी घटना बतायी।

'हे मिख्ला! वासीन जल्दी से ठीक हो जाये, मेरी आपसे यही प्रार्थना है।' रूआ ने आकाश में मिख्ला के प्रतिबिम्ब से प्रार्थना की।

'एक बात मेरी समझ नहीं आयी राजकुमारी, तुमने अपनी जान जोखिम में डालकर इसे क्यों बचाया?'

'मेरी जान वासीन में बसती है अगर आज वो जिन्दा नहीं रहता तो शायद मैं भी जिन्दा नहीं रहती।'

'मतलब! मैं कुछ समझा नहीं?'

'वासीन मेरा प्यार है, इसके लिए मैं कुछ भी कर सकती हूँ।'

'अच्छा हुआ, तुम जल्दी इसे यहाँ ले आयीं। इसका रक्त बहुत बह चुका था अगर थोड़ी भी देर होती तो इसकी जान जा सकती थी।' वैद्य ने कहना जारी रखा- 'मैं जानता हूँ, कैका कितना खूंखार जानवर है अगर तुम सही वक्त पर पहुंच कर वासीन को न बचाती तो वह कब का वासीन की हड्डियों को हजम कर चुका होता। आज से करीब तीस साल पहले, मेरे एक दोस्त का कैका से सामना हुआ था। उसे अपनी ताकत पर कुछ ज्यादा ही घमण्ड था। उसने कैका को हराने की ठान ली, मेरे खूब मना करने पर भी वह नहीं माना और एक दिन जंगल में जाकर कैका से भिड़ गया। उस विशालकाय जानवर कैका ने उसका जो हाल किया, देखकर पुरवा के लोगों में कैका के नाम की दहशत फैल गयी और आज भी वही दहशत लोगों के मन पर काबिज है। लोग उससे लड़ना तो दूर, उसका नाम सुनते ही भाग खड़े होते हैं।'

'लेकिन उस दिन ऐसा हुआ क्या, जो लोग आज भी कैका के नाम से खौफ खाते हैं?'

'होना क्या था, भला इतने बड़े जानवर के सामने कोई टिक पायेगा और वो भी इंसान! थोड़ी ही देर में कैका ने उसका कचूमर कर दिया और फिर उसे जिंदा चबा गया; हड्डियाँ तक नहीं छोड़ीं।'

इतने में राजा रोमान सेनापति आयान के साथ वैद्यशाला आ टपके।

'राजकुमारी जी, तुमने वासीन को बचाकर ठीक नहीं किया।' सेनापति आयन ने कहा।

'तुम कौन हो, सही और गलत का फैसला करने वाले? मुझे जो उचित लगा, मैंने वही किया।' रूआ कड़क आवाज में बोली।

'देख लीजिए महाराज, मैंने कुछ कहा भी नहीं और राजकुमारी खाँमखाँ इतना भड़क रही हैं।'

'राजकुमारी, तुम शायद भूल रही हो, आयन इस वक्त सेनापति

है और एक सेनापति से इस तरह बात नहीं की जाती।' राजा रोमान ने रूआ को डांटा।

'मैं यह भलीभांति जानती हूँ कि एक सेनापति से कैसे बात की जाती है लेकिन इस वक्त मेरे सामने जो व्यक्ति खड़ा है। वह गुनहगार है- मेरे वासीन की दुर्दशा का इसलिए ऐसे नीच व्यक्ति के लिए मेरे हृदय में कोई सम्मान नहीं।'

'राजकुमारीऽऽऽ।' राजा रोमान चिल्लाकर बोले- 'तुम जानती हो, तुम्हारे इस अपराध की सजा क्या है?'

'मृत्युदंड से बढ़कर तो नहीं?' रूआ ने पलटकर जवाब दिया।

'तुम अपनी हदें पार कर रही हो।' राजा रोमान ने रूआ को चेताया।

'हदें तो इन सभी लोगों ने पार की हैं, कैका से एक निर्दोष का खून बहवा कर।' वहाँ खड़े लोगों की तरफ इशारा कर रूआ ने कहा।

'सैनिको, राजकुमारी को बंदी बना लो और जब तक हम न कहें, इन्हें बंदीगृह में ही रखा जाये।' क्रोध में आकर राजा ने सैनिकों को हुक्म दिया।

❖❖❖

सैनिक राजकुमारी को बंदीगृह ले आये। रूआ को देखकर कोसी प्रसन्न हो उठी। उसके लाल को जो उसने बचाया था।

'रूआ, तूने अपनी जान जोखिम में डालकर वासीन की जान बचायी, तेरा यह कर्ज मैं कभी नहीं उतार पाँऊगी।' कोसी ने कृतज्ञता व्यक्त करते हुए रूआ से कहा।

'यह कहकर मुझे पराया न बनाओ, वासीन तो मेरा प्यार है, उसकी रक्षा करते हुए अगर मेरे प्राण भी चले जाते तो भी मैं खुद को धन्य समझती।' रूआ बोली।

'वासीन भी तुझसे बहुत प्रेम करता है। जानती हो, कल जब तू उससे मिलने आयी थी तो वह क्यों तुझसे बात नहीं करना चाहता था? क्योंकि उसे लगा कि कल उसकी जिन्दगी का आखिरी दिन

है इसलिए वह नहीं चाहता था कि उसके जाने के बाद, तू उसके विरह में डूबी रहे। यही वजह थी कि कल वो अपने दिल पर पत्थर रख तुझे नजर अंदाज कर रहा था परन्तु तेरे जाने के बाद वह खूब रोया।'

'वो मुझसे इतना प्रेम करता है! यह बात मैं कभी समझ नहीं पायी और जब समझी तो.... उसे बचाने में मुझसे देर हो गयी।'

'रूआ यह कहके अपना दिल छोटा न कर। अपने प्रेम पर भरोसा रख, तेरा वासीन जल्द ही ठीक होकर, तेरे पास लौट आयेगा।'

'वासीन को बचाने की मुझे चाहे जो सजा मिले, मैं हंसी-खुशी उसे स्वीकार कर लूंगी।'

'तू चिन्ता मत कर, सब ठीक हो जायेगा।'

'राजकुमारी जी, काका जागुआ आपसे मिलना चाहते हैं।' पहरेदार ने आकर रूआ से कहा।

'उन्हें अन्दर ले आओ।' राजकुमारी ने आदेश दिया।

काका जागुआ रूआ को देखकर हर्षित हुए क्योंकि आज रूआ ने उसके मुंह बोले बेटे की जान जो बचाई थी।

'राजकुमारी, मुझे आज इस बात की बेहद खुशी हो रही है कि तुमने पुरवा के सबसे वीर योद्धा वासीन को ओझल होने से बचा लिया। समझ नहीं आ रहा तुम्हारा शुक्रिया कैसे करूँ परन्तु इस खुशी के साथ एक दुःख भी है। तुम्हारे इस नेक काम के लिए राज्य तुम्हें दण्ड देने वाला है लेकिन मैं ऐसा होने नहीं दूँगा।' काका ने कहा।

'इस वक्त पुरवा को आपकी सख्त जरूरत है। मैं आपसे आग्रह करती हूँ, आप कोई भी ऐसा कार्य न करें जिससे आप भी दण्ड के भागी बनो।'

'मैं आपका सेवक हूँ, कृपया निवेदन कर आप मुझे शर्मिंदा न करें।'

'इस वक्त मैं राजकुमारी नहीं बल्कि एक मुजरिम हूँ और मुजरिम, मुजरिम होता है फिर चाहे वह कोई भी हो।'

'राजकुमारी, वासीन को बचाकर आपने कोई अपराध नहीं किया बल्कि आपने तो अन्याय के विरुद्ध एक आवाज उठायी है इसलिए आज भी तुम मेरे लिए राजकुमारी हो और मैं तुम्हारा सेवक।'

❖ ❖ ❖

राजा रोमान बेचैन की मुद्रा में महल में टहल रहे थे कि रानी रोनिवा ने आकर गुस्से में उनसे कहा- 'एक छोटे से अपराध के लिए रूआ को बंदीगृह भेजकर, तुमने ठीक नहीं किया।'

'इस वक्त वह एक मुजरिम है और मुजरिम की जगह बंदीगृह में होती है; महल में नहीं।' राजा रोमान भड़के।

'मगर तुम यह क्यों भूल रहे हो कि वह हमारी बेटी है?'

'एक राजा की नजर में प्रत्येक अपराधी समान अपराध के लिए समान दण्ड का भागी होता है फिर चाहे वह राजा की अपनी संतान हो या किसी रंक की; कोई फर्क नहीं पड़ता। प्रजा हमेशा अपने राजा से निष्पक्ष न्याय की उम्मीद करती है और एक राजा का धर्म यही कहता है कि वह प्रजा के विश्वास के साथ सदैव इंसाफ करे।' राजा रोमान ने बोलना जारी रखा- 'एक राजा के लिए उसका राजधर्म पितृधर्म से कहीं बढ़कर होता है, महारानी।'

फिर राजा रोमान अपने कक्ष में चले गए।

❖ ❖ ❖

दरबार में सभी दरबारीगण उपस्थित थे बस राजा रोमान का आना बाकी था। थोड़ी देर वे भी पहुँच गये। रूआ की दरबार में एक कैदी के रूप में पेशी हुई। सभा शुरू की गयी।

सबकी जुबान पर एक ही रट थी - राजकुमारी मुजरिम है! उन्होंने घोर अपराध किया है, इसकी सजा उन्हें मिलनी चाहिए। कई लोगों में फुसफुसाहट चल रही थी- 'देख लेना, राजकुमारी को कोई सजा-वजा नहीं मिलने वाली, ये प्रपंच प्रजा को बेवकूफ बनाने के लिए रचा गया है। कोई राजा अपनी बेटी को थोड़ी सजा देगा?'

कई बड़े-बड़े दावे ठोकने लगे- 'राजा रोमान सत्यनिष्ठ, ईमानदार और न्यायप्रिय राजा हैं। वे कभी मुजरिमों में भेद नहीं करते और आज भी वे जो निर्णय लेंगे, वह सही ही होगा।'

इस तरह तमाम भविष्यवाणियाँ लोगों द्वारा की जाने लगीं।

'महाराज, राजकुमारी ने एक लुटेरे की जान बचायी है, इस अपराध के लिए उन्हें कड़ी से कड़ी सजा मिलनी चाहिए।' जागुआ के दायें बैठे मंत्री ने कहा।

तमाम अवाजें राजकुमारी रूआ की सजा को लेकर दरबार में उठीं। ये सारी आवाजें उसके विरुद्ध थीं केवल एक ही आवाज रूआ के पक्ष में उस जमावड़े से गूँजी और वह आवाज काका जागुआ की थी।

'राजकुमारी, अपने बचाव में तुम कुछ कहना चाहोगी?' राजा रोमान ने कहा।

'हाँ, मैं मुजरिम हूँ। मैंने जुर्म किया है; एक लुटेरे को बचाने का। एक ऐसे लुटेरे को जो लुटेरा है ही नहीं। तुम लोगों ने जबरदस्ती उसे लुटेरा साबित कर दिया है। वो अपनी जान की परवाह किए बगैर कैका से लड़ा, तुम्हारा भरोसा जीतने के लिए जब कि वह कोई लुटेरा नहीं बल्कि इसी पुरवा का नागरिक है। यह पुरवा ही उसकी मातृभूमि है। क्या इतना कुछ होने के बाद भी तुमको उस पर भरोसा नहीं हुआ कि वह कोई लुटेरा नहीं बल्कि इसी धरती का बेटा है? अरे! कुछ तो शर्म करो! अब तो उसके सिर से लुटेरे का कलंक हटाओ। अब रह ही क्या गया जो उसने साबित नहीं किया है?' रूआ ने दरबार में उपस्थित लोगों को धिक्कारा।

'हाँ महाराज, राजकुमारी रूआ सही कह रही हैं। अब कौन-सी कसर रह गयी है जो उसने पूरी नहीं की। एक दैत्य जानवर से वह लड़ा सिर्फ प्रजा का विश्वास हासिल करने के लिए। महाराज, क्या अब भी आपको पुरवा के प्रति उसकी वफादारी पर संदेह है? क्या अब भी उसे प्रजा का भरोसा जीतने के लिए किसी परीक्षा की जरूरत

है?' भरी सभा में काका जागुआ खड़ा होकर ऊँचे स्वर में बोला।

दरबार में सन्नाटा छा गया, वहाँ मौजूद सभी लोगों के मुंह लटक गये, एक गहरे चिन्तन की अनुभूति कईयों के चेहरे पर उमड़ने लगी और जिनके चेहरे पर नहीं उमड़ी, वे अपने दायें-बायें देखने लगे।

'आप कुछ बोलते क्यों नहीं महाराज? क्या आपकी नजर में अब भी उसे कोई परीक्षा देने की जरूरत है? यह मत भूलिये महाराज, पिछली बार जब लुटेरों ने पुरवा पर आक्रमण किया था, तब आपको कोसी ने ही टोवा से बचाया था, जानते हैं क्यों? क्योंकि उसे लगता था कि उसके बेटे के लिए इस दुनिया में मिख्ला पुरवा से अच्छी जगह कोई नहीं। वह चाहती तो टोवा के साथ वासीन को लेकर साहोपुरम जा सकती थी परन्तु उसने ऐसा नहीं किया। बड़े शर्म की बात है महाराज कि आज यह पुरवा उसके बेटे की जान के पीछे पड़ा है। बचपन से लेकर आज तक उसे लुटेरा कहकर अपमानित किया गया। महाराज, कभी आपने सोचा है कि इससे कोसी के दिल पर क्या बीतती होगी? आखिर और कब तक महाराज? यह सब और कब तक...? याद रखना महाराज, अगर कोसी का बेटा विश्वास की इस जद्दोजहद में खो गया तो फिर कभी कोई लुटेरा मिख्ला पुरवा के न्याय पर भरोसा नहीं करेगा।' काका जागुआ का कहते-कहते कण्ठ सूख गया।

काका के इन शब्दों ने दरबार में उपस्थित लोगों की जुबान पर आधा ताला लगा दिया। अब वे सब खुसुर-फुसुर ही करते रहे- 'बात तो सही है, वासीन को जो साबित करना था, वो तो उसने कर दिया फिर अब किस बात पर झमेला?'

'दरबारीगणो, इस मामले में तुम्हारी क्या राय है?' राजा रोमान ने दरबार में उपस्थित सभी से पूछा।

'महाराज, राजकुमारी निर्दोष हैं। उन्होंने जो कुछ भी किया, सही किया। वासीन की वफादारी पर अब हमें पूरा विश्वास हो गया है।

वह संकट की घड़ी में पुरवा के साथ ही खड़ा रहेगा न कि लुटेरों के साथ।' काका के बायें बैठे एक मंत्री ने उठकर कहा।

'महाराज, अब हमें इस झमेले को खत्म कर देना चाहिए।' दूसरा मंत्री बोला- 'कैका से लड़कर वासीन ने यह साबित कर दिखा दिया है कि वह पुरवा का एक सच्चा रक्षक है।'

'सेनापति आयन, तुम कुछ कहना चाहोगे।' राजा रोमान ने कहा।

'महाराज, आप जो फैसला करोगे, मुझे स्वीकार होगा।' सेनापति आयन ने सिर झुकाकर कहा।

'मैं मानता हूँ, व्यक्ति से जाने अनजाने में गलतियाँ हो जाती हैं। वासीन को कैका से लड़ने भेजकर हमसे गलती हुई, इसके लिए मैं क्षमा प्रार्थी हूँ।' राजा रोमान ने पश्चाताप किया- 'आज के बाद कोई पुरवावासी वासीन को लुटेरा नहीं कहेगा और राजकुमारी रूआ ने कोई गुनाह नहीं किया है बल्कि उल्टे हमें गुनहगार बनने से बचाया है इसलिए उन्हें मुक्त किया जाता है।'

राजा रोमान का फैसला सुनकर रूआ और काका के चेहरे पर खुशी की लहर दौड़ पड़ी। लोगों को पश्चाताप होने लगा।

'महाराज, हमें वासीन के पास चलकर, उससे माफी मांगनी चाहिए।' एक मंत्री उठकर बोला।

'हाँ! महाराज, हमें वासीन से...।' लोगों के झुण्ड से आवाज आयी।

❖❖❖

वैद्यशाला की ओर लोगों को आते देख वैद्य जी चिन्ता में पड़ गये। सोचने लगे- 'ये लोग कहीं वासीन को मारने तो नहीं आ रहे!'

परन्तु जब पास आकर लोग वासीन के पैरों में पड़ गए, तो वैद्य जी आश्चर्य में पड़ गए कि आखिर इस प्रजा को अचानक ऐसा हो क्या गया कि कल तक जो वासीन की जान लेने पर अमादा थी, आज उसी के...।

बारी-बारी से लोग वासीन से माफी मांगने लगे। वासीन अचेत

अवस्था में था, उसे यह बिल्कुल भी एहसास नहीं हो रथा था कि आज पूरा पुरवा उसके पास चलकर, अपने किए की मांफी मांगने आया है।

वासीन की हालत को देखकर लोगों का दिल दहल गया। वे वासीन से माफी भी ठीक से नहीं माँग सकते थे सिवाय आँसू बहाने के, उनके पास इसके अलावा पश्चाताप का और कोई जरिया भी नहीं था।

'मेरे भाई, मैं तुझे कभी समझ ही नहीं पाया लेकिन आज मैं तेरे सामने हाथ फैला कर माफी की भीख माँगता हूँ।' आयन वासीन से बोला- 'तू मुझे बेशक माफ मत कर, लेकिन इन बेकसूर लोगों को माफ कर दे, एक बार तो उठ मेरे दोस्त।'

वासीन के कुछ न बोलने पर आयन ने उसे अपने हाथों में उठा लिया और चल दिया मिख्ला की ओर। उसके पीछे-पीछे पूरा पुरवा चल दिया। वहां जाकर मिख्ला के चरणों में उसने वासीन को रख दिया और मिख्ला से उसके ठीक होने की प्रार्थना करने लगा, उसके साथ-साथ लोगों का झुण्ड भी मिख्ला से वासीन के ठीक होने की प्रार्थना करने लगा- 'हे ईश्वर! हमसे भूल हुई जो वासीन को... हमारे वासीन को हमें लौटा दे।'

उस पल प्रकृति भी रोने लगी; अपने घायल बेटे को देखकर। यह खबर वृक्षों को पता चली तो वे और उनके फल-फूल अपने आंसूओं को रोक नहीं पाए। लताएं भी शोकाकुल होकर मुर्झा गयीं। आज जागुन खिला तो सही मगर उसके चेहरे से मुस्कान उड़ी हुयी थी। हू को भी मायूसी ने जकड़ लिया। पूरे मिख्ला पुरवा में मातम छा गया।

'वासीन, देखो तुम्हारा प्यार लौट आया है, एक बार आँखें तो खोलो।' रूआ बोली।

वासीन के हाथ और पैरों में लकड़ी की खपच्चियाँ बंधी थीं क्योंकि उसके शरीर की लगभग हड्डियाँ टूट चुकी थीं। उसकी हालत देखकर रूआ सिसक-सिसक कर रोने लगी।

'थोड़ा धैर्य रखो, वासीन जल्दी ठीक हो जायेगा।' वैद्य ने रूआ को ढांढ़स बंधाया।

'मैं हमेशा इससे नफरत करती रही। जब-जब यह मेरे सामने आता, मैं मुंह फेर कर निकल जाती और आज मैं खुद इसके सामने खड़ी हूँ फिर भी ये अपनी आंखें मूंदे है। वैद्य जी, तुम ही इससे कहो, एक बार तो मुझे देखे।' रूआ रोती हुयी बोली।

'मैं पूरी कोशिश कर रहा हूँ, वासीन को ठीक करने की बस आप हार न मानें।'

'मैं इंतजार करूँगी...।'

'अगर आप रोज वासीन से मिलने आयें तो शायद आपके प्यार की पुकार इसे जल्दी ठीक कर दे।'

'मैं रोज आऊँगी।'

❖ ❖ ❖

रूआ हर रोज वासीन की पसन्द का खाना लाती। उससे बातें करना चाहती, कहती- 'देखो वासीन, मैं तुम्हारी पसन्द का खाना अपने हाथों से बनाकर लायी हूँ और तुम्हारा मनपसंद फल सेब भी अपने चाबुक से तोड़कर लायी हूँ। तुम खाओगे न इन्हें?'

वासीन अचेत अवस्था में था इसलिए वह कोई जवाब नहीं पाती और रोती-रोती महल लौट जाती।

वासीन को ठीक करने के लिए रूआ ने काफी प्रयत्न किये लेकिन वह बिस्तर से तनिक भी नहीं हिला। कई दिन ऐसे ही बीत गए।

एक दिन रूआ बारिश का पानी अपने हाथों में भरकर लायी और वासीन का मुंह खोलकर पानी को मुंह में डाला फिर अपने होठों को वासीन के होठों से मिलाकर हवा देने लगी ताकि पानी उसके मुंह से अन्दर जा सके। शायद इससे वासीन की तबीयत पर कोई फर्क पड़ जाये, यह उसने सोचा।

13.

साहोपुरम में,

'लाऊ मेरे दोस्त, बहुत दिनों बाद मिले, बड़ी खुशी हुयी, चल आ गले लग जा।' लाऊ का हाथ पकड़ कर मोरिया ने उसे अपनी ओर खींच लिया।

दोनों प्रेम से गले मिले।

'मेरा भी तेरे बिना वहाँ मन नहीं लगा, बार-बार यही सोचता, कब इस झंझट से छुटकारा मिले और कब तेरे पास आऊँ।' लाऊ बोला।

'चल बता, उस झंझट में कोई लड़की मिली जिसे तू अपना दिल दे बैठा हो।' मोरिया लाऊ के कंधे को धक्का देकर हंसकर बोला।

'एक लड़की थी, एकदम स्वर्ग की परी-सी सुंदर। उसकी तलवार इंसान को ऐसे चीरकर आगे बढ़ती जैसे हवाएं आकाश को।'

'तू उसकी वीर गाथा बंद कर, पहले ये बता कुछ बात बनी उस परी से।'

'कैसे बनती? वो अपने करीब किसी पुरुष को आने ही नहीं देती और अगर कोई गलती से आ भी जाता तो उसका सर धड़ से अलग ही मिलता। मैं तो यह तमाशा देखकर ही उसके सामने नहीं गया।'

'तू चिन्ता न कर, मिख्ला लूटने के बाद, मैं उस परी को तेरे पास ले आऊंगा।'

'सच में!' लाऊ खुशी से उछल पड़ा।

'हाँ दोस्त, मैं सच में उसे तेरे लिए ले आऊँगा।'

'मैं उसे वाकई में बहुत प्रेम करने लगा हूँ।' अपनी महबूबा की तस्वीर मन में दौड़ाते हुए लाऊ बोला।

'मैंने सुना है कि तू सरदार बन गया है और मेरे जाने के बाद तूने अजीबो-गरीब हरकतें भी कीं!'

'क्या करता, तेरे जाने के बाद मैं अकेला पड़ गया। मन ही नहीं लगता था। मैंने अपना चक्रान और तलवार भी झरने के अंदर छिपा दिये और प्रण लिया- जब तक युद्ध नहीं होगा, मैं इन्हें नहीं निकालूँगा किन्तु जब मुझे सरदार बनाया गया तब मुझे वो शस्त्र निकालने पड़े।'

उन दोनों की बातें चल रही थीं कि मचुआ उनके पास आया।

'कैसी रही तुम्हारी यात्रा लाऊ? कहीं कोई मुसीबत तो नहीं आयी?' मचुआ ने पूछा।

'दादा, यात्रा सकुशल रही।' लाऊ ने जवाब दिया।

'क्या कहा अवोलिस नगर के सरदार ने? वो हमें नए हथियार देने को तैयार है या नहीं?' मचुआ ने पूछा।

'कहने को तो न कहा मगर उसके हाव-भाव से लग रहा था कि वो जरूर किसी दुविधा में था।'

'यह सब उस कोनिया का किया धरा है। बस, एक बार उसे मिख्ला दे दें फिर देखेंगे...।' गुस्से में मचुआ ने कहा और वहाँ से चला गया।

शोमल अपने भाई लाऊ को देखने वहाँ आयी, वह लाऊ को बहुत दिनों बाद देखकर बड़ी खुश हुई मगर उसकी खुशी का ठिकाना तो तब न रहा जब मोरिया ने उसे अवोलिस नगर के सरदार की बेटी से लाऊ के चक्कर के बारे में बताया परन्तु वह थोड़ा दुःखी भी हुयी, लाऊ के प्रेम को एकतरफा देखकर।

'लाऊ, तुम्हें उस अवोलिस नगर के सरदार की बेटी से अपने प्रेम का इजहार कर देना था।' शोमल बोली।

'तुमने तो यह सब ऐसे कह दिया जैसे कि प्रेम का इजहार करना मेरे लिए बहुत आसान था! पता है, अगर मैं वहाँ गलती से भी प्रेम का इजहार कर देता तो साहोपुरम थाली में रखा केवल मेरा सर ही

आता, धड़ का अंतिम संस्कार तो वहीं हो जाता।'

'ओह! तो यह बात है फिर तो मैं स्वयं जाकर अपनी भाभी से मिलूँगी और उसे शादी के लिए राजी करूँगी।'

'फिर तो शोमल तेरे साथ मुझे भी जाना होगा अगर वहाँ तुझे कुछ हो गया तो मैं अकेला ही रह जाऊँगा।' मोरिया ने मजाक किया।

'वैसे तुम दोनों जा कब रहे हो, मेरी परी को लाने?' उन दोनों की तरफ उत्सुकता से देखकर लाऊ बोला।

'युद्ध के बाद!' मोरिया ने कहा।

वे तीनों हंसी-ठिठोली करते रहे।

❖❖❖

अगला दिन,

मोरिया और लाऊ शोमल को ढूंढते-ढूंढते झरने के किनारे आ गये। वहाँ देखा कि शोमल मछलियों को किनारे से उठा कर झरने में फेंक रही है। वे उसके पास आये। शोमल ने किसी को भी नहीं देखा और मछली फेंकने में मग्न रही।

'शोमल क्या बात है? आज तुम इतनी उदास बैठी हो। तुम्हारे चेहरे पर खामोशी शोभा नहीं देती।' शोमल के पास बैठकर मोरिया बोला।

लाऊ उन दोनों के पीछे खड़ा रहा। शोमल कुछ नहीं बोली। मोरिया कुछ सोचने लगा।

'लगता है, इस बार तुम दोनों की बातें सुनकर मैं पक जाऊँगा। तुम बातें करो तब तक मैं कहीं घूम आता हूँ।' लाऊ जानबूझ कर उन दोनों को अकेला छोड़ गया ताकि उनके मिलन में कोई व्यवधान न हो। वह बहुत दूर जाकर एक पत्थर पर बैठकर मछलियाँ फेंकने लगा।

'तुम कल चले जाओगे!' शोमल ने मोरिया से कहा।

'अरे पगली! मैं मिख्ला पुरवा से वापस भी तो आऊँगा।' पास में पड़ी मछली को झरने में फेंक कर मोरिया बोला।

'लेकिन मैं तुमसे एक पल भी अलग नहीं होना चाहती।'

'बस छः दिनों की तो बात है, चार दिन आने-जाने के और दो

दिन वहाँ युद्ध करने के। उसके बाद मैं हमेशा तुम्हारी बाहों में रहूँगा।'

'मेरा मन नहीं कहता कि तुम मिख्ला पुरवा जाओ।'

'क्या तुम चाहती हो कि हमारा साहोपुरम हमेशा कोनिया का गुलाम रहे? हमें आजादी न मिले और हम भी अपने पूर्वजों की भांति गुलामी की मौत मरें?'

गुलामी शब्द सुनकर शोमल का खून खौला- 'मैं चाहती हूँ, तुम मिख्ला लूटकर लाओ ताकि साहोपुरम आजाद हो। फिर न कोई माँ अपने बच्चे को कोनिया का पाठ पढ़ायेगी और न ही कोई बच्चा अपनी माँ से कोनिया का इतिहास जानेगा।'

मोरिया और शोमल अब आलिंगनबद्ध हो गए। शोमल मोरिया की बाहों में खुद को भूल गयी और बंद आँखों में ख्वाब सजाने लगी।

उन दोनों का प्रेम देखकर लाऊ मन ही मन प्रसन्न होने लगा। थोड़ी देर बाद शोमल ने आँखें खोलीं और मोरिया से बोली- 'मोरिया, क्यों न हम आज ही शादी रचा लें?'

'शादी का मतलब है - घर, परिवार और तमाम जिम्मेदारियाँ। और मेरे पास इन सभी के लिए अभी वक्त नहीं है। कल मुझे युद्ध पर जाना है। हाँ, उसके बाद हम जरूर शादी कर लेगें फिर हम नन्हे-मुन्हे बच्चे पैदा करेंगे।

'बच्चे!' शोमल शर्मायी।

'हाँ बच्चे! बच्चे ही तो दो प्रेमियों के प्रेम की सच्ची निशानी होते हैं क्योंकि उनमें दोनों का प्यार बसा होता है।'

'तुम सही कहते हो, बच्चे दो प्रेमियों के प्यार से बनते हैं। हम भी अपने बच्चों में प्यार भरेंगे।'

'अब फिर से अपना चेहरा मत लटकाना, नहीं तो मैं तुमसे शादी नहीं करूँगा।' मोरिया ने शोमल की ठुड्डी को पकड़कर कहा।

'ठीक है, मैं दोबारा ऐसा चेहरा नहीं बनाऊँगी। क्या मैं तुम्हारे साथ युद्ध में चल सकती हूँ?'

'नहीं, मैं टोवा काका का इतिहास दोहराना नहीं चाहता। पिताजी

बताते हैं- टोवा काका का पूरा परिवार उस मिख्ला पुरवा ने निगल लिया था, मैं नहीं चाहता वह मेरे परिवार को भी निगले।'

'रात होने वाली हैऽऽऽ।' लाऊ ने चिल्लाकर उन्हें चेताया।

वे दोनों प्यार में इस कदर डूबे थे कि उन्हें दिन और रात की सुध ही न रही।

'ठीक हैऽऽऽ!' मोरिया ने लाऊ को चलने का इशारा किया।

लाऊ टहलता-टहलता उनके पास आया। अब वे तीनों अपने घोड़ों पर सवार हुये और चल पड़े साहोपुरम की ओर।

'यार, तुम्हारी बातों की सीमा देखकर मैं कभी-कभी सोचता हूँ, काश! मेरे साथ वो परी होती तो मैं भी तुम्हारी तरह इश्कबाजी में डूबा रहता। कितना अच्छा लगता!' लाऊ अपनी प्रेमिका के ख्याल में डूबा।

'हा! हा!' शोमल हंसी- 'मैं भी चाहती हूँ लाऊ, तुम इश्कबाजी करो। इश्क है ही इतनी खूबसूरत चीज जिसको हो जाये, उसकी सूरत और सीरत ही बदल देती है।'

'शोमल, मुझे लगता है, लाऊ अवोलिस की परी के वियोग में है तभी इसका एक-एक दिन साल की तरह गुजर रहा है।' मोरिया बोला।

'मोरिया, तुम सही कहते हो, अब हमें अवोलिस की परी को लाना ही होगा।' शोमल ने चुटकी ली।

इस तरह वे तीनों आपस में मजाक करते-करते आगे बढ़े। उन्होंने कुछ ही दूरी तय की कि इतने में लाऊ को अचानक अपनी तलवार याद आयी जिसे वह झरने के किनारे भूल आया था। वे तीनों अब वापस लाऊ की तलवार लेने झरने की तरफ चल दिये। झरने के पास जाकर लाऊ ने घोड़े से उतरकर तलवार उठाई और फिर वापस घोड़े पर बैठ गया। वे झरने से थोड़े आगे निकले कि उनको बंदरों की 'खी-खी' की आवाज सुनाई दी। वे रुके और इधर-उधर देखने लगे।

'वो देखो! बेचारे मगरमच्छ को बंदर कैसे तंग कर रहे हैं। चलो चलकर उस मगर की मदद करते हैं।' शोमल को मगर पर तरस आया।

'बंदरों का तो काम ही दूसरों को तंग करना है, चलो हम अपने रास्ते आगे बढ़ते हैं।' लाऊ ने शोमल की बात को नजरअंदाज करना चाहा।

'लाऊ, अगर मगर की जगह बंदर तुम्हें तंग करते तो...?' शोमल ने व्यंग्योक्ति की।

लाऊ शोमल की बात सुनकर चुप हो गया। वह मन ही मन कहने लगा- 'शोमल बात तो सही कह रही है, मगर को इस मुसीबत में अकेला छोड़कर जाना ठीक नहीं है।'

लाऊ ने मोरिया से कहा- 'यार, चल उस मगर के पास चलते हैं, देखें तो सही बड़े भाई के क्या हाल हैं?'

'चल देखते हैं, कहीं बन्दरों ने बेचारे की हालत तो खस्ता नहीं कर दी।' मोरिया ने घोड़े की लगाम खींचकर, उसे मगर की ओर दौड़ाया।

जब वे तीनों मगर के नजदीक पहुंचे तो देखा कि बन्दरों ने उसे चारों ओर से घेर रखा है, वे बारी-बारी से उस पर पत्थर बरसा कर उससे खेल रहे हैं। कभी-कभार जब मगर मुंह फाड़कर बंदरों पर झपटता तो उसे कुछ हासिल नहीं होता सिवाय अपने दांतों पर पत्थर खाने के। इस मशक्कत में उल्टे उसने एक-दो दांत गवा दिए लेकिन वह बंदरों का कुछ नहीं बिगाड़ पाया। मगर की यह हालत देख मोरिया को दया आयी और उसने सारे बंदर भगा दिए।

'मगर भाई, तुम्हारे लिये क्या जल कम पड़ गया था जो राज करने जमीन पर चले आये!' मोरिया ने मगर से कहा।

'जरूर इस शैतान मामू ने बंदरों को खाने की कोशिश की होगी! उसी लालच से यह मुसीबत में फंसा है।' लाऊ मगर की ओर अंगुली करते हुए मोरिया से बोला।

'अरे बड़े भाई, लालच बुरी बला है, कम से कम इतना तो समझ लेते।' ये सब बातें मोरिया बडे ही प्यार से कह रहा था और मगर मोरिया की इन बातों को ऐसे कान लगा कर सुन रहा था मानो उसके भेजे में सब कुछ जा रहा हो।

'तुम लोग भी न उसे परेशान करने के सिवाय कुछ नहीं कर रहे।' इतना कहकर शोमल मगर की तरफ चल दी।

'रुको शोमल! यह एक खूंखार जानवर है, इसे पानी में छोड़ना इतना आसान नहीं जितना तुम समझ रही हो।' मोरिया शोमल को रोकने उसके पीछे चला।

परन्तु शोमल नहीं रुकी। उसने मगरमच्छ के पास जाकर उसे छूना चाहा कि मगर उसे खाने झपटा तभी मोरिया ने पास पड़े एक मोटे लक्कड़ को मगर के मुंह में ठूंस दिया और शोमल का हाथ पकड़कर उसे पीछे किया। मगर ने लक्कड़ के दो टूक कर दिये।

'मैंने कहा था न, यह एक खूंखार जानवर है, हम इस पर कितना ही तरस क्यों न खा लें लेकिन यह...। चलो अब घर चलते हैं, रात हो चुकी है।' मोरिया ने शोमल की नादानी पर गुस्सा होकर उसे डांट लगायी।

'तुम जाना चाहो तो जाओ लेकिन मैं तब तक नहीं जाऊंगी जब तक इसे पानी में न छोड़ दूँ।' शोमल ने हठ किया।

'ठीक है।' मोरिया ने अपने गुस्से को शांत किया- 'लेकिन इस बार मैं इसे अपने तरीके से पानी में छोडूंगा।'

शोमल ने सिर हिलाकर हामी भरी।

'लाऊ, चल कोई नाव ढूँढ़ते हैं ताकि इस शैतान मामू को उस पर चढ़ा कर, पानी में छोड़ सकें।' मोरिया ने कहा।

वे इधर-उधर नाव की खोज में नजरें दौड़ाने लगे। लाऊ को काफी दूर जंगल में एक नाव नजर आयी।

'मिल गयी नाव, बस थोड़ा पैरों को कष्ट देना पड़ेगा। देख वो रही।' घने जंगल की ओर इशारा करते हुए लाऊ बोला।

'चल, फिर देरी किस बात की, अभी उसे लेकर आते हैं।' मोरिया ने कहा।

'और शोमल!' लाऊ बोला।

'इसे भी साथ ले चलते हैं, इसका कोई भरोसा नहीं, कहीं हमारे

जाने के बाद फिर से नादानों जैसी हरकत करने लग जाए!' मोरिया ने शोमल की ओर देखकर कहा।

तीनों घोड़ों को वहीं छोड़कर पैदल-पैदल जंगल की ओर चल दिये। जब वे नाव के पास पहुंचे और नाव को सही सलामत देखा तो बड़े प्रसन्न हुए फिर जैसे ही मोरिया ने नाव को हाथ लगाया, पीछे से एक सनसनाता तीर उसकी ओर आया। मोरिया ने तीर की सरसराहट सुन कर, उसे पीठ में घुसने से पहले ही पकड़ लिया। उसने तीर की दिशा में पीछे मुड़ के देखा तो बहुत सारे आदिवासी खड़े थे।

'लाऊऽऽऽ, तलवार फेंक!' मोरिया चिल्लाया।

लाऊ ने झटाक म्यान से तलवार निकाली और मोरिया की तरफ फेंकी। मोरिया ने तलवार पकड़ी और उसकी धार को घूरा फिर अपनी तीखी नजर से आदिवासियों को देखने लगा। आदिवासी उस पर तीर छोड़ने के लिये उत्सुक थे।

'तुम दोनों मेरे पीछे हो जाओ।' मोरिया ने शोमल और लाऊ से कहा- 'लगता है, आज इनकी पूरी प्रजाति मेरे हाथों विलुप्त होना चाहती है।'

मोरिया ने फिर से तलवार की धार को देखा और उससे कहा- 'चल तैयार हो जा, आज खून से नहाने के लिए।'

इससे पहले कि वहाँ कुछ होता, आदिवासियों का सरदार आ टपका। उसने मोरिया को देखते ही पहचान लिया कि यह वही व्यक्ति है जिसने हमारे सरदार को मारा था और हमारे कबीले को नुकसान पहुंचाया था। वह आदिवासी सरदार मन में सोचने लगा- 'इससे फिर पंगा लिया तो इस बार बचे आदिवासी भी मारे जायेंगे।'

उसने तुरन्त आदिवासियों को वहाँ से टरकने को कहा। सारे आदिवासी अपने सरदार का आदेश पाकर नाव वहीं छोड़कर भाग गये। यह देखकर लाऊ आश्चर्य में पड़ गया। उसने मोरिया से आदिवासियों के भागने की वजह पूछी- 'मोरिया, ये सब तुझे देखकर भाग क्यों गये?'

मोरिया ने लाऊ को इसका राज बताया फिर वे तीनों वहाँ से नाव को ले आये और उसे मगर के पास रख दिया।

'चल खड़ा हो, तुझे वापस तेरी दुनियाँ में पहुँचाता हूँ फिर तू वहाँ जी भर के शिकार करना, तुझे कोई परेशान नहीं करेगा।' मगर के करीब जाकर मोरिया बोला।

मगरमच्छ, शोमल की तरह मोरिया पर भी झपटा लेकिन मोरिया ने नाव को उठाकर एक छोर मगरमच्छ के नीचे घुसेड़ दिया और दूसरा छोर हाथ से पकड़ लिया और फिर रेत पर नाव को झरने की ओर ढकेलने लगा ताकि मगर को पानी में सही-सलामत छोड़ सके। मगर मोरिया को खाने के लिए नाव के दूसरे छोर की ओर बढ़ा। उसे अपनी ओर आते देख मोरिया नाव को और तेजी से ढकेलने लगा। जैसे ही मगर मोरिया वाले छोर पर आया, मोरिया ने जोर के धक्के के साथ नाव झरने में कुदा दी।

'अलविदा बड़े भाई, फिर कभी मौका मिला तो जरूर मिलेंगे और हाँ, मेरे साथ की गयी नाव यात्रा भूल मत जाना, अपने नन्हे-मुन्हे बच्चों को हमारी कहानी जरूर सुनाना।'

मगरमच्छ नाव के साथ हिचकोले लेते हुए चला जा रहा था। उसकी मोटी-मोटी आँखें मोरिया को घूर रही थीं।

14.

मिख्ला पुरवा में,

राजा रोमान ने सारे पुरवा वासियों को रणभूमि में इकट्ठा किया।

'सब लोग अपने-अपने हथियार सजा लो। हमारे पास केवल दो दिन बचे हैं। इन दो दिनों को हमें अपनी जिंदगी के आखिरी दिन समझ कर जीना है।' राजा रोमान ने मिख्ला पुरवा के लोगों में युद्ध में मर मिटने की उमंग पैदा की।

'महाराज की जय हो...।' पुरवा वासियों ने आवाज लगायी।

'मिख्ला का जन्मदिवस लुटेरों की बलियों से मनाया जायेगा।' आयन ने अपना भाला हवा में उठाकर कहा।

'सेनापति आयन की जय हो...।'

'इस बार दुश्मन को ऐसी मौत देंगे कि उनकी आने वाली पुश्तें मिख्ला की ओर आँख उठाने से पहले कई बार सोचेंगी।' आयन ने एक और बार भाला हवा में तानकर कहा।

'सेनापति की जय हो...।'

काका से भी रहा न गया, वे आगे आकर दहाड़कर बोले- 'इस दुनिया में सिर्फ दो ही माँ हैं, एक वो जो बच्चे को कोख से जन्म देती है और दूसरी वो जो उसे मृत्यु के बाद अपनी गोद में सुलाती है। हमें इन दोनों माँओं की लाज रखनी है।'

'जागुआ काका की जय हो...।'

पूरी रणभूमि जयकारों से गूंज उठी।

❖❖❖

रूआ महल में कम, वैद्यशाला में वासीन के साथ अधिक समय बिताया करती। उसके चेहरे की रंगत उड़ी रहती। राजा रोमान भांप गए कि यह सब असर वासीन के प्रेम का है। एक दिन जब रूआ वैद्यशाला से महल लौटी तो राजा ने उसे अपने पास बुलाया।

'मैं जानता हूँ, तुम वासीन से बेहद प्रेम करती हो। मैं तुम दोनों के बीच कभी नहीं आऊंगा लेकिन बेटी, तुम यह भी जानती हो कि इस वक्त दुश्मन हमारे सिर पर खड़े हैं, क्या तुम मिख्ला को बचाने में हमारा साथ नहीं दोगी?'

'पिताजी, आपने कैसे सोच लिया कि मैं मिख्ला की रक्षा नहीं करूँगी? मिख्ला मुझे मेरी जान से ज्यादा प्यारा है, उसकी रक्षा में मैं अपने प्राण न्यौछावर कर दूंगी।'

'बस, यही सुनना था तुम्हारे मुंह से।'

'मगर मैं युद्ध से पहले एक बार और वासीन को देखना चाहती हूँ?'

राजा रोमान ने सिर हिलाकर अनुमति दी।

15.

साहोपुरम में,

शाम ढलने को आयी, सूरज अपनी बिखरी किरणें हौले-हौले समेटने लगा, इसी क्षण का इंतजार पूरा साहोपुरम कर रहा था कि जल्दी से शाम हो जिससे वे युद्ध के लिए रवाना हो सकें। सरदार होने के नाते मोरिया ने अपनी पूरी टोली पर सरसरी नजर दौड़ाना शुरू किया। मोरिया के पास उस वक्त लाऊ खड़ा था। मोरिया लाऊ से बोला- 'मैं आखिरी बार शोमल से मिल आता हूँ, न जाने वो कब से मेरे युद्ध में जाने को लेकर गम के आँसू बहा रही होगी?'

यह कहकर मोरिया अपने घोड़े से उतरा और चल पड़ा शोमल के घर की तरफ। जब वह शोमल के घर में घुसा तो उसने देखा कि शोमल सच में उसकी जुदाई के एहसास भर से ही, घर के एक कोने में गुट्ट-मुट्ट होकर आँसू बहा रही थी।

'मैं मिख्ला पुरवा जा रहा हूँ, क्या तुम मुझे विदा करने नहीं आओगी?' मोरिया शोमल के पास जाकर बैठा और उसके मुख को अपने दोनों हाथों से ऊपर उठाकर, उसकी आँखों में आँखें डालकर बोला।

'मैं भी तुम्हारे साथ मिख्ला पुरवा चलूँगी।' यह कहकर शोमल मोरिया से लिपट गयी।

'तुझे वहाँ जाने की क्या जरूरत है, मैं खुद तेरे लिए मिख्ला को तोहफे में ले आऊँगा।' यह कहते हुए मोरिया ने शोमल के आँसू पौंछे फिर एक हल्का-सा चुम्बन उसके माथे पर दिया। शोमल भी उसको चूमती हुई, उसकी बांहों से लिपट गयी। उसका मन मोरिया को एक

पल के लिए भी अकेला छोड़ने को तैयार न था लेकिन फिर भी मन-मारकर वह मोरिया को विदा करने आयी।

लाऊ मोरिया के घोड़े को उसके पास ले जाकर बोला- 'सरदार, सूरज अस्त हो गया है, हमें शीघ्र निकलना चाहिए।'

मोरिया घोड़े पर बैठा। चलने से पहले एक बार फिर उसने गर्व के साथ लुटेरों की टोली को देखा और जीत की अनुभूति करते हुए लुटेरों से कहा- 'साहोपुरम के वासियो, जिन गुलामी की बेड़ियों ने हमें सालों से जकड़े रखा है, अब वक्त आ गया है, उन्हें तोड़कर आजाद होने का, हमारे पूर्वजों का वचन, अब जल्द ही पूरा होगा। जय साहो! साहोपुरम!'

'जय साहो!...।' लुटेरों ने अपनी तलवारें हवा में तानकर गर्जना की।

16.

मिख्ला पुरवा में,

दो दिन बाद, लुटेरे नौकाओं से समुन्दर पार कर मिख्ला पुरवा के तट पर आ गये सिर्फ उनका आक्रमण करना ही बाकी था। लुटेरों की सम्पूर्ण टोली का नेतृत्व मोरिया कर रहा था। टोली में कई छोटी-छोटी टुकड़ियाँ बनी थीं जिनके अलग-अलग काम निर्धारित थे। उनका नेतृत्व भी अलग-अलग लोग कर रहे थे, उनमें से एक टुकड़ी का नेतृत्व साबू कर रहा था। उस टुकड़ी का काम मिख्ला पुरवा के वृक्ष-मार्गों को ध्वस्त करना था।

'साबू काका, तुम अपनी टुकड़ी को वृक्ष-मार्ग ध्वस्त करने में लगाओ, हम तब तक मिख्ला पुरवा की सेना से लड़ते हैं।' मोरिया ने कहा।

'तुम मेरी ओर से निश्चिंत रहो, मेरी टुकड़ी अपना काम पूरा करके तुम्हारे साथ मिल जायेगी।' साबू ने अपनी टुकड़ी की ओर से मोरिया को आश्वस्त किया।

मोरिया ने अपने पिता की ओर देखा। उनके चेहरे पर खुशी थी, यही सोचकर कि इस बार वे खाली हाथ नहीं लौटेंगे; मिख्ला उनके साथ होगा।

'पिताजी, आप मिख्ला पुरवा के प्रत्येक मार्ग से भली-भांति परिचित हो। मैं चाहता हूँ, हमारी टोली आप के निर्देशन में चले।' मोरिया अपने पिता से बोला।

'मैं इसके लिए तैयार हूँ।' सिर हिलाते हुए मचुआ ने कहा-

'लेकिन हाँ! एक बात जरूर याद रखना, इस युद्ध में चाहे जो भी हो, हमें खाली हाथ नहीं लौटना है।'

मोरिया ने सिर हिलाकर सहमति दी।

इसके बाद मोरिया ने टोली को आगे बढ़ने का हुक्म दिया।

'जय साहो! साहोपुरम' के नारे की दहाड़ के साथ, लुटेरों ने घोड़ों की लगामें खींचीं और दौड़ पड़े सीधे मिख्ला की ओर।

जैसे ही मिख्ला के पहरेदार ने ओलम से देखा कि लुटेरे समुन्दर पार कर मिख्ला की ओर दौड़े चले आ रहे हैं, उसने तुरन्त ढोल बजाकर पुरवा वासियों को युद्ध के लिए सचेत कर दिया। ओलम मिख्ला पुरवा का दूरदर्शी यंत्र है। ढोल की आवाज सुनते ही पुरवा के सारे लोग अपने-अपने घरों से धनुष-भाले निकाल लाए। सैनिक अपने हथियार लेकर युद्ध के लिए तैयार हो गये। लुटेरों को मिख्ला तक पहुंचने में अभी वक्त था। पुरवा वासी एकजुट होकर, युद्ध में जुटने से पहले वैद्यशाला पहुंचे। अब तक वासीन हर एक पुरवा वासी के दिलों पर छा चुका था, कैका से लड़ने की उसकी वीरता का किस्सा पूरे पुरवा में मशहूर था। वह नौजवानों से लेकर बूढ़ों तक के लिए साहस की एक मिसाल बन चुका था। सारे पुरवा वासी उसे अपना आदर्श मानने लगे थे। आज इसलिए वे सब युद्ध करने से पहले वासीन से मिलने आये। राजा रोमान और सेनापति आयन भी उनके साथ आये।

'दोस्त, तुम्हारा साहस हमें प्रेरणा देता है, आज हम सब उसी प्रेरण ा से लुटेरों का सामना करेंगे।' आयन ने वासीन के हाथ पर अपना हाथ रखकर कहा।

'वासीन, हमने तुझे हमेशा गलत समझा लेकिन आज हम सभी के भीतर लुटेरों से युद्ध करने का जो साहस पैदा हुआ है, वह सब तुझसे ही प्रेरित होकर हुआ है। देखना, आज पुरवा का हर एक वासी, वासीन बनकर लड़ेगा।' राजा रोमान ने वासीन के पास जाकर कहा।

'हाँ! हम सब वासीन बनकर लड़ेंगे।' लोगों की एक साथ आवाज

गूंजी फिर वे सब युद्ध का मोर्चा संभालने निकल पड़े।

रूआ भी वासीन को देखने चेटवा पर आयी। वासीन लकड़ी के पलंग पर बेहोशी की अवस्था में लेटा था। रूआ ने उसके पास आकर कहा– 'मैं नहीं जानती, मैं इस युद्ध में बचूंगी या मरूंगी? यदि युद्ध से सलामत बची तो हमेशा के लिए तुम्हारे पास लौटकर आ जाऊँगी।'

यह कहकर रूआ ने वासीन के होठों को चूमा और फिर चेटवा पर बैठकर युद्ध के लिए निकल पड़ी।

लुटेरों के मिख्ला पुरवा में प्रवेश करते ही घमासान युद्ध प्रारम्भ हो गया। रूआ ने अपनी पीठ पर बंधी टोकरी से अपने बीस फुट लम्बे चाबुक को निकाला और कूद पड़ी युद्ध में लुटेरों का सामना करने। वह चाबुक से इस कदर लुटेरों पर प्रहार करती कि वे समझ ही नहीं पाते कि चाबुक से बचें कैसे! और इसी नसमझगी के चलते, वे चाबुक की चपेट में आकर अपने सिर धड़ से अलग करवाते गए। लुटेरों ने ऐसा चाबुक पहले कभी नहीं देखा था। रूआ ने चाबुक के बल पर लुटेरों के छक्के छुड़ा दिये। उनके दिलों में चाबुक का आतंक पैदा हो गया। अब तो आलम यह हो गया कि लुटेरे रूआ के सामने आने से ही कतराने लगे। वह लुटेरों की टोली में घुस कर उनको ढ़ेर करती गयी।

आयन ने हाथों में तीन भाले ले रखे थे, वे भी एक से एक लम्बे। वह एक भाले से फेंक कर प्रहार करता और बाकी दो को हाथों में पकड़कर लुटेरों के परखच्चे उड़ाता।

उधर, राजा रोमान अपने ब्रम्हान से एक साथ चार-चार तीर छोड़कर लुटेरों की टोली को छितर-बितर करने में लगे थे। काका जागुआ इसमें उनका सहयोग कर रहा था। उन दोनों ने थोड़े ही समय में बहुत सारे लुटेरों का सफाया कर दिया। कहने को तो काका जागुआ काफी बूढ़ा हो चुका था मगर फिर भी इस युद्ध में वह राजा रोमान की ढ़ाल बनकर, उनकी लुटेरों से रक्षा कर रहा था।

लुटेरों में, उनका सरदार मोरिया अपने चक्रान से मिख्ला पुरवा के लोगों के चिथड़े उड़ाता हुआ मिख्ला की ओर बढ़ रहा था। उसका जिगरी यार लाऊ इसमें उसका साथ दे रहा था। उन दोनों ने युद्ध में ऐसा कत्लेआम मचाया कि पुरवा के लोगों में उनके नाम की दहशत फैल गयी लेकिन जैसे ही पुरवा के लोगों को मिख्ला की रक्षा और वासीन की वीरता का ख्याल आता, वे जोश से भर जाते और उसी जोश में वे जा भिड़ते सीधे मोरिया और लाऊ से।

चारों दिशाओं में युद्ध का सिलसिला फैलता गया। एक के बाद एक लोग कटते गये, मरते गये, पुरवा की जमीन को अपने लहू से लाल करते गए। तमाम वृक्ष, फूल-पत्ती अंधाधुंध तीरों की बरसात के भेंट चढ़ते गये। अनेक चेटवा और घोड़े भी इस बरसात में भीगने से खुद को बचा नहीं पाए और उनके भी क्षत-विक्षत होते शरीरों का पुरवा की धरती पर अंबार लग गया। इस रक्त-रंजित युद्ध ने मिख्ला पुरवा के हवा मण्डल में ऑक्सीजन के साथ हीमोग्लोबिन भी शामिल कर दिया।

युद्ध में कई बार जब लुटेरे अपने घोड़ों से नीचे गिर जाते तो चेटवा उन्हें चीर-फाड़ देते। चेटवा भी गुस्से में थे क्योंकि लुटेरों ने उनके परिवार के सदस्यों को जो मारा था। पूरा का पूरा चेटवा परिवार इस युद्ध में मिख्ला पुरवा की ओर से लड़ रहा था।

वक्त चक्र के मुताबिक शाम हो चुकी थी परन्तु युद्ध अभी भी जारी था। सारे पुरवा वासी मुड़कर मिख्ला की ओर देखने लगे, वह अपने छोटे रूप में ही रहा। जागुन अभी भी मुस्कुरा ही रहा था। उसके साथ अब रोहिनी ने भी मुस्कुराना शुरू कर दिया। कई सालों में मिख्ला पुरवा में ऐसा एक दिन आता है जब रोहिनी और जागुन दोनों फूल साथ-साथ खिलते हैं। इस दिन को मिख्ला के जन्म दिवस के रूप में पूरा पुरवा बड़े धूमधाम से मनाता है। आज इन दोनों पुष्पों की रोशनी मिलने से मिख्ला पुरवा जगमगा उठा परन्तु पुरवा के लोगों में युद्ध के चलते कोई हर्षोल्लास की भावना पैदा नहीं हुयी। सभी

उदास थे क्योंकि उन्होंने अपने ही लोगों को अपनी आँखों के सामने दम तोड़ते देखा था और एक डर की तरंग उनके मन में कौंध रही थी कि पता नहीं वे भी जीवित बचेंगे या नहीं। इससे पहले कभी उन्होंने अपनी जिन्दगी में ऐसा रक्त-रंजित युद्ध नहीं देखा था। अगर वे आज हथियार डालते तो उनकी मृत्यु निश्चित थी इसलिए उन्होंने लड़ना ही उचित समझा, वे जी-जान से रणभूमि में डटे रहे।

मोरिया धुंआधार कत्लेआम मचाता हुआ मिख्ला की ओर बढ़ रहा था, रास्ते में उसके जामुन, देवम और मोझल आ टपके। मोरिया उन तीनों पर टूट पड़ा। वे ज्यादा देर मोरिया के सामने नहीं टिक पाए और ढेर हो गये। मोरिया आगे बढ़ता रहा।

कुछ लोग युद्ध में इस कदर डूबे थे कि उन्हें कुछ पता ही न चला कि कब शाम से रात हो गयी। वक्त चक्र के हिसाब से उस समय बेशक मिख्ला पुरवा में रात थी मगर रात में भी उजाला था, जागुन और रोहिनी साथ मिलकर दीप्तिमान हो रहे थे। उस वक्त जिधर देखो, उधर तबाही नजर आ रही थी। कईयों के हाथों से हथियार छूटने लगे क्योंकि अब उनके शरीर में लड़ने के लिए और जान नहीं रही।

रूआ की नजर अचानक मोरिया पर पड़ी। वह उसके द्वारा मचाये जा रहे कत्लेआम को देखकर अवाक् रह गयी। सोचने लगी- 'ये लुटेरा ऐसे ही पुरवा की सेना का सफाया करता रहा तो अवश्य ही मिख्ला लूट लेगा, इसे जल्द ही रोकना होगा।'

मोरिया के रास्ते में व्यवधान डालने के लिए रूआ ने अपना चेटवा उसकी दिशा में मोड़ा। मोरिया पुरवा के एक सैनिक को मौत के घाट उतारने ही वाला था कि इतने में रूआ वहाँ पहुंच गयी। उसने अपने चाबुक से मोरिया के चक्रान के प्रहार को रोक दिया।

मोरिया रूआ को देखकर चौंक गया- 'यह खूबसूरत नारी कौन है! और यहाँ क्या कर रही है! इसे तो घर के भीतर बंद दरवाजे में होना चाहिए!'

वह इतना ही सोच पाया कि इतने में रूआ ने उस पर चाबुक से वार कर दिया लेकिन वह बच गया। उसके सीने पर हल्की खरोंच आयी।

'अरे वाह! यह तो वार भी करती है! हमने तो सोचा, इसका नजरों से ही खेल कर देंगे, मगर नहीं! ये उनमें से नहीं है जो केवल नजरों से चलायी जा सके।' मोरिया ने अपने आप से कहा- 'चल कोई न मोरिया, तू इससे भी वैसे ही निपट जैसे बाकी सब से निपट रहा है।'

मोरिया रूआ से युद्ध करने लग गया। लड़ते-लड़ते रूआ की बाजू पर चक्रान से खरोंच लगी और खून बहने लगा। फिर मोरिया ने हंसकर रूआ का मजाक उड़ाया- 'जब कोई पुरुष ही मोरिया के सामने टिक नहीं पाता तो फिर तू तो एक नारी है।'

रूआ इस बात पर भड़क गयी। उसने मोरिया पर चाबुक से एक के बाद एक लगातार कई वार किये। मोरिया ने उसके वारों से बचने की खूब कोशिश की परन्तु फिर भी रूआ का चाबुक उसके सीने में आखिर एक और घाव बना ही गया।

रूआ ने अब जवाब देना उचित समझा- 'शायद तू मेरे बारे में ठीक से जानता नहीं।'

'और जानने की जरूरत भी नहीं क्योंकि आज मैं तेरे इस पुरवा के इतिहास के साथ तेरा भी इतिहास मिटा दूँगा।'

'तू मिटायेगा हमारा इतिहास। पहले खुद को मिटने से बचा सके तो बचा।' रूआ ने मोरिया पर अंधाधुंध वार करने शुरू कर दिये मोरिया भी कहाँ रुकने वाला था, वह भी उस पर टूट पड़ा।

❖❖❖

अगला दिन दोपहर का वक्त,

वैद्यशाला में वासीन की आँखें पुरानी और कुछ नई यादों के साथ खुल गयीं। उसने खुद को लकड़ियों की खपच्चियों के बीच बंधा पाया। उसने इधर-उधर करवट बदलने की कोशिश की ताकि वह पलंग से नीचे आ सके। बहुत कोशिशों के बाद वह करवट बदलने

में सफल रहा। वह पलंग से नीचे गिर गया। पलंग के पास कुछ सेब रखे थे। उसकी नजर उन सेबों पर पड़ी। सेब वासीन का मनप्रिय फल है, वह समझ गया कि इनको अवश्य ही रूआ लायी होगी...। वासीन अब धीरे से खड़ा हुआ और दरवाजे के पास गया। उसने दरवाजे को हल्का-सा धक्का देकर खोला। बाहर का नजारा देखा तो वह दंग रह गया। इतना खून-खराबा उसने पहले कभी नहीं देखा था। चारों तरफ हथियारों के टकराने की आवाजें सुनायी दे रही थीं। जिधर देखा उधर हाहाकार मचा था। वासीन सोच में पड़ गया कि आखिर ये सब हो क्या रहा है! इस युद्ध ने तो मिख्ला पुरवा का प्रतिबिम्ब ही पलट दिया!

'हे मिख्ला! मेरे ईश्वर! मैं नहीं जानता कि मुझे किसने बचाया और क्यों? परन्तु मैं इतना अवश्य समझता हूँ कि आज मेरे जिंदा होने के पीछे जरूर कोई वजह है। हे ईश्वर! मुझे इतनी ताकत दे कि मैं अपने पुरवा को खत्म होने से बचा सकूँ।' वासीन ने आँख मूँद कर आकाश में मिख्ला के प्रतिबिम्ब से प्रार्थना की।

थोड़ी देर बाद वैद्यशाला के जिस कक्ष में वासीन रहता था, उसके रोशनदान से फड़फड़ाहट की एक आवाज आयी। वासीन ने अंदर जाकर देखा तो रोशनदान पर हू बैठा था। वह अपने पंजों में एक बड़ा-सा रस्सा दबाए था। वासीन हू के पास गया और उससे रस्सा लिया। पलंग के पास जो सेब रखे थे, उनमें से कुछ सेब उसने हू को खिलाए और फिर उसकी गर्दन के बालों में हाथ फेरकर, उसे उड़ा दिया। वासीन ने मिख्ला को धन्यवाद दिया- 'शुक्रिया मेरे ईश्वर! मैं समझ गया तू मेरे साथ है। अब मैं जरूर पुरवा को बचा लूंगा।'

वासीन अब कक्ष से बाहर निकल कर युद्ध में जाने ही वाला था कि इतने में वैद्य ने कक्ष में प्रवेश किया।

वासीन को देखकर वे हतप्रभ रह गए। उनके मन में सवाल कौंधने लगे- 'आखिर ये सब हुआ कैसे! और वो भी इतना जल्द...!'

'वासीन!' वैद्य आश्चर्य से बोले- 'यह सब कैसे हुआ?'

‘कुछ लम्हे प्यार के ऐसे होते हैं जो इंसान को मरने के बाद भी जीने नहीं देते फिर मैं तो अभी जिंदा हूँ, मुझे कैसे चैन से रहने दे सकते हैं।’ इतना कहकर वासीन दरवाजे की तरफ बढ़ा।

‘रुको, तुम इस हालत में युद्ध करने नहीं जा सकते!’

‘मैं पुरवा को लुटेरों के हाथों तबाह होते नहीं देख सकता, मेरे लिए अब यहाँ एक क्षण भी रुकना उचित नहीं।’

‘लुटेरे बहुत ताकतवर हैं, तुम इस हालत में उनका मुकाबला नहीं कर सकते।’

‘तो क्या मैं अपने ईश्वर को उन्हें ले जाने दूँ?’

‘मेरे कहने का मतलब यह बिल्कुल भी नहीं कि लुटेरे हमारे ईश्वर को हमसे छीन कर ले जायें और हम हाथ पे हाथ रखकर देखते रहें। मैं तो सिर्फ इतना कहना चाहता हूँ कि अगर तुम इस हालत में लुटेरों का सामना करोगे तो बेमौत मारे जाओगे।’

‘तो फिर मैं क्या करूँ?’

‘एक रास्ता है, अगर तुम कैका को इस युद्ध में उतार दो तो हमारी जीत सुनिश्चित है।’

‘कैका! हाँ, अब तो केवल कैका ही मिख्ला पुरवा को खत्म होने से बचा सकता है। मैं उसे युद्ध में जरूर उतारूँगा।’

वासीन ने अपने कंधे पर रस्सा टांगा और कक्ष से बाहर निकलते वक्त दरवाजे पर पीछे मुड़कर वैद्य से कहा– ‘मैं जा रहा हूँ, कैका को लाने अगर वापस न लौटूँ तो रूआ से कह देना, हम अपनी अधूरी प्रेम कहानी अगले जन्म में जरूर पूरी करेंगे।’

इतना कहकर वह कक्ष से बाहर निकलकर वैद्यशाला की छत पर चढ़ गया। वहाँ से उसने कैका को ललकारा– ‘मैं आ रहा हूँ, तुझसे एक बार फिर मुकाबला करने।’

वह छत से पीछे कूदा और चल पड़ा उसी वीरान जंगल की ओर जिसमें कैका रहता था। उसने थोड़ी ही देर में कैका को ढूंढ़

लिया। इस बार वह पहले की तरह सीधे कैका से नहीं भिड़ा बल्कि उसने अपने साथ लाए रस्से के दोनों सिरों को दो अलग-अलग पेड़ों जिनके बीच में काफी अन्तराल था, की ऊपरी शाखाओं पर बांध दिया। उसने रस्सा ढीला बांधा जो हवा में झूल रहा था। फिर उसने कैका को ललकारा- 'आ मेरे दोस्त! इस बार देखते हैं, हममें से कौन जीतता है।'

कैका झाड़ियों में घुसकर आराम से सो रहा था, वासीन की ललकार सुनकर वह जाग गया। उसने सीधा वासीन पर हमला बोला। जैसे ही कैका ने उस पर झपट्टा मारा, वासीन ने उछल कर रस्सा पकड़ा और ऊपर चढ़ गया। कैका उसे देखता ही रह गया। अब तो जब-जब कैका उस पर झपटता, वो रस्सा पकड़ के ऊपर चढ़ जाता। काफी देर तक ऐसे ही द्वंद्वयुद्ध चलता रहा। उसने कैका की नाक में दम कर दी। वासीन रस्से पर झूल-झूल कर कैका पर वार करता परन्तु कैका जब उस पर पलटकर वार करने की कोशिश करता, तो वह रस्सा खींचकर ऊपर चला जाता और कैका अपना मुंह फाड़े लाचार खड़ा उसे देखता ही रह जाता। काफी वक्त ऐसे ही बीत गया, कैका वासीन पर एक भी प्रहार नहीं कर पाया। कैका अब गुस्से में लाल-पीला हो गया। वह समझ गया कि यह मानव ऐसे हाथ लगने वाला नहीं, इससे निपटने के लिए तो कुछ अलग ही करना होगा। वह पेड़ों के बीच लटके रस्से को पकड़ने की कोशिश करने लगा। वह अपने मंसूबे में कामयाब भी हो गया। उसने रस्से को दांतों से काट दिया। इससे वासीन धड़ाम से नीचे गिर गया।

वासीन सोच में पड़ गया- 'अब कैसे निपटूँ, इस खूंखार जानवर से! अगर मैंने इसे जल्द ही काबू में नहीं किया तो मुझे इस बार जरूर अपनी जान से हाथ धोना पड़ सकता है।'

कैका उसकी तरफ दौड़ने लगा, वह कैका से जान बचाने के लिए रस्से के टूटे छोर को पकड़कर फटाक से पेड़ पर चढ़ गया और कैका

से बोला– 'माफ करना दोस्त, आज मिख्ला पुरवा की जान खतरे में है इसलिए तेरी मदद लेने आया हूँ।'

कैका पेड़ के नीचे खड़ा उसे गुस्से से घूर रहा था। वासीन ने अपनी कलाई से दोनों कड़े निकाले और दोनों हाथों में कसके पकड़कर, मुट्ठी बंद कर, पंच बना लिये फिर पेड़ से सीधे छलांग मार कैका की दोनों आँखों में बलशाली ढंग से कड़े घुसेड़ दिये। इससे कैका की आँखें फूट गयीं। वह अंधा हो गया और दर्द से कराहने लगा। वासीन कैका की पीठ पर चढ़ गया फिर उसने कैका के बालों को खींच कर उसे काबू में किया। अब वासीन उसका स्वामी और कैका उसका दास बन गया। उसने कैका को मिख्ला पुरवा की ओर दौड़ाया। रास्ते में उसने छिपाए अपने तीनों हथियार साथ ले लिये और पूरे जोश के साथ युद्ध करने निकल पड़ा।

❖ ❖ ❖

मिख्ला पुरवा मृत्यु शय्या पर लेटा अपनी अंतिम सांसें गिन रहा था। उसे एक ऐसी शक्ति की जरूरत थी जो रणभूमि में उसके लोगों में अन्तिम समय तक डटे रहने का साहस फूंक सके, उनकी टूटती सांसों को फिर से जोड़ सके। दोबारा संध्या होने में एक पहर बाकी था। पूरा का पूरा मिख्ला पुरवा बिखर चुका था फिर भी युद्ध थमने का नाम नहीं ले रहा था। एक ओर आयन और लाऊ में बराबरी का मुकाबला चल रहा था, तो वहीं दूसरी ओर रूआ भी मोरिया को बराबर की टक्कर देने में कोई कसर नहीं छोड़ रही थी। राजा रोमान और मचुआ भी आपस में एक–दूसरे को कड़ी चुनौती दे रहे थे। काका जागुआ युद्ध में काफी जख्मीं हो चुके थे मगर फिर भी अपनी अंतिम सांस तक मैदान में डटे रहने की उन्होंने कसम खा रखी थी।

मोरिया ने रूआ के चाबुक को चक्रान में फंसा कर, अपनी तलवार से उसके दो टुकड़े कर दिये थे। रूआ फिर भी आधे चाबुक से ही मोरिया का सामना करने को तैयार थी। रूआ की मौत बेशक

बहुत नजदीक थी मगर फिर भी उसके चेहरे पर मौत का जरा भी खौफ नहीं था।

काका की हालत इतनी खस्ता हो गयी कि वे घुटनों के बल टिक गए, दुश्मन की तलवार उनकी गर्दन पर रखी थी फिर भी उनके चेहरे पर निडरता झलक रही थी।

'जब तुम्हारा पुरवा ही नहीं बचेगा तो फिर तुम्हारे जीवित रहने का भी कोई प्रयोजन नहीं।' मोरिया ने बोलना जारी रखा- 'क्या सोच रही हो? कहीं अपनी मौत को सामने देखकर तो डर नहीं लग रहा?'

'असली योद्धा कभी मौत से नहीं डरता है बल्कि मौत खुद उससे डरती है।' रूआ ने प्रत्युत्तर दिया।

मोरिया खिझ गया। उसने चक्रान तेजी से रूआ की तरफ घुमाया, चक्रान रूआ तक पहुंचता, उससे पहले वासीन वहाँ पहुंच गया। उसने तुरन्त अपना धनुष ताना और एक तीर चक्रान पर छोड़ दिया। तीर लगते ही चक्रान झटके से मोरिया के हाथ से छूट गया फिर वासीन ने अपना भाला लिया और काका जागुआ की गर्दन पर तलवार टिकाए खड़े लुटेरे की ओर फेंका। भाला जाकर सीधा लुटेरे के सीने में लगा।

कैका अब तक वासीन की रग-रग से वाकिफ हो चुका था। कैका उसके इशारों पर चलने लगा। वासीन जिधर चाहता, उसके बाल उस दिशा में खींचकर उसे ले जाता। कैका इंसानों के शरीर की गंध सूंघकर, उनकी स्थिति भांप लेता है। वासीन कैका को लेकर जैसे ही मोरिया की तरफ बढ़ा, कैका ने मोरिया के शरीर की गंध सूंघ ली। अब तो कैका उसे खाने के लिए तेजी से उसकी तरफ दौड़ने लगा। मोरिया कैका को अपनी ओर आते देख सकपका गया। इतना विशाल खूंखार जानवर उसने पहले कभी नहीं देखा। पास आकर कैका जैसे ही मोरिया पर झपटा, मोरिया घोड़े से कूद गया। मोरिया तो कैका के प्रहार से बच गया लेकिन उसका घोड़ा नहीं बच पाया। कैका ने घोड़े का कचूमर कर दिया। वासीन चाहता तो कैका के हाथों मोरिया को

खत्म करवा सकता था लेकिन उसने ऐसा नहीं किया क्योंकि वह नहीं चाहता कि एक योद्धा की मौत रणभूमि में किसी जानवर के द्वारा हो इसलिए उसने कैका को काबू में किया और फिर उससे उतर कर रूआ के पास गया और उसका हाथ थामकर मोरिया को आँख दिखाकर बोला– 'हमारी रगों में इतना लहू है कि अगर इसकी नदियाँ भी बहें, तब भी कम न पड़े।'

इसके बाद वासीन काका जागुआ के पास गया और उन्हें संभाला। जब से मोरिया ने वासीन को देखा, वह एकटक उसे देखे ही जा रहा था। उसके मन में सवाल उठने लगा– 'यह दिखता तो हम लुटेरों की तरह है फिर यह इस पुरवा का वासी कैसे हो सकता है! इसके पीछे जरूर कोई राज छुपा है! खैर! मुझे इससे क्या, यह जो भी हो! हो! परन्तु इस वक्त तो यह मेरा दुश्मन है और दुश्मन, दुश्मन ही होता है।'

मोरिया और गुस्से में आकर पुरवा के लोगों को बेरहमी से मारता गया।

वासीन को युद्ध में देखकर पुरवा वासी स्तब्ध रह गए। उन्हें अपनी आँखों पर यकीन ही नहीं हो रहा था कि वे सच में वासीन को देख रही हैं। वासीन की उपस्थिति मात्र से उनमें फिर से जोश भर आया। वे चिल्ला-चिल्लाकर लुटेरों को मारने लगे। रूआ का हाल भी कुछ अजीब-सा हो गया। वो वासीन को साथ पाकर उसके प्रेम में इस कदर डूब गयी कि उसे इस बात का तनिक भी ख्याल न रहा कि वह इस वक्त युद्ध का हिस्सा है। उसे तो यह भी पता नहीं कि वह किधर जा रही है, उसे तो बस इतना ही एहसास है कि वासीन उसका हाथ पकड़े, उसे कहीं ले जा रहा है और वह उसकी सेविका बनी, उसका अनुकरण कर रही है।

'मुझे तुझ पर विश्वास था वासीन कि एक दिन तू मिख्ला का सर्वश्रेष्ठ रक्षक बनकर दिखायेगा और आज तूने यह कर दिखाया। अब मैं सुकून से मर सकूंगा। मुझे तुझ पर पूरा भरोसा है कि तेरे होते, कोई मिख्ला को हमसे नहीं छीन सकता।' काका ने दर्द से कराहते हुए कहा।

‘तुम मुझे छोड़ कर नहीं जा सकते, मैं आज तक तुम्हारे ही साये में पला-बड़ा, मुझे आगे भी तुम्हारे साये की जरूरत है।’ वासीन बोला।

‘अब तुम बड़े हो गए हो, तुम्हें रूआ के साथ एक नई जिन्दगी शुरू करनी है। मेरा मिख्ला पुरवा के साथ बस यहीं तक का साथ था। अब तुम जाओ, लुटेरों से मिख्ला की रक्षा करो। मैं चैन की नींद सोना चाहता हूँ।’

‘मजाक अच्छा कर लेते हो, काका!’ वासीन ने थोड़ा मुस्कुराकर कहा।

‘पीछे देखो वासीन!’ काका ने जोर से कहा।

वासीन ने तुरन्त पीछे मुड़कर धनुष पर तीर साधा और उसकी ओर आते लुटेरे को मार गिराया। राजा रोमान और सेनापति आयन ने भी वासीन को देख लिया। वे खुश हुए। आज आयन को अपने पिता द्वारा कही बात याद आयी- ‘वासीन की मातृभूमि मिख्ला है, वह इसकी रक्षा के लिए अपने प्राणों की आहूति देने में कभी पीछे नहीं हटेगा।’

काका ने अब एक दबी मुस्कान के साथ अपनी आँखें बंद कर लीं। वासीन रोने लगा। रूआ ने उसके आँसू पौंछते हुए कहा- ‘मिख्ला की जान खतरे में है, हमें मोरिया को रोकना होगा।’

अब वासीन और रूआ दोनों कैका पर चढ़ गए और लुटेरों का एक-एक कर सफाया करने लगे। कैका फिर से अपनी पर आ गया। उसके सामने जो कोई भी लुटेरा आता, वह उसके साथ उसके घोड़े को भी खत्म कर देता।

लुटेरों में कैका का आतंक फैल गया। वे उसे देखकर दूर भाग खड़े होते। उधर, राजा रोमान ने साबू को मौत के घाट उतार दिया। आयन और लाऊ में अभी भी बराबरी का मुकाबला चल रहा था। शाम होने को आयी।

‘मोरिया, जा मिख्ला को ले आ, मैं तब तक वासीन को संभाल लूंगा।’ मचुआ ने कहा।

मोरिया अपने पिता का घोड़ा लेकर मिख्ला लेने निकल पड़ा।

वासीन कैका को रूआ के हवाले कर जमीन पर कूदा और मचुआ से युद्ध करने लगा।

मोरिया लोगों को अपने रास्ते से हटाता हुआ मिख्ला तक पहुंच गया। वह मिख्ला को देखकर बड़ा ही खुश हुआ, उसने अपने आप से कहा- 'अब हमारे साहोपुरम को आजाद होने से कोई नहीं रोक सकता।'

वह घोड़े से उतर कर मिख्ला की ओर बढ़ा, उसने जैसे ही मिख्ला को छुआ, उसके शरीर में एक अजीब-सी बिजली कौंधी, उसकी आँखों के सामने एक विचित्र दृश्य उभर आया जिसमें उसकी पीठ पर जिस तलवार का चित्र है, वह जमीन में गढ़ी है और वह उससे पीठ लगाकर अधमरी हालत में बैठा है, पेट में उसके एक तलवार घुसी हुई है, उसके कपड़े फटे हुए हैं और शरीर खून से लथपथ है, उसके चारों ओर लाशों के जत्थे हैं। यह दृश्य देखकर मोरिया दंग रह गया। उसने पहले कभी ऐसा दृश्य नहीं देखा था। भयभीत होकर उसने तुरन्त मिख्ला से अपना हाथ हटा लिया, हाथ हटते ही वह दृश्य उसकी नजरों से गायब हो गया।

वासीन मचुआ पर भारी पड़ रहा था, वे दोनों लड़ते-लड़ते मिख्ला के पास पहुंच गए। लाऊ और आयन भी आपस में युद्ध करते-करते वहीं पहुंच गए। देखते ही देखते राजा रोमान और रूआ भी लुटेरों का सफाया करते-करते मिख्ला की रक्षा करने उसके पास पहुंच गए। जब मचुआ ने मोरिया को मिख्ला के आगे किंकर्तव्यविमूढ़ की स्थिति में खड़े पाया तो वह चिल्लाया- 'मोरियाऽऽऽ! हमारे पास वक्त बहुत कम है, रात होने वाली है, इतना मत सोच, जल्दी से मिख्ला को उखाड़ ले।'

मोरिया ने अपनी आँखें मूंदकर झटके से मिख्ला को जमीन से उखाड़ लिया और उसे लेकर घोड़े पर चढ़ गया। वह इससे पहले कि मिख्ला को लेकर वहां से निकलता, वासीन ने मचुआ को मौत के घाट उतार दिया। पिता को मरते देख, मोरिया गुस्से से तिलमिला उठा

और वासीन को खत्म करने घोड़े से उतर गया लेकिन लाऊ ने उसे लुटेरों का मकसद- 'मिख्ला को हर हाल में साहोपुरम में लाना फिर चाहे कुछ भी हो जाए।' स्मरण कराकर ऐसा करने से रोक लिया। मोरिया जोर-जोर से चिल्लाने लगा। उसकी आवाज सुनके सभी लुटेरे उसके पास दौड़े चले आए। अब मोरिया और लाऊ युद्ध छोड़ मिख्ला को साथ लेकर समुन्दर-मार्ग की ओर घोड़ों को दौड़ाने लगे। उनके पीछे-पीछे लुटेरे भी अपने घोड़े दौड़ाने लगे।

'वासीन, ये लो ब्रम्हान और रोको इन लुटेरों को मिख्ला ले जाने से।' राजा रोमान ने अपना ब्रम्हान फेंका।

वासीन ने ब्रम्हान लपका और चेटवा पर बैठ लुटेरों का पीछा करने लगा। रास्ते में वह लुटेरों पर तीरों की बरसात करता गया। लुटेरे एक-एक कर ढ़ेर होते गये। मोरिया अभी वासीन के वारों से बचा था। शाम ढल गयी, जागुन ने अपनी किरणें समेट लीं। मिख्ला की खासियत है कि वह तभी अपना विराटरूप धारण करता है जब वह धरती को स्पर्श करता है अन्यथा वह छोटे रूप में ही रहता है। लुटेरे समुन्दर-मार्ग तक पहुंचने ही वाले थे। वासीन यह सोचकर व्यथित हुआ कि अगर मिख्ला जमीन पर न गिरा तो वह छोटे रूप में साहोपुरम पहुंच जायेगा और मिख्ला पुरवा मिख्ला बगैर हमेशा के लिए सूना हो जायेगा और फिर एक दिन दम तोड़ देगा।

मोरिया मिख्ला को लेकर समुन्दर-मार्ग की ओर निरन्तर बढ़ता ही जा रहा था। वासीन ने उसकी तरफ कई तीर छोड़े लेकिन वह हमेशा उनसे बच निकला परन्तु इस बार एक तीर मोरिया की पीठ में घुसने ही वाला था कि एकाएक उसकी नजर आकाश में मिख्ला पुरवा के प्रतिबिम्ब पर पड़ी और उसने अपना हाथ पीछे कर उस तीर को पीठ में घुसने से पहले ही पकड़ लिया और फिर पीछे मुंह कर वासीन को अपनी ताकत का एहसास करवाने के लिए तीर को हाथ से तोड़ कर हवा में फेंक दिया और आगे बढ़ गया। यह वासीन का आखिरी

तीर था। ब्रम्हान के सारे तीर खत्म हो चुके थे। वासीन अब मोरिया को देखता ही रहा; वह कुछ कर न सका।

रूआ कैका को लेकर वासीन के पीछे तेजी से दौड़ी चली आ रही थी। वासीन ने ब्रम्हान जमीन पर छोड़ दिया और चेटवा को तेजी से दौड़ाने लगा। रूआ समझ गयी कि उसे जल्द ही वासीन की मदद करनी होगी नहीं तो हमें मिख्ला से हाथ धोना पड़ सकता है। रूआ कैका को और तेजी से दौड़ाने लगी। रूआ थोड़ी ही देर में वासीन के नजदीक पहुंच गयी और जोर से चिल्लायी– 'वासीऽऽऽन।'

वासीन ने पीछे देखा और कहा– 'अच्छा हुआ रूआ तुम आ गयी।'

वासीन चेटवा से छलांग लगाकर कैका पर जा बैठा और रूआ से कैका और तेज दौड़ाने को कहा। रूआ कैका को और तेज दौड़ाने लगी। वासीन ने अपनी पीठ के पीछे लगे चाबुक को हाथ में लिया और कैका पर खड़ा होकर उसे हवा में फिराने लगा। वह जब मोरिया के नजदीक पहुंचा तब समुन्दर-मार्ग उनसे थोड़ी ही दूर रह गया था। बहुत से लुटेरे घोड़ों को नावों में चढ़ाकर साहोपुरम के लिए रवाना हो चुके थे। वासीन ने चाबुक मोरिया की तरफ घुमाया, चाबुक मोरिया से लिबड़ गया फिर वासीन ने उसे झटके से घोड़े से नीचे गिरा दिया। मोरिया को जमीन पर पड़ा देख, लाऊ ने अपना घोड़ा मिख्ला पुरवा की ओर मोड़ लिया लेकिन मोरिया ने उसे साहोपुरम जाने के लिए इशारा किया और कहा– 'मैं जल्द ही वापस लौटूंगा।'

युद्ध में जो भी लुटेरे बचे थे, साहोपुरम के लिए रवाना हो गए, लाऊ भी उनके साथ चला गया। मिख्ला पुरवा में केवल मोरिया ही बचा था।

जमीन पर गिरने के बाद भी मोरिया ने मिख्ला को हाथों में पकड़े रखा। पुरवा के दो व्यक्ति मिख्ला लेने चेटवा पर उसके पास आये लेकिन मोरिया ने दोनों को चेटवा सहित ढेर कर दिया। आयन भी उसका मुकाबला करने आगे तो बढ़ा किन्तु वासीन ने उसे रोक लिया

और खुद मोरिया का सामना करने कैका से उतरा। मोरिया और वासीन अब आमने-सामने हो गये।

'तूने मुझे रोक कर ठीक नहीं किया। अब, मैं मिख्ला तो साथ ले ही जाऊँगा, साथ में तेरे इस पुरवा को भी तबाह कर दूँगा अगर बचा सकता है तो बचा।' यह कहकर मोरिया ने मिख्ला को जमीन पर छोड़ दिया। मिख्ला जमीन पर गिरते ही अपने विराट रूप में आ गया।

'मिख्ला मेरा ईश्वर है अगर कोई मुझसे मेरा ईश्वर छीनने की कोशिश करेगा तो मैं उसका वो हश्र करूँगा कि उसकी आने वाली पुश्तें मिख्ला की तरफ आँख उठाने की भी जुर्रत नहीं करेंगी।' वासीन दहाड़ा।

उन दोनों ने अपने हथियार जमीन पर फेंक दिये और फिर आपस में मल्लों की भांति भिड़ गए। वे एक-दूसरे को उठाकर पेड़ों में इतना तेजी से मारते कि पेड़ भी उनकी टकराहट बरदाश्त नहीं कर पाते और चरमरा कर टूट जाते। पुरवा के लोग थोड़ी ही देर उन दोनों के चारों ओर इकट्ठे हो गए और उनकी घमासान युद्ध लीला देखने लगे। वासीन ने मोरिया के सीने पर ऐसा घूंसा जड़ा कि मोरिया उड़ता हुआ पेड़ में लगा। वासीन फिर उसके पास गया, वह दूसरा घूंसा उसमें जड़ने ही वाला था कि इतने में मोरिया ने घुटनों के बल बैठकर, वासीन की दायीं जांघ पर एक जोरदार घूंसा टिका दिया। वासीन के उस पैर पर खपच्चियाँ बंधी थीं, घूंसा पड़ते ही वह टूट कर बिखर गयीं। उनके टूटते ही वासीन लड़खड़ा कर जमीन पर गिर पड़ा। सब लोग वासीन-वासीन पुकार कर, उसका उत्साहवर्द्धन करने लगे। जैसे-तैसे करके वासीन ने खुद को घुटनों के बल खड़ा किया लेकिन मोरिया ने आकर उसके सीने पर कसकर लात मार दी। लात ऐसी पड़ी कि वासीन हवा में उड़ता-उड़ता वृक्ष-मार्ग पर जा गिरा। उसके हाथ-पैरों पर बंधी अब वे सारी खपच्चियाँ टूटकर चूर हो गयीं जिनके सहारे वह संभल रहा था। वासीन के मुंह से टप-टप कर खून गिरने लगा।

'उठ! बस, इतना ही दम होता है; मिख्ला पुरवा के योद्धाओं में!' मोरिया ने वासीन की गर्दन पकड़कर उसे वृक्ष-मार्ग के सहारे लगे एक पेड़ की पींड पर रगड़ते हुए ऊपर उठाकर कहा।

इतना कहने पर वासीन ने मोरिया का सिर पकड़कर बगल के पेड़ की पींड में ठोक दिया और ठोका भी इतना बुरा कि उस पींड पर मोरिया के सिर की आकृति बन गयी। मोरिया के दिमाग में सन्नाटा छा गया।

मोरिया अत्यधिक क्रोधित हो उठा, उसने वासीन को उठाकर मिख्ला में दे मारा फिर मिख्ला की एक लम्बी जटा को उसके गले में फंदे की तरह लपेट कर, उसे हवा में लटका दिया। वासीन का गला बिचने लगा। चेहरा लाल पड़ गया। वह हवा में हाथ-पैर फेंकने लगा मगर मोरिया ने उसे टांगे रखा। वासीन जैसे-तैसे उन जटाओं को तोड़कर जमीन पर गिर तो गया लेकिन अब तक मोरिया ने उसकी हालत इतनी खस्ता कर दी थी कि वह जमीन पर औंधे मुंह पड़ा ही रह गया।

'मोरियाऽऽऽ' वासीन की हालत देखकर आयन से रहा न गया और चिल्ला पड़ा, वह अपना भाला लेकर मोरिया से लड़ने चला लेकिन राजा रोमान ने उसका हाथ पकड़कर उसे रोक लिया।

'अच्छा हुआ जो इसे रोक लिया वरना इसका भी अभी काम तमाम हो जाता।' मोरिया ने आँखों की त्योरी चढ़ाकर राजा रोमान से कहा।

अब मोरिया पास में लगी रोहिनी की एक सफेद रंगदार मोटी कठोर कली तोड़ लाया और उसे वासीन के सिर पर दे मारा। कली चूर-चूर हो गयी। वासीन के सिर से खून की धारा बह पड़ी। पूरा शरीर उसका खून से लथपथ हो गया। वासीन की यह हालत देखकर लोग सहम उठे।

'मैंने कहा था न कि मुझे रोक कर ठीक नहीं किया, अफसोस कि अब तू खुद को नहीं बचा पायेगा।' मोरिया औंधे मुंह पड़े वासीन को लात से सीधा कर बोला- 'और जल्द ही मैं तेरे इस पुरवा को भी मिटा दूँगा।'

'वासीन, इसे जिंदा मत छोड़ना।' रूआ गुस्से से तीव्र स्वर में बोली।

पुरवा के सभी लोग एक स्वर में वासीन-वासीन करने लगे।

'साली भीड़ की भी अजीब आदत है, अधमरे आदमी में जोश भरने के लिए शोर मचाती है लेकिन अफसोस कि तुम्हारा यह मसीहा उठेगा नहीं।' मोरिया ने भीड़ को गाली देते हुए कहा।

मोरिया पास में पड़ी एक तलवार को उठाने चला। इतने में वासीन ने रेंगकर जमीन पर पड़े एक तीर को उठाया और पास में खड़े चेटवा में फेंक कर मारा, तीर चुभते ही चेटवा उछल पड़ा और भागने लगा, उसी दिशा में जिस दिशा में मोरिया जा रहा था। वासीन ने फिर वृक्ष-मार्ग पर पड़े एक रस्से को लिया और उसका फंदा बनाकर, उस दौड़ते चेटवा पर फेंका। फंदा सीधा चेटवा के गले में जाकर फंसा। वासीन अब रस्से के साथ खिंचता गया। खिंचते-खिंचते रास्ते में उसे एक और रस्सा पड़ा मिला, उसने वह उठा लिया और जैसे ही चेटवा मोरिया के करीब से गुजरा, उसी क्षण वासीन ने झटके के साथ अपने-आपको खड़ा किया और हाथ में पकड़े रस्से को घुमाकर मोरिया की ओर फेंका। रस्सा मोरिया के गले में दो लबेड़ा लेकर वापस वासीन की ओर आ गया तभी वासीन ने पेड़ का सहारा लेकर मोरिया को पूरी ताकत से अपनी तरफ खींच लिया। अब उन दोनों के बीच में पेड़ आ गया। मोरिया ने भरसक प्रयास किया रस्से से अपनी गर्दन छुड़ाने का लेकिन वासीन रस्से को अपनी ओर खींच कर उसके प्रयास को असफल करता रहा। काफी प्रयासों के बाद जब मोरिया परेशान हो गया तो उसने जैसे-तैसे कर पास में पड़ी तलवार उठा ली। वह उससे रस्से के दो टूक करने ही वाला था कि इतने में आयन ने अपना भाला फेंककर मोरिया के सीने में घुसेड़ दिया। अब गुस्से में आकर मोरिया ने तलवार जमीन में गाड़ी और कहा- 'मैं जा रहा हूँ लेकिन बहुत जल्द वापस आऊँगा! मेरा इंतजार करना!'

उसकी तलवार जमीन को बहुत दूर तक चीरती चली गयी, इससे मिख्ला पुरवा की जमीन पर एक बड़ी दरार बन गयी।

'जब तक मेरे जैसे रक्षक इस पुरवा में जिंदा हैं, तब तक तेरे जैसे लुटेरे कभी मिख्ला को लूट नहीं सकते।' यह कहकर वासीन ने रस्से को अपनी ओर झटके से खींचा। इससे उन दोनों के बीच जो वृक्ष था, वो टूट गया और मोरिया बहुत दूर जा गिरा।

मोरिया की ताकत देखकर पुरवा के लोग दंग थे। तलवार से जमीन चीरते, उन्होंने किसी योद्धा को इससे पहले कभी नहीं देखा था।

'सैनिको, इस लुटेरे को समुन्दर में फेंक दो।' राजा रोमान ने आदेश दिया।

सैनिकों ने मोरिया को उठाकर समुन्दर में फेंक दिया। पूरा पुरवा अपनी जीत का जश्न मनाने लगा।

आयन ने वासीन के साथ अब तक किए अपने बुरे बर्ताव के लिए माफी मांगी। वासीन ने उसे गले लगा कर माफ किया।

कैका पास में खड़ा हुंकार भर रहा था, शायद उसे भी अपनी जीत का एहसास हो गया था। वासीन उसके पास गया और उसके मुंह को सहलाकर कहा– 'मेरे दोस्त, मुझे माफ करना, मैंने तुझे बहुत कष्ट दिया, क्या करता! इसके सिवा मेरे पास कोई चारा भी नहीं था अगर तू मेरा साथ न देता तो हम यह युद्ध कभी जीत नहीं पाते।'

'क्या आज से कैका भी हमारे साथ रहेगा?' एक पुरवा वासी ने उत्सुकता से पूछा।

'हाँ, कैका अब हमारे साथ ही रहेगा।' वासीन ने कहा।

सब लोग कैका के पास आकर उसे रोमांचित भाव से छूने लगे। उसे छू कर उनका दिल गदगद हो गया। पहले जब वे कैका का नाम सुनते थे तो उनके रोंगटे खड़े हो जाते थे परन्तु आज वे उसे अपने बीच पाकर खुश थे।

17.

समुन्दर में,

समुन्दर की तेज धाराएं मोरिया को अपने साथ बहा कर मिख्ला पुरवा के तट से कोसों दूर ले गयीं। एक जगह जाकर जब वे धाराएं शांत पड़ीं तो समुन्दर उसे अपने अगाध तल में ले गया। तल से टकराते ही मोरिया के हाथ का स्पर्श एक तलवार से हुआ। तलवार के स्पर्श से मोरिया के शरीर में एक बिजली कौंध उठी। यह वही तलवार थी जो उसकी पीठ पर अंकित है। एकाएक मोरिया की आँखें खुल गयीं। उसकी नजरों के आगे फिर से वही दृश्य उभर आया जिसमें एक तलवार उसके पेट में घुसी है और वह अपनी पीठ पर अंकित तलवार जो कि जमीन में गड़ी है, के सहारे पीठ लगाये रणभूमि में बैठा है। उसके चारों ओर खून से सनी लाशों के ढ़ेर हैं...

क्रमशः

www.ingramcontent.com/pod-product-compliance
Lightning Source LLC
LaVergne TN
LVHW010919051026
849532LV00003B/764